中
主

尋找米甸西奈山的七年記錄

跟隨摩西的腳蹤

我在那裡像摩西一樣全身顫抖……

時候到了！石頭起來歡呼的時候到了！
因刻印在石頭上，隱藏數千年的秘密
被解讀出來而歡呼，
證實了上帝是全宇宙萬物的主宰，
在祂之上沒有別神。
數千年前的奇蹟和遺跡並非自然現象，
乃是超越科學或哲學能理解的事實！

金承學　著

崔明淑　譯

隱藏之事必定顯露

2006.12.9 SAT

　　美國科泉市（Colorado Springs, United States）基礎考古學研究所長鮑勃・克魯諾博士（Bob Cornuke，詳見www.baseinstitute.org）、奧斯丁集團的知名作家法蘭克・塔瑞克博士（Frank Turek，詳見 www.FrankTurek.com）、長期在沙烏地阿拉伯國家石油公司工作並數十度深入勞茲山探險的吉姆和他的夫人芬妮，一起到韓國與我會面。

　　我與鮑勃・克魯諾博士在此之前曾見過一次面，與塔瑞克博士和吉姆夫婦是初次相識，他們是為採訪我而來。我們見面後，決定同心協力揭露真相。

　　我後來才知道，吉姆和芬妮在我們進行探險時，已經

拿著他們收集到的材料回到了美國。之後，我們找到了他們未能找到的。如果還有什麼遺漏，我相信神必有準備，引導其他人去實現新的成就，因人類的智慧實在是無法與神比擬。

僅管是第一次見面，我們卻緊握彼此的手，淚流滿面地一同禱告，然後分享彼此生命中充滿恩澤的體驗。這是用世間的任何知識無法解釋的，只有切身得到恩典的人，才能感受到其中的喜樂。

我們一同參加平澤小山教會的主日禮拜時，他們明明一句韓國話都聽不懂，卻在祈禱、讚美、聽道時不停流淚。禮拜後與牧師交流，他們也毫無保留地作了領受恩典的見證。

2007 年對韓國基督徒來說，是意義深遠的一年。因這一年是 1907 年平壤大覺醒復興會一百週年，足以燎原的誠摯願望在教會領袖及普通信徒中火花四射。

根據統計廳發表的資料，在過去十年裡，韓國基督徒減少了 1.6%，相較之下，天主教徒增加了 74.4%，佛教徒增加了 3.9%。現在，是我們該同心覺醒的時候了，而癥結之所在我們早已了然於心。

世界各地到處都有神的教會。信仰共產主義的社會主義國家也有教會，惟獨離祭司國度最近的沙烏地阿拉伯，連聖經都不允許攜帶入境。曾有軍人持槍闖入祕密進行的禮拜中，強行帶走哭泣的兒童和婦女。僅只因為信仰不同宗教就被拷打驅逐的人越來越多。那些所謂的強國，只把

眼光聚焦在石油上，卻對種種宗教迫害的惡行視而不見。沒有國家或團體敢對阿拉伯發出宗教開放的勸告，大家都只是默默將目光轉移。

我認為，如果麥加是聖地，那麼起碼應在聖地之外劃定特定區域，容許外國人從事他們的宗教活動，就像其他國家也建有清真寺一樣。

如果基督教、猶太教、伊斯蘭教都相信亞伯拉罕是信仰的祖先，那也應該相信《聖經》舊約當中的摩西五經。伊斯蘭教相信摩西是先知，摩西的事蹟同樣記載在《可蘭經》裡，那麼到底是什麼原因使他們不允許人們靠近神的聖山？為什麼要把整座山用鐵絲網圍住，佩帶著刀和槍把守？便衣軍警在沙漠和曠野當中設下隱密關卡的理由是什麼？軍人為什麼要消除此山周圍的古蹟岩刻圖？

不管他們如何攔阻，神靜默等待。以色列百姓在埃及作奴隸時，神在漫長的四百年間沒有發出任何訊號，也沒有派出任何天使或先知。祂等待，直到時候到了，直到亞瑪力人惡貫滿盈。就像以賽亞先知所預言的（以賽亞書六十章 7 節），神將從尼拜約人、基達人（編按：參創世記二十五章 13 節，以實瑪利的後裔）那裡取得所獻祭祀，神將悅納它們。

從 1990 年初，神開始透過所選的子民顯露隱藏了幾千年的秘密─聖山。越是如此，沙烏地阿拉伯就越加嚴密地看守這座山，設置了導彈、雷達和新式武器，這樣還嫌不夠，更讓許多貝多因人持刀佩槍看守。

　　我在泰布克（Tabuk, Saudi Arabia）廣闊的探險途中，找到以色列百姓在曠野生活中留下來的數千枚岩刻圖畫和遺跡，美國的考古學會正對此進行解讀。幾天前傳來喜訊，他們已經成功地解讀出「耶和華（YHWH）」和「摩西」二個詞。以色列百姓在四十年曠野生活中留下的足跡正等待學者們一一解讀。

　　不管沙烏地阿拉伯政府如何努力掩蓋事實，對神而言都不過是微不足道的小伎倆。耶穌進入耶路撒冷時，孩子們舉著棕櫚樹葉高喊：「和散那！」門徒在耶穌所坐的小驢駒和道路上都鋪上了外衣，但是大祭司、法利賽人和猶太教當權主義者，卻要阻擋耶穌進城。「耶穌說：『我告訴你們，若是他們閉口不說，這些石頭必要呼叫起來。』」（路加福音十九章 40 節）

　　如今時候已到，石頭呼叫了！刻在石上隱藏了幾千年的祕密，即將被解讀出來、發出聲音。掌管整個宇宙萬物的是誰？實在沒有比上帝擁有更高權能的神。幾千年前的奇蹟與異象不僅是自然現象，更是從科學和哲學都無法想像的事實！

　　盼望著隱藏的得以顯露

2007 年 5 月

金承學

目　錄

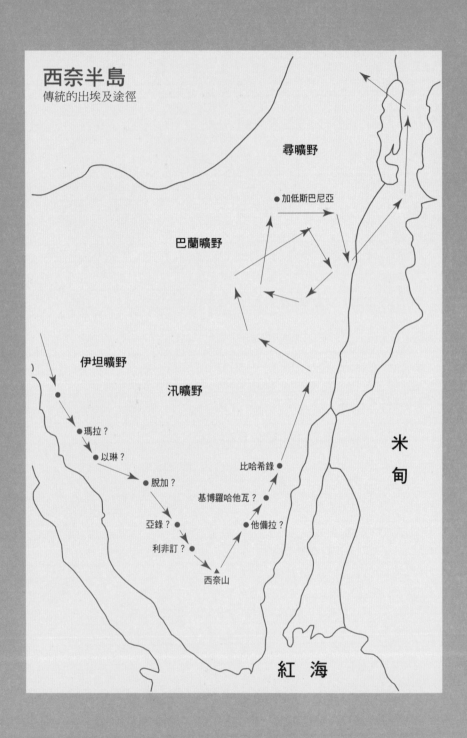

西奈半島
傳統的出埃及途徑

尋曠野

● 加低斯巴尼亞

巴蘭曠野

伊坦曠野

汛曠野

● 瑪拉？

● 以琳？

● 脫加？

比哈希錄 ●

基博羅哈他瓦？ ●

● 亞錄？

● 他備拉？

利非訂？ ●

西奈山

米甸

紅海

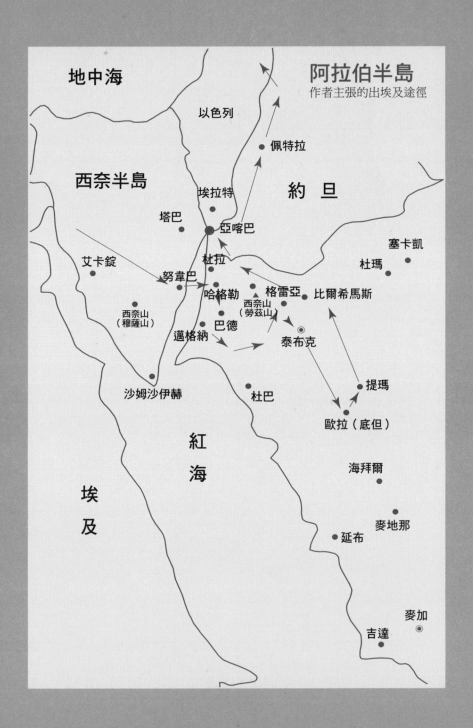

地中海

西奈半島

以色列

阿拉伯半島
作者主張的出埃及途徑

佩特拉

約 旦

塔巴

埃拉特

亞喀巴

塞卡凱

艾卡錠

杜拉

杜瑪

努韋巴

比爾希馬斯

哈格勒

格雷亞

西奈山
（勞茲山）

西奈山
（穆薩山）

巴德

邁格納

泰布克

提瑪

沙姆沙伊赫

杜巴

歐拉（底但）

紅
海

海拜爾

埃

及

麥地那

延布

麥加

吉達

利非訂磐石下古代水路

有座山
一直在呼喚著我

2004 年 10 月 23 日，我在加拿大多倫多機場移民局辦理手續，正要轉機飛往溫哥華。我在深夜從吉達機場起飛，從巴黎到多倫多的旅途中幾乎沒闔過眼，也就是說我已有兩夜沒睡好覺，非常疲倦。但這趟旅程不是為我個人的名譽，而是為永生上帝作工，因此我欣然地承受。

在移民局時，我出示了護照，移民局職員反覆地看著我和護照，接著突然將護照轉交給另外一名職員。一位白皮膚、黃頭髮、褐色眼睛的西洋女職員，穿著黑色制服、佩戴著手銬和手槍，足以令人緊張到手心發汗。

「為什麼來加拿大？」

「我已約好與溫哥華的一位神學院教授見面。」

她不僅沒收我的行李，也掏空口袋裡所有的東西，我

連辯解一聲的機會都沒有。她邊走邊說著：「先生，你必須返回沙烏地阿拉伯。」

但我並未感覺到害怕或驚慌。即使在沙漠中當貝多因人*抓著妻子的衣領、揮舞刀子時，我也沒有感覺害怕，只是這漫長的等待令人厭煩。我預訂 18:00 飛往溫哥華的 137 號航班早已準時起飛。（Bedouin: 意為居住在沙漠的人。在以阿拉伯半島內陸為中心的敘利亞、北非等地的沙漠地區過著游牧生活的中東人）

移民局毫不顧及我的意願，就把返回中東的日程表遞到了我的手上，從加拿大出發、法國轉機、飛回沙烏地阿拉伯。移民局前面有幾位看來像是印度人、中東或非洲人，不知在那裡待了多久，神色顯得極其疲倦，有幾個人乾脆鋪上東西就地躺臥，監視器正監視著他們的一舉一動。我已經兩天沒睡覺了，今晚看來同樣睡不著。

我去找移民局警官詢問：「為什麼要我返回沙烏地阿拉伯？請告訴我理由。」

回答只是這個：「請回到您的座位！」

聽完之後，我心情反而淡然了。曾經被抓到貝多因人的帳篷裡，被佩帶著手槍的員警祕密審問，貝多因人拿出藏在地毯下的長槍恐嚇著我說：「你們不可能從這裡出去。」現在就像那時候一樣。

四個小時以後，移民局的女職員才從已經飛走的飛機上，找出我的行李、還給了我，然後把我帶到調查室。

「內務部治安科的職員將會來調查您，如果需要韓語翻譯，我們會給您叫一位。」

「不，沒關係。」

我笑著鄭重拒絕，沒顯露出任何不滿。過一會兒，高個子、身穿天青色制服、脖子上掛著通行證的女職員出現，手裡拿著一個信封。帶路的移民局女警和所屬治安本部的內務部官員並肩坐了下來。我看到對面監視器正在運作。

「現在開始監視器將會逐行拍攝錄影，不得有所隱瞞。如果發現違法事實，我們將立即按照加拿大法律對你進行處罰。」移民局女警嚴厲地說。

「如果我犯了錯，我會欣然接受任何處罰；如若不然，我會採用正式途徑向加拿大政府要求賠償。」我盡可能鄭重地、在言辭間加重語氣地說話。

內務部女官員把黃色的信封放了下來。信封上「Saudi Arabia」（沙烏地阿拉伯）字樣映入我眼簾，我的血液開始倒流。

難道這個人並不是加拿大內務部官員，而是從沙烏地阿拉伯大使館來的？若是這樣，我就不能說出有關勞茲山的事，如果此事讓沙烏地阿拉伯政府知道，家人和我將永遠無法離開沙烏地阿拉伯。現在竟發生了始料未及的情況，該怎麼辦才好？她們已經將我的隨身物品和筆記型電腦放到桌子上。我閉上眼睛迫切地向神祈求幫助。

我睜開眼睛，視線移回信封上，仔細一看，竟然寫的是 Sandra（桑德拉）。我揉揉眼睛，這分明是桑德拉，但我還是放心不下。

「您是從沙烏地阿拉伯大使館來的嗎？」我突然發問。

她倆相互對視一下竟然笑了起來。內務部官員從信封中取出材料，同時問：「為什麼這樣想？」

「那信封上寫的不是 Saudi Arabia 嗎？」

她們看著信封，笑得更大聲了，氣氛也緩和下來。「我名叫桑德拉，糟糕，字跡太潦草了。」

她笑起來並不難看，但隨即嚴肅地開始審問。

「你是韓國人，為什麼那麼長時間地往返於沙烏地阿拉伯、中東地區和非洲，請明確告訴我們你來這裡的目的。」

我這才明白他們扣留我的原因。我的護照上貼滿了沙烏地阿拉伯、中東和非洲的簽證和出入境許可。911 恐怖攻擊事件後，西方人幾乎把所有中東人、甚至有中東國家往返記錄的人，都當成了恐怖分子。我在心裡迫切祈求神賜下智慧。

「你們可有宗教信仰？」

她倆都說自己是基督徒。

「親愛的姊妹們，你們不知道神有多麼愛我吧？」

她們對我突如其來的提問感到詫異。

我開始解釋道：「世界上有很多飽學之士、有名的考古學家和聖經學家，強盛國家中也有很多信仰傑出的人，神偏偏呼召了出身東亞小國──韓國──的我。祂為什麼選派我這樣的人來到伊斯蘭宗主國，擔任十六億人的信仰領袖暨麥加最高領導者的主治醫師呢？」

她們開始記錄。

「在沙烏地阿拉伯，如果沒有旅行證明，絕不允許從國內的一個城市旅行到另外一個城市（編按：直到 2005 年才由內務部取消禁令）。沙烏地阿拉伯是一個很特殊的王權國家，但我擁有可以行使王子名義，乘坐備有王室車牌的汽車通行全國的特權。當然，我還持有能確保我自己旅途順利的王子特命書函。而非常奇妙地，阿拉伯西北部米甸地區的一座山總是在呼喚著我。那就是勞茲山 (Jabal al-Lawz)。」

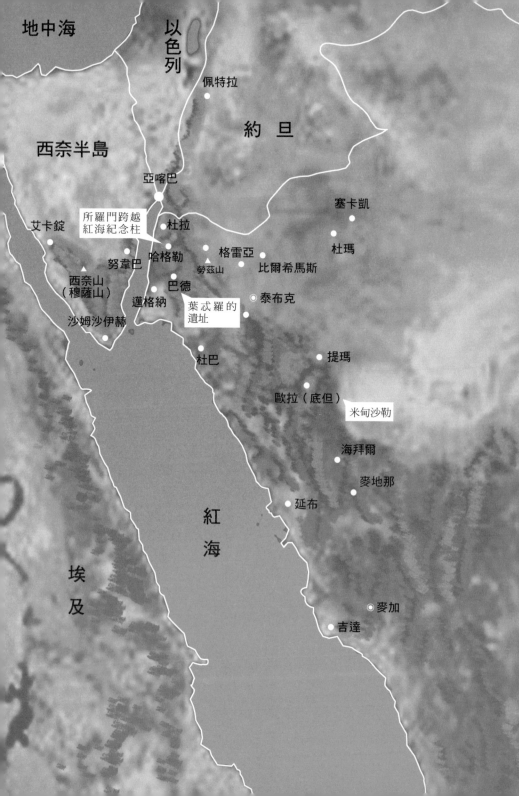

● Part 1

跟隨神的話語

葉忒羅的住家

第一次探險
我們的準備很齊全

 出發

2001. 3. 2 FRI 第一天

　　長達一年的準備終於完成，我們的準備很齊全。經過幾番確認以後，行李都已經搬到吉普車上。雖然在出門之前作過禱告，求主與我們同在，但在握住方向盤的這一刻，我再一次向主獻上虔誠的祈禱。

　　沙烏地阿拉伯，這是一個不靠法律、單由領導者掌權的國家，是一個只有阿拉這位神祇存在的國家。我們要去那個王命禁止出入、軍人與員警持著刀槍晝夜監視並坐在備有無線電的吉普車巡邏的地方，且擁有三十枚攻擊用導彈和四座雷達基地，需要通過一般關卡和特殊部隊關卡的地方。曠野過後是險峻的高山，穿過高山是塵土飛揚的沙

漠，在這裡若違反命令，隨時都有可能按照王命被處死刑。我們毫無畏懼地進入這個不許向世界展示的未知領域。為了故意違反這個國家的法律和王命，我們作足一年的嚴密準備。

我們所依賴的不是韓國政府更不是美國外交部，也不是以色列最高情報機構摩薩德（Mossad），我們單單信靠掌管宇宙萬物的神而前往。我們冒著生命危險的旅行，是為了尋找沙烏地阿拉伯的勞茲山，尋找《聖經》中西奈山的遺跡。

那是摩西帶領著因 430 年奴隸生活而叫苦連天的以色列百姓，向著約定的土地進行長征的旅途遺跡。但自從西元 622 年伊斯蘭教出現以後，就被隱藏起來，直到現在，也僅存於歷史學家的推測中。西元 527 年羅馬自行宣佈，命名西奈半島的穆薩山 (Jabal Musa：又稱摩西山）為西奈山以後，人們尋找聖山的努力就被拋諸歷史背後了。長久以來，聖經學家、大部分的考古學家，還有羅馬的梵帝岡教皇，都主張西奈山在西奈半島。

我既不是聖經學家也不是考古學家，只不過是平凡的信徒。而且也沒有什麼確鑿的物證可以支持我的主張，我有的只是信心。這分明就是以卵擊石。

世界上那麼多知名的聖經學家、考古學家、歷史學家以及飽學之士，還有諸多擁有探查資源的已開發國家、與此切身相關的中東周邊國家以及生活在當地的人們，都選擇安於相信已知的現狀，為什麼神要藉著極其平凡的我們

來顛覆一切、成就祂的旨意？

　　儘管恐懼向我襲來，但我內心充滿的是更大的期待。但只要能找到數千年來歷史學家和聖經考古學家爭論不休的那座聖山、神曾降臨過的那座神祕的聖山，並完全彰顯神的寶貴旨意，這一切還有什麼可怕的呢？又有什麼能阻擋我們呢？

　　我們這個特工隊只有五名成員：我和心愛的妻子、十二歲和十歲的女兒，加上八歲的兒子。在此之前，我們並沒接受過什麼游擊訓練，或其他特殊訓練，我們有的只是聖靈的訓練和堅定的祈禱，我們信靠並跟隨祂的指引。

　　現在，我們的手中只有一本小小的聖經、指南針和一張地圖。雖是三月，白晝空中瀰漫的熱氣並不尋常。

　　「準備好了嗎？」

　　「是的！我們出發吧！」我按下汽車上的距離顯示器出發。下午一點四十分，七天六夜的大長征終於揭開序幕。

　　先前，我們收集並研究了一些資料，其中顯示出位於西奈半島、普遍認同為西奈山的穆薩山，並不是真正的西奈山，在沙烏地阿拉伯米甸地區的勞茲山才是真正的西奈山。找到那座山，確認以色列百姓跨過紅海的遺址，就是我們全隊一致的目標。

　　第一個目的地是穆斯林教徒的第二聖地麥地那（Medina）。那兒可以說是伊斯蘭教創始人穆罕默德活動的前哨基地，西元 632 年穆罕默德死後埋骨的墓地就在那裡。麥地那離我們生活的港口城市吉達（Jeddah）304 公里，

看來要在傍晚時候才能到達，所以我們計畫先通過有納巴泰人遺跡的歐拉（Al Ula）後再去勞茲山。

我們滿懷期待地在筆直通暢的高速公路上行駛。離開市中心後進入寬廣荒蕪的土地，再過一會兒看到一座座小山，海拔漸漸升高。不知何時起，城市的高樓消失，出現一片荒涼的野地，沒有一片雲彩，天氣酷熱，但這些都不是問題。

一年前，我為給王子購買藥材去了一趟中國，途中順便回韓國看望父母，竟得到驚人的訊息。父母居住在大邱，我向父母行禮問候後，父親對我說：

「兒子，能答應我一件事嗎？」

父母常常為我懇切代禱，因此為了父母，我誠心地答應了他。且身為三男三女中的長子，卻總是漂泊他鄉，我對父母和兄弟姊妹總感到歉疚。但父親的囑託大出我意料。

「我已經七十歲了，在長年的信仰生活中，經常聽說西奈山在這裡或在那裡。你知道我和你母親去過西奈半島的西奈山，我們覺得和《聖經》上的記載不符，甚感困惑。這時正好從別人手裡得到一捲錄影帶，影片中說沙烏地阿拉伯米甸地區上的某座山才是真正的西奈山，內容很符合《聖經》中的敘述。現在你正生活在沙烏地阿拉伯，若能一面禱告、一面確認這是否屬實就好了。」

我屏住呼吸聽父親說話，簡直不敢相信自己的耳朵，口乾舌燥。那捲錄影帶是探險家羅恩・瓦特（Ron Wyatt）父子共同拍攝的，題為《探索》(Discovery)，我先

看影片。

片中強調摩西和以色列百姓在西奈半島跨越紅海後走向阿拉伯區域，並呈現阿拉伯西北部的跨越紅海紀念柱，以及據說是真正西奈山的勞茲山上的金牛犢祭壇。

探險家羅恩・瓦特根據「以色列人從住何烈山以後，就把身上的妝飾摘得乾淨」（出埃及記三十三章6節）這句《聖經》和《可蘭經》上都有出現的經文，通過約旦偷渡到了沙烏地阿拉伯，就為了挖掘當時的寶物。在探查據傳埋有寶物的勞茲山時，他驚呆了，因為這裡和〈出埃及記〉裡形容的地形完全符合。但是他隨即被沙烏地阿拉伯的員警發現，在所有資料被沒收後，就被驅逐出境。那是1989年的事情，之後他再一次潛入，拍下了這支影片。

在看影片的瞬間，我內心受到巨大衝擊。事實上，我曾於一所農村的教會聚會，並從中學時代起就在兒童主日學服事。因為年少的我就要教《聖經》課程，所以當時非常努力地研讀《聖經》，但每每讀〈出埃及記〉都會有無法理解的部分：上面明明說摩西逃往米甸，然後神告訴他要把百姓帶到米甸，那麼西奈山和加低斯巴尼亞不是應該在米甸嗎？

幾年前一次出遊經驗，也同樣令人困惑。我和家人登到埃及西奈半島的西奈山時，發現山的周邊都被山谷圍繞。就算那發生在幾千年之前，可是多達幾百萬名的以色列百姓怎麼在這狹小的山谷間安營呢？

那一夜，我無法入睡。在沙烏地阿拉伯，別說是埃及，

就連護照上有以色列出入境印章的人都要被驅逐的。但我曾為了朝聖聖地曾捨命去過以色列。如果我們所了解的西奈半島穆薩山是假西奈山，那就應該儘早讓事實公諸於世。這樣的思緒不斷地在我腦海盤旋著。

直到那天晚上，我才模糊地理解，神為什麼呼召我到沙烏地阿拉伯，讓我說得一口流利的阿拉伯語，讓我擁有十六億伊斯蘭教徒的領袖王子之主治醫師」的社會身份。

在那之前，我一直夢想，如果我所侍奉的王子能接受耶穌的救恩，將會完成多麼大的成就。我因而常為此禱告。雖然我如影相隨著王子，卻是王宮裡唯一的非穆斯林。我因此被勸說改變宗教信仰去信奉伊斯蘭教，忍受無盡煎熬，勸彼此改變宗教成了永無結果的持續爭執。不知所措的我，如何能夠擔當使命呢？正在這時，神透過父親讓我看到了那段影片，告訴我，這正是我的使命。

「耶和華說：『我的意念，非同你們的意念，我的道路，非同你們的道路。』」（以賽亞書五十五章 8 節）

既不是聖經學家也不是考古學家的我，究竟能不能達成使命？

我害怕，卻不能不接受這神聖的使命。神沒有在埃及幾百萬的以色列百姓中揀選他們的領袖，而是挑選在遠方的米甸，逃往沙烏地阿拉伯北部生活、放棄了希望的摩西作為領袖。1949 年，發現死海古卷的不是有名的聖經學家，而是十七歲的牧羊少年。發現被埋在土耳其亞拉臘山（Mount Ararat）冰川之下挪亞方舟的也不是什麼聖經學家，

而是拍下這段影片的探險家羅恩‧瓦特。

　　回到沙烏地阿拉伯之後，父親的一番話讓我更加儆醒。西奈山每天都在呼喚著我，我與王子同遊各國時心裡總想著西奈山。

　　在那之後我就開始著手準備探查西奈山。首先，我反覆仔細地觀看父親給的影片，然後盡我所能地收集資料，但這卻是在沙烏地阿拉伯想都不能想的事情。在這個國家，別說是有關基督教的書籍，連在網路上都不能任意搜尋。

　　從吉達到麥加的方向三十公里處往右看，發德國王衛星城的大型天線形成了這座城市獨特的風景。政府利用這個衛星城監聽電話、傳真和無線資訊。還有阿布杜勒阿濟茲國王大學（King Abdulaziz University）在市中心營運的多家網路公司，大型終端機上連接的監視器，阻擋人們進入到一切有關性、人權和其他宗教的網站，同時將可疑的郵件下載、壓縮後發往位於英國的翻譯控制室。這樣水洩不通的資訊攔截，為的就是竭盡所能地保護王權和宗教。遇到這樣的情況，我不得不向神懇求：

　　「主啊，我真的做得到嗎？只要神施恩，我就可以做到的。求祢賜予我恩典！」

　　就在這時王子的病情惡化，我得以離開沙烏地阿拉伯，奔往奧地利、法國、瑞士、德國、美國等地。這分明是神賜給我的機會。

　　我在國外照看著王子，抽空精讀聖經，收集主張西奈山在米甸的相關資料。就這樣，我了解到除了羅恩‧瓦

特，還有曾隸屬於美軍特殊部隊（SWAT）要員羅伯特・科爾努克（Robert Cornuke）博士和乘坐過阿波羅十五號的吉姆・萊利（Jim Larry）均曾探險過勞茲山。在他們被沙烏地阿拉伯人強制驅逐後，有關勞茲山就是西乃山的主張，開始一點一點地被世界知曉。

越是收集西奈山相關資料，越是不得不承認米甸的勞茲山就是西奈山這個事實。今天，我們一家為了證明此事，終於踏上探險之路。

狗經過的路

天空一片晴朗，讓山顯得更高了。但雖說是山，卻只是看不到半棵樹的灰禿禿石山。現在太陽開始西斜，距離我們第一個目的地麥迪那（Medina）只剩四公里左右。光靠著地標和地圖，算起來我們已跋涉了四百多公里。從半山腰遠遠望去，看到鬱鬱蔥蔥的椰棗樹，似乎就是我們要尋找的地方。

麥加聖地路口的標誌

　　沒過多久又看到一個巨大的牌子，用阿拉伯文、英文、印度文、韓文、日文等五種語言寫著：「此乃是聖地，如非穆斯林請左轉。」我們按照指示左轉。他們稱這條路為「狗經過的路」，這是對非穆斯林的嘲諷。

　　左轉馬上見到一道關卡，但是沒看到警衛。於是我們沿道路前進，繞過環形道，在大道右轉後進入了市區，準備找到過夜的旅館後吃晚餐。接著，又出現一道路障，但還是不見任何警衛。

　　過了一會兒，出現了超大型的清真寺，信徒川流不息。我在清真寺附近停車，觀察後進入一家小旅舍詢問房間。店家叫我出示居住證，看完後叫我們立即離開：

　　「這是什麼地方啊，不是穆斯林竟敢來！再不走我要叫警察了。」

　　「不是因為關卡沒有阻礙，也沒有人檢查才過得來的嗎？」我鄭重回答。我們來到了不是穆斯林就無法進入的麥迪那穆罕穆德寺。

　　沙烏地阿拉伯的居住證叫作伊伽瑪（Iqama），分為兩種顏色，一種是穆斯林持有的深綠色的，另一種是非穆斯林持有的巧克力色的，一看封面就可以區分。那是長 11.5 公分、寬 8.5 公分的薄冊，連封面共八張。遇到臨檢得出示伊伽瑪，所以必須隨身攜帶。

　　我曾聽說，一位韓國僑胞買了新錢包後，因為尺寸不合，塞不進伊伽瑪，苦思後竟動手把伊伽瑪裁短一截。他為此被叫去移民局，因毀損證件被裁罰。

我們被攆出旅舍後開車到城市邊緣，遠遠看到大型加油站、商店和餐館。飢餓襲來，孩子們要求先吃飯。加油後吃了晚餐，夜色已深，但是沒有旅館可以睡覺，只好繼續上路。

🌳 穆斯林和萊麥丹月

夜間駕駛並不容易。在沙烏地阿拉伯，突然竄出路面的動物比車輛更叫人害怕。偏僻地區還有流浪狗遍地遊蕩，隨處可見躺在路邊的狗屍。（據說二、三十年前這裡野狗成群，韓國工人為進補捕食，所以數量減少很多。）

夜晚十一點了，我們一路經過幾座小村莊都沒看到旅館。單調的路況讓倦意逐漸襲來，妻子察覺了，遞給我一根乾魷魚腳。魷魚乾是高蛋白食品，營養豐富又耐長時間保存，非常適合長途旅行。可是這麼美味的魷魚，沙烏地阿拉伯人聞到味道就會退避三舍。

我們繼續行駛，來到海拜爾（Khaybar），看起來比地圖上顯示的大一些的城市。要是有間能夠休息會兒的小旅店多好啊。到處打聽之後，找到巴基斯坦人經營的、連招牌都沒有的汽車旅館。也許因為只供跑長途的司機計時收費休息，這裡條件極差。但沒辦法，就決定投宿了。講好一夜住宿費為 80 里亞爾後度過了此行第一個夜晚。（Rial：沙烏地阿拉伯貨幣單位為 SAR，1 里亞爾約新台幣 8 元）

現在正值沙烏地阿拉伯節日哈吉（Haji）假期，所以

可以安排長途旅行。當地使用的哈吉曆，近似東洋的陰曆。穆哈蘭（一月）、賽法爾（二月）、賴比爾Ｉ（三月）、賴比爾ＩＩ（四月）、朱馬達Ｉ（五月）、朱馬達ＩＩ（六月）、來哲布（七月）、舍爾邦（八月）、萊麥丹（九月）、閃瓦勒（十月）、艾爾蓋爾德（十一月）、哈吉（十二月）。伊斯蘭教一年當中有萊麥丹和哈吉兩個月為節期。

在萊麥丹月，每天從日出到日落都是齋期，別說食物，連水都不許喝，嚼口香糖和吸煙都在禁止之列，也不可以噴灑香水，禁止夫妻同房。這是人們抑制欲望，想靠近阿拉神的強烈意志體現。在萊麥丹期間，一整天連牙都不刷，理由是漱口水會被吞到肚子裡，因此彼此談話時的口臭極富殺傷力，整個節期一直都是口乾舌燥的。直到日頭落下來後就熱鬧非凡了，尤其是日落時的下班道路，簡直就是天下大亂。

就像我國的春節全家團圓一般，日落時分窮人三五成群地聚在富貴人家門前，接過施捨的食物，或者就地吃起來，或者拿回家與家人分享。

我曾經正當萊麥丹期間，有事情要從吉達飛往利雅德，飛機起飛前太陽就下山了，於是乘客開始喝阿拉伯咖啡、吃椰棗。因為一整天沒吃東西，現在說多餓就多餓。就在大家拚命吃喝的時候，飛機離開地面，接著馬上發生驚人的奇觀：只見原本已經下山的太陽，飛機起飛後竟然重新升起，乘客開始慌張地把嘴裡的食物全吐出來。

哈吉是為一年所犯下的罪贖罪。有錢人帶著幾頭駱

駝，窮人帶著一隻羊，來到穆斯林教徒的第一聖地麥加，在指定場所宰殺牲畜進行贖罪。在哈吉將要結束的十日到十四日宰羊，稱之為伊德阿爾阿達節 (Id al Adha：贖罪祭) 儀式。

哈吉期的第一日在米那平原的北邊祈禱，第二日在預言家穆罕穆德死去三個月前講過道的「阿拉法特山」祈禱，第三天則在麥加叫作「卡巴」阿拉神殿（黑色長方形寺院）進行祈禱。第四天，幾百萬信徒一起湧向米那平原，在山下向一根柱子扔擲小石頭，意為驅鬼。要把石頭投進似方尖石塔（Obelisk）的柱子並不那麼容易（編按：古代埃及王朝時期，作為太陽信仰象徵的紀念碑），經常有靠近柱子的朝聖者被其他朝聖者投石砸到的事故發生，現在乾脆把那根柱子築成一道牆以利投石。最後一天再到麥加，圍著大寺院轉七圈，這樣才算結束活動。五天儀式合稱作薩伊（奔跑），源於夏甲為給以實瑪利尋水奔走七次。

萊麥丹和哈吉兩個節期都是盛大慶典。每到節期，包括穆斯林國家的二百五十萬到三百萬人的領袖，為參加節期活動入境。本國 1,800 萬人和在境內的外國穆斯林，再加上朝聖者，共約聚集了 2,800 ～ 3,000 萬人。就算把兒童除外，也會有 1,400 ～ 1,500 萬人潮，因此意外事故頻傳。

事故不僅發生在節期。麥加聖地有卡巴神殿，有幾萬甚至幾十萬人一起撫摸或親吻神殿，向著一定方向環繞移動。在神聖的場域舉行極其莊嚴的宗教儀式。宗教儀式服裝叫作「伊拉姆」，穿著方式是裡面不穿內衣，僅著兩大

萊麥丹和哈吉期間重大事故列表

- 1979 年 7 月：在麥加，遜尼派和沙烏地阿拉伯警察發生槍戰，
  75 人死亡。

- 1980 年 8 月：乘坐巴基斯坦朝聖客的飛機起火，造成 301 人死亡。

- 1987 年 7 月：伊朗什葉派朝聖客和沙烏地阿拉伯警察發生衝突，
  402 人死亡，649 人輕重傷。

- 1990 年 7 月：人潮通過阿拉法特隧道時，有 1426 人因推擠或窒
  息而身亡。

- 1991 年 3 月：塞內加爾 92 名軍人參拜麥加，於歸途中飛機爆炸，
  全員死亡。

- 1994 年 5 月：印尼 270 名朝聖客在麥加被壓死。

- 1997 年 4 月：米那平原朝聖客的帳篷發生火災，造成 340 人死亡，
  1,500 人輕重傷。

- 1998 年 4 月：米那有 118 人被壓死，180 人輕重傷。

片白色布，一片遮擋下身，一片遮擋上身。伊拉姆沒有口袋的設計，錢或貴重物品得自己捲好後貼身收好，但一旦轉身或走動便易丟失。穆斯林在公共場所有男女區分，在神殿卻不分男女。也許因為這樣，女人的提包或手機經常成為小偷的目標。看來就算在神殿裡，小偷也沒什麼分別。

在萊麥丹期間，穆塔瓦（宗教領導，又譯宗教警察）蓄著長長的鬍鬚，一手執鞭，披著黑色的長斗篷出現在市區。

穆塔瓦一出現，人群中的女性就會馬上遮住臉部。哪

個地方的女人會不想顯示自己的美麗呢？穆塔瓦一旦發現沒用面紗遮擋臉部的婦女，就會叫她的丈夫過來訓斥一頓，有時甚至鞭打女人或向臉部吐唾沫。

這種情況不僅僅發生在節期。曾有一對韓國僑民夫婦，在行車途中遇到穆塔瓦，穆塔瓦就向夫人臉上吐唾沫後大聲訓斥：「趕緊把頭遮上。」日前，美國大使館的大使夫人過來度假，沒戴長袍面紗就進入利雅德國際機場。穆塔瓦叫住大使夫人，用阿拉伯語痛斥一番。領事夫人解釋，穆塔瓦聽不懂，竟用手持的鞭子打領事夫人。這件事差點演變為國際糾紛。

生活在沙烏地阿拉伯的婦女在生活中受到的限制極多。婦女出門必須用長袍面紗把自己包裹得嚴密，只露出眼睛。有些地區連腳踝都不可以露出來。為了不露出頭髮，要用黑色頭巾把頭髮包起來。他們的理由是，女性的臉、頭髮或皮膚會激起男人的情欲。

不僅如此，女性也不允許開車。2014 年，曾在國外取得駕照的二百餘名女性駕駛，為爭取開車的權益，開著自己的車通過利雅德（Ar-Riyad：沙烏地阿拉伯首都）市區，當天女性駕駛全數遭拘捕。（編按：沙烏地阿拉伯沙爾曼國王於 2017 年 9 月 26 日飭令，自 2018 年 6 月起開放女性領取駕駛執照並開車出門。）

直到西元 2000 年，女性才擁有身分證，可以想見女性其他權利有多受限。當時擔任內務部長的奈夫王子主張女性可以取得貼上相片的身分證明文件，因此得到女性同胞

的強烈擁戴。

甚至還發生過這樣的事情。波斯灣戰爭期間，有很多美國女兵派駐沙烏地阿拉伯，有一天女兵們大膽穿上黑色無袖衫，駕駛著軍用吉普車到達哈蘭（Daharan：位於沙烏地阿拉伯東部）市區中心地帶購物。天氣炎熱，她們的上衣因為汗水緊貼在身上，胴體暴露。

人們頓時聚集到吉普車圍觀，呆望著女兵。不知是誰報了警，兩名員警和穆塔瓦一起出現。穿著沙烏地阿拉伯傳統服裝，留著長長鬍鬚的穆塔瓦用阿拉伯語向女兵連連叫囂，不管穆塔瓦怎麼喊，女兵依舊泰然自若。穆塔瓦見女兵毫無反應，就命令警察逮捕，並向女兵臉上吐唾沫。

眼見員警要動手，女兵舉起 M16 步槍瞄準了穆塔瓦。穆塔瓦當下就把長袍撩到膝蓋上，頭也不回地逃跑，兩位員警也跟著逃走了。圍觀群眾看到此景竟熱烈地鼓起掌來。

 在底但，「烏拉」
2001.3.3 SAT 第二天

感謝神賜給我們新的一天。

我從沙烏地阿拉伯的導覽手冊了解到，海拜爾有古代猶太人（以色列民）散落的遺跡。所以我們決定一訪。

海拜爾入口原本有片綠洲，但現在經歷了長久的歲月後，周圍用壩牆圍起的水池已經乾涸，附近有黑色石頭堆

歐拉（底但）的風景

疊的石堆。我和孩子們四處看了一圈，這時不知從哪裡傳
來狗叫聲，回頭一看，一群野狗正朝向我們狂奔而來，塵
土飛揚我們趕緊躲進車裡。二十多隻野狗跑到我們車邊，
流著口水猖狺吠叫，逼得我們只好放棄海拜爾，繼續趕路。

　　前方的道路遙遠。現在我們的計畫是深入內陸往米甸
去。《聖經》裡稱作「米甸」，當地依然沿襲幾千年前摩
西時代的名稱，唸起來音似「美大音」（Madyan）或「馬
大音」（Madiam）。

　　查看地圖，米甸位於沙烏地阿拉伯的西北方。那裡有
納巴泰人散落的遺址。距離我們現在所在的地點約 200 公
里，估計路程約兩小時。（Nabataeans: 生活在西元前 7 至 2 世紀的

阿拉伯種族，為以實瑪利長子尼拜約的後裔）

　　當我們奔馳在廣闊的沙漠裡，石山稀稀落落地出現。不一會兒，幾乎到處都是由砂岩形成的石山映入眼簾，展現風化砂岩山形的獨特樣貌。

　　四周都是形狀奇特美妙的石山，美景如畫。原來我們到達了烏拉，當地因為地下水豐富，盛產椰棗等農作物，與其他城市截然不同。

　　「天啊！竟然會這麼美！」

　　我們異口同聲發出讚嘆。幸好在天黑之前找到住處，是相當高級的飯店。飯店後面有像屏風一樣圍繞的奇妙砂岩，猶如童話裡的異世界。電影《決戰猩球》（*Planet of the Apes*）裡出現過相似的景色，但規模根本無法與之相比。

　　一進入飯店就有接待員笑臉相迎，告知我國大使正住在這裡。驚訝之餘我問了房號，查看之後得知是日本大使。原來那個接待員錯把我們當成了日本人。

　　王族所說的話就是國法和神的旨意，在沙烏地阿拉伯作為王子主治醫師的我，在韓國僑界是頗具聲望的人物。因此我在沙烏地阿拉伯充當總長、班長的角色，經歷的事情很多。

　　曾經有一天，我在熟睡中被急促的電話鈴聲吵醒，時間是清晨四點多鐘。

　　「喂？」我迷迷糊糊接過電話，聽到婦人急切的聲音。

　　「金先生，我孩子的爸被警察抓走了。」

　　我心頭一驚，睡意全消。聲音是來自一個平時交往密切家庭的女主人，一年前接受了我傳的福音，平時都認真去教會。

　　不管是深夜還是黎明，有人叫我，我就必須得去。就算幫過別人十次，只要有一次不經心就會惹來閒話，說我什麼時候成了王子的跟班啦……諸如此類。企業也好，個人也好，一旦發生了事情，同胞們首先找的就是我。

　　我急忙趕過去一看，那家大嫂一把眼淚、一把鼻涕地說出事情的始末。

　　「跟我們合夥做生意的那個沙烏地阿拉伯人老是找我們要錢。我告訴他沒有錢後，他為了搶走倉庫裡的建築材料，在很晚的時候拿著酒出現在我家。他知道我丈夫平常喜歡喝兩杯，他們一起喝酒的時候，警察闖進來，合夥人逃跑，只把我丈夫一個人抓走了。」

　　依據《可蘭經》，在沙烏地阿拉伯不可以收藏酒、喝酒，攜帶酒也是違法的。聽她說完，我心想：員警是怎麼知道他家裡有人喝酒？為什麼不經主人允許，無端闖入有女眷的人家？而且把帶酒來的人放掉，單單抓走韓國人？種種情況都非常可疑，擺明就是那個合夥人的陰謀。

　　我給平常有交情的祕密警察打了電話，拜託他告知友人被囚禁的地點。他很快回電話，告訴我在某警署的拘留所。

　　「他已經在醫院抽血，檢查酒精濃度，經過三位醫生簽字，現在沒法放他了。而且在逮捕他的過程中，那家太

太咬了員警,留下需療養兩週的傷口。明天天亮,我們還會逮捕那家太太。」

在沙烏地阿拉伯,只要有三名證人就可以發生法律效力。這可不是一般的事件了。我調整思緒後,讓他們先了解情況,解釋可疑的問題。員警的臉色一會兒青、一會兒綠,問:「你是從大使館來的嗎?」

「不是,但如果你們希望這樣,現在我就叫大使館的職員過來。」

警察馬上威脅說,如果我不立即出去,就會把我也抓進來。「如果你要抓,那我就進去,但也許沒那麼容易!」我說。這傢伙氣極了,用內部電話叫來屬下,命令把我抓起來。眼見情況嚴重,這樣下去如果真的被抓進牢裡去,我在僑胞社會裡將名聲掃地。

我大聲喊道:「你們如果碰我身上一根汗毛,你們全都會被抓進牢去。」

我一邊把我的居住證和王子的書函(王子讓我在緊急狀況時使用的親筆書函)扔給負責官員,一邊說給王子秘書打緊急電話。那時的手機價格非常昂貴,不是隨便誰都能擁有的。我掏出手機佯裝要打電話,他們趕忙抓著我的手說:

「薩迪克,薩迪克!道科特爾,道科特爾!」(意為:朋友,朋友!醫生,醫生!)

他們給我端上紅茶,說肯定負責把大嫂的丈夫放出來。然後反倒拜託我,絕不要讓王子知道這件事情。

接著，我和他們一起去探監。大嫂的丈夫連鞋都脫落了，兩隻腳被上鐵鐐。因為腰帶被　收，用兩隻手提著褲子擠在犯人之間。看來他酒還沒有醒，搖搖晃晃地對我說：「這可真難為情啊……金先生，您說這是怎麼回事？」

帶他出拘留所的時候，我把他被沒收的東西一併取回來，看到他的皮夾裡竟然夾了一張護身符。沒想到他已經信主一年多，竟然還帶著護身符，真是叫人心焦。

這一整夜就這樣過去了。當太陽升起時，我把他帶到城邊的紅海岸邊，誠懇地交流許久。他以優異的成績畢業於知名大學，是個熟練掌握英語和阿拉伯語的人才。最後，他在我的面前撕碎護身符，拋向紅海。

「請金先生原諒我。過去一直徘徊在母親的囑咐和信仰之間，現在我下定決心了。」

從他嚴肅的語氣和眼神，我可以看出他曾經歷了多麼激烈的掙扎。眼前紅紅的太陽映照大地欣欣向榮，海鳥覓食飛翔。幾週後，他們夫婦、兩個女兒和一個兒子，一家五口在全教會的注目下接受了洗禮。

米甸沙勒
2001. 3. 4 SUN 第三天

我向飯店職員詢問，要看納巴泰人遺址，米甸沙勒該怎麼去。(Medain Saleh：2008 年被聯合國教科文組織列入世界遺產) 他告訴我們必須有出入許可證才能去，但因為現在正值週末，主管辦公室關門，聽說幾天以後才會開門。即便如此，我們還是決定到主管辦公室去看一下。也許因為這座城市歷史悠久，小小的主管辦公室旁邊還有一座博物館，入口有員警站崗。

「現在是哈吉休假期間，沒有人，請三天以後再來。」

「不行，我們從吉達跑了幾千公里，不能就這樣白白回去。一定要得到出入許可證。」

沒辦法，我只好把王子書函拿出來給警衛看。警衛拿出無線電呼叫，打了幾通電話後，告訴我們稍等一會兒。

過一會兒，一輛吉普車駛進正門。一位披著黑色披風，留著長長的鬍鬚，身形健壯的人在另外兩個人的陪同下下了車，他是主管。我過去打招呼，他們熱情地把我迎進辦公室。

他接過我們的居住證，遞給另外一個人，讓他趕緊辦手續。然後準備了紅茶，希望和我們交談。

主管看了看我們一家，還問了孩子們的名字，極力表現親切的態度。我們得到出入許可證，向他表示謝意。王子的書函在這裡也散發出光芒。

［米甸沙勒的石墓］米甸沙勒廣泛遺留著在石崖上挖出洞穴造成的石墓，
像以掃的後裔以東族的要塞佩特拉一樣。

　　我調轉車頭往石山後頭奔去。周圍林立著奧斯曼土耳其帝國時期建造的舊房子，但已是無人居住的廢墟。我把這些景象收入相機後，繞過山後駛入山谷，四周奇妙的岩石群呼喚著我們。拍下幾張紀念照片後，我們奔向米甸沙勒。

　　我們一時沒能找到米甸沙勒的入口，正到處徘徊時，得到一位青年的帶領，順利到達入口。有幾個歐洲家庭乘坐幾輛車過來觀光。入口持槍的軍人們正一一檢查出入許可證，不許觀光客攜帶錄影機或照相機進入。但我不能放過這麼珍貴的遺跡，就偷偷把相機帶了進去。

　　米甸沙勒廣泛遺留著在石崖上挖出洞穴造成的石墓，像以掃的後裔以東族的要塞佩特拉一樣（Petra：約但南部的古代城市遺址，世界七大奇景之一）。他們到底怎麼用刀子像刀切豆腐塊一樣雕刻岩石，如此整齊，真是叫人無法相信。多達八十多個石墓造得極為巧妙，可以說是佩特拉的縮小版，即使是開車參觀也花了足足三個小時。我們參觀時一直有祕密警察尾隨阻擋攝影，但我們還是照了幾張相片和錄影。

　　看地圖，距離推測為聖山的勞茲山所在的泰布克還有497公里。看來剩下的行程不會太輕鬆。

　　吃了簡單的午飯，給汽車加足油後，我們向泰布克出發。剛開始一片廣闊的沙漠在眼前展開，過一會兒又出現了一座座起伏的山巒。漫漫長路上，只見無垠的沙漠、巨大的石山，然後又是沙漠。

　　我們很晚才到達泰布克，在市區中心的飯店度過了第三個夜晚。

尋找神的聖山

前往勞茲山
2001. 3. 5 MON 第四天

　　清晨，我們在泰布克市區準備一些必需的飲用水和食物後出發。

　　在距離泰布克約 51 公里的比爾伊文希馬斯（Bir Ibn Hirmas）左轉後過 70 公里就到阿茲傑特（Azi Zayt），約 21 公里處左轉就會看到軍事道路。沿著這條路一直走下去，就會出現我們要尋找的勞茲山。我已經跟孩子們和妻子說好，在軍事地區會有危險，一定要作好心理準備，但是無論發生什麼狀況，我都得承擔下來，令我心情十分沉重。

　　離開市區後，一片使用自動灑水系統的大規模麥田展現眼前，到處都是綠色。這裡生產的麥子主要用於食品，

部分用於飼料，產量多得足以出口，品質也是世界最好的。當然阿拉伯引以為豪的世界之最是石油。據說即使經過幾代人開採後，這裡仍有富餘，確實是一個了不起的國家。

不知何時，已經到了離約旦國境 20 公里的地方。左轉後，我們又奔馳在黃沙滾滾的道路上。在預期的地點出現了五幢住宅和簡易商店。我向在商店前的青年詢問去往勞茲山的路。

「你走來的路再過十五公里左轉後接著走就可以了。但那是軍事地區，而且路很危險。不久前那裡才發生菲律賓人的翻車事件，死了兩個人。這裡本來就是高地，從山頂往下看，埃及、約旦、還有以色列都看得到。」

我們向青年道謝後出發。比原先年輕人告訴我們的距離再多走五公里後，我們遇到了左轉的道路，然後沿著那條路行駛。道路上沒有其他車輛或行人。山路越來越陡，讓人難以想像這裡的道路是怎麼建成的，看來極其危險。

急轉彎、上坡、下坡接連不斷，如果不繫上安全帶，身體就會隨路歪斜。有時候會有剛從山上滾下來的大石頭，還有撲面而來的大石塊虎視眈眈地等著你。

上山的路已經如此驚險，再想想下山的路，心中不禁擔憂起來。來到半山腰，右邊出現了幾百米的懸崖，讓人一陣眩暈。從陡峭的坡路可以看到遠遠的山下，我小心謹慎地握著方向盤往上爬，如稍不留神就有可能發生事故。我囑咐後坐的孩子們繫好安全帶。稍過一會兒，超過三十度的陡坡擋在前面。我馬上減下速度，轉換四輪驅動。妻

子可能感到害怕，失聲喊道：「老公！老公！」

我們似乎已經靠近海拔 2,401 公尺的山頂，右轉後，開始能看到下坡路。不一會兒，我們看到了對面山頂上高聳的雷達基地。把車停在路邊仔細看，似乎有條小路一直連到山頂。

打開車門，一陣寒氣襲來。氣溫陡然下降。我們在車裡換上厚衣服，徒步走到山頂。因為高海拔的緣故，不走動也有些氣喘。

走了十多分鐘來到山頂。附近的山嶺一一展現，近處的勞茲山比我們攀越的山峰看起來更高出兩、三百公尺。

我們登上的山頂有一個能容幾十人坐的磐石。我們在那裡圍坐了下來，手拉著手向神獻上讚美。然後我握住孩子們的手，一一為他們祝禱。

下山後，我駕車轉過一個彎角。前方一百公尺有一扇大鐵門擋在道路上，門旁有一座像是軍人哨站的小房子。汽車漸行漸近，這是軍事地區，不知會有什麼突發情況。我在前方三十公尺處停下讓家人下車，一個人弄出響聲走了過去。

我在五公尺外向哨所望去，看到黑色遮光玻璃窗，窗門稍稍打開。大型鐵門上有白底紅色的字跡，好像用阿拉伯語寫著「管制區域」。因不敢再往前靠近，我高喊幾次「阿嘍！薩迪克！」（意指：您好！朋友！）裡面毫無動靜。一縷涼風捲起路邊的灰塵吹向對面半山腰上，烏鴉淒切的叫聲迴響，安靜得讓人感到害怕。

　　我沒辦法，只好用手敲哨所，再喊兩聲，仍舊無人應答。現在只能推開門縫。握著把手輕輕一推，狹窄的屋裡有擺放齊整的軍用物品箱，地板上有茶杯和發黃的水壺。確認沒有人，但也沒法繼續前進。

　　我們等了大約十分鐘，只能回頭。員警也好，軍人也好，得有人才能問哪座山是勞茲山啊，這深山裡根本不見人影。目標就在眼前，眼巴巴的折返回去，我的腳步非常沉重。這一年的準備即將成為泡影。

　　這是為了尋找這座山，離開家的第四天。我們不顧那麼遠的路程，滿懷著期待奔了過來，神卻為什麼阻擋我們的道路呢？因為那是神聖的山，只有被揀選的人才能去嗎？說來也是，因罪污穢的我們，竟膽敢登上神所降臨過的聖山。是啊，我們有太多的缺點，還是先下去吧。

🌳 從地圖發現瓦迪穆薩

　　我們過來時行經軍用道路，通往勞茲山肯定有另一條民用道路。這個想法如閃電般進入我的腦中。我讓孩子們和妻子鼓起勇氣，展開了地圖。

　　「這兒是泰布克，這是我們要找的勞茲山。現在我們所在的地方肯定就是這附近沒錯……」

　　我指點著地圖仔細研究，驟然一驚！我們曾經張開地圖查看過很多次，現在我看到了從未注意過的地方，又細又小的字寫著「瓦迪穆薩」。瓦迪穆薩以勞茲山為源頭流

往叫作巴德（Bad）
的城市。（Wadi Musa：
「摩西」的阿拉伯發音為
「穆薩」，瓦迪是只有雨
季才有水的乾河道）

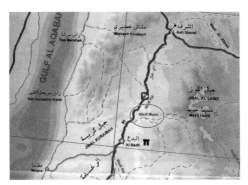

發現「瓦迪穆薩」的地圖

　　沙烏地阿拉伯
政府相信聖經舊約的
一部分，稱摩西為先
知，又是世界上唯一努力隱藏基督教相關資料的國家，竟
會在他們發行的地圖上標記瓦迪穆薩，這個發現本身就夠
讓人吃驚。如果不是神在作工，不可能發生這樣的事。我
感謝神開啟了我的眼睛，讓我看見：

　　「瓦迪穆薩就在勞茲山下，流往巴德這個地方，那麼
只要找到瓦迪穆薩就能輕鬆找到聖山。」

　　我們重新獲得勇氣，蜿蜒地繞著險山峻嶺下來。比起
上山的路，下山更加艱難。道路太陡不能用煞車，必須用
齒輪變速來調節速度，因為使用煞車太過，煞車皮燒焦的
氣味很重。整個下山過程幾乎看不到一輛車，這時卻看到
一輛軍用吉普車，頂著一根長天線晃著晃著上來。

　　「好傢伙，因為哈吉日，只顧休假，連軍紀都不守
了。」我自言自語地把車開到了大道上。

　　來到剛開始進來時的大道，再左轉一直前行，就會出
現與約旦國境相對、名叫哈格勒（Haql）的城市。在那之
前的岔道阿斯薩拉夫（As Sharaf）左轉可以進入巴德。在

進入巴德前 15 ～ 20 公里處左轉，沿著乾河道行進，就會到瓦迪穆薩了。

1987 年，我結束了為期六個月的傳教士訓練，來到面對葉門國境的吉詹（Zizan），也就是沙烏地阿拉伯最為偏僻的地方。我在公立的法特國王醫院工作了一年，然後來到距離回教聖地麥加最近的吉達，在新吉達綜合醫院工作。

在沙烏地阿拉伯保健社會部還不認可東洋醫學的時候，我在法特國王醫院的吉達分院——新吉達綜合醫院使用針灸醫療，成為在沙烏地阿拉伯開設針灸科的第一人。當我創先使用從未有任何人嘗試過的針灸進行治療時，聽到消息的中東地區患者湧向這裡。沒多久，經過阿拉伯各新聞日報醒目地刊登報導後，保健社會部也就不再制止我。

某一天院長親自召見我，讓我把正在使用的所有醫療器具都換成新的，換上乾淨的制服。這時有電話打來，是王子的秘書長找我：「我看到了新聞報導。我們見個面，你到王宮來一趟吧。」

我知道在這個國家，王子是多麼具權威的人物，心中不禁有些害怕。第二天，感覺十分奇妙，我竟然身在只有電視裡才能看到的王宮裡。

「事情是這樣，我們王子患有很嚴重的頸椎病。瑞典方面決定動手術，已經預約日期，十天以後進行手術。但是我們看到關於您的報導，聽說那針很有效。我們想了解您有沒有把握醫治王子，所以約了您。」

我說：「因薩拉。」（意指：如果神給予醫治）

他們也許認為我所說的是阿拉神，但是我只是把問題交託給上帝。我和妻子不知禱告過多少次，願榮耀都歸神。

我給王子進行六次治療，非常神奇地，王子竟然痊癒了。我很驚訝，王子也很吃驚，手術日程當然取消了。

從那天以後王子的車就開始來接我。我到王宮和王子交談，他向我展現出電視螢光幕裡非凡的領袖氣質以外，平易近人的一面。

「打針注射倒是不算什麼，用那樣一根針扎一下病就好了，真是神奇。你真是很有能耐啊。託你的福，我現在健康了。」王子說。

王子幾次和藹可親地稱讚我時，我都在心中向神禱告：「神啊，祢把十六億穆斯林的領袖、麥加市長交在了我的手上。請祢帶領我無論如何總要向他傳道，讓無數的伊斯蘭教徒得到救贖的恩典。」

王子共有三名主治醫師。可能每位醫師都向他推薦過有關腸道和胃的各種藥，所以王子服用了相當多的西藥。我擔憂吃那麼多的西藥反而有害，所以向他推薦漢方。

「您吃一下中藥如何？那不是化學合成的藥，是根據各人不同的體質處方，熬煮天然草藥。吃了對人體無害又無副作用。」

王子說這是好主意，願意試一試。之後駐韓國的沙烏地阿拉伯大使館把藥帶到沙特王室，我就接過來親手熬藥送給王子。服用漢方以後，王子的身體健康很多。這樣一

來王子就斷了所有西藥，開始吃起中藥。

我和王子接觸多了以後，得知王子總是受噩夢困擾。因為在白晝太熱了沒法工作，所以阿拉伯人都有午睡的習慣。但是每當王子要午睡就感覺有魔鬼過來抓起他的衣領，不知要將他拖向哪裡，所以他根本無法熟睡。他播放過可蘭經誦經，也吃過安眠藥，都無濟於事。

有一天，我自告奮勇說要陪在王子身邊直到他入睡。那天，王子感覺新奇不已地說，我在屋裡的時候魔鬼沒有出現。因為這件事，我成了最接近王位的繼承者的主治醫師。王子不論去哪裡，都指定要我隨行。

作為王子的主治醫師，每當感到生活很累、很辛苦的時候，我就會默默地向神祈禱，但我從來沒得到過清晰的回應。這時我就會自我安慰：這裡不就是地球上唯一福音未能傳入的地方嗎，神一定有祂的美意。

摩西在埃及生活了四十年，得到了埃及所有學問的教育。「摩西學了埃及人一切的學問，說話行事都有才能。」（使徒行傳七章 22 節）從母親約基別身上，他也像哥哥亞倫和姊姊米利暗那樣，受到很好的信仰教育。摩西從小受母親的養育，成為神使用的工具。讀〈出埃及記〉和〈歷代志〉，就可以知道摩西是暗蘭的兒子，屬於利未支派，神要使用摩西，為那特別的時刻預備了摩西，那麼對我會不會也有這樣的計畫呢？那段時間我懷抱著這樣過分的夢想挺了過來。

因為在王宮裡，惟獨我是基督徒，因此遭受各種蔑視

和不斷地勸導，但我依舊忍耐著等待祂預定的時刻。

在宮裡工作幾年後，某一天，宮中所有工作人員聚在一起進行薩拉（穆斯林的禮拜）的時候。我悄悄站起來出去了。這時伊瑪姆瞥了我一眼。（Imam：主持穆斯林禮拜的宗教領導）正當我發覺他向我投以奇怪的目光時，他往我臉上吐了唾沫。那目光滿含著嘲諷與蔑視。他們不是稱非穆斯林作「狗」嗎？我一邊擦掉唾沫，一邊祈禱：「主啊，請憐憫他們！」

王宮裡，王子對我的信任越來越深。有一天，那位往我臉上吐唾沫的伊瑪姆來找我，二話不說直向我懇求原諒。他因害怕我把唾沫事件告訴王子而一直惴惴不安。這次我也只能向神祈禱：「主啊，請憐憫他們！」

🌳 山頂上的導彈基地

一想到馬上就會找到地圖上的瓦迪穆薩，我興奮到倦意全消，用力踩下油門。這是出發後第三天，汽車里程表告訴我們，已經奔跑了 1612 公里。

坐在副駕駛座上的妻子和後座的孩子們，因為旅途勞累都已進入夢鄉。我再一次想了想應該會在聖山上發現的遺跡。

我沿著彎彎曲曲的山路往南奔馳，左右看到的山嶺和曠野都荒涼無比。

在阿斯薩拉夫左轉再過三十公里的地方，遠遠望向山

西奈山上應該會發現

- 以利亞的洞穴（列王紀上十九章 8～9 節）

- 山周邊地界（出埃及記十九章 11～12 節）

- 搭建會幕的所在地（出埃及記二十六章）

- 立有十二根紀念石柱的祭壇（出埃及記二十四章 4 節）

- 神經過的磐石（出埃及記三十三章 22 節；詩篇九十四篇 22 節；
  列王紀上十九章 11~13 節）

- 從山上流下來的溪水（申命記九章 21 節）

- 亞倫的金牛犢祭壇（出埃及記三十二章）

- 導彈基地（根據羅恩・瓦特的錄影帶，現在聖山上應該有
  雷達導彈基地）

峰左邊最高處，隱隱約約看到一個圓形物體。

「老婆，快看那邊！」我急忙叫醒還在打瞌睡的妻子。把車停在路邊，確認四下無人之後，翻出我從俄羅斯來的麥加朝聖客那兒買到的天體望遠鏡。這時我的手開始發抖，想到有可能那就是聖山上的導彈基地，突然感覺全身有電流通過。我把望遠鏡伸縮鏡頭拉開，調好焦距之後，慢慢對準了隱約的焦點——確實是導彈基地。

啊，那就是美國和沙烏地阿拉伯在 1985 年祕密協商建起來的雷達基地！

泰布克地區最高的山勞茲山海拔超過 2,400 公尺。若是站在山峰，肉眼可以看到以色列、埃及、約旦、敘利亞。

1985 年美國和沙烏地阿拉伯簽署了「和平屏障」，其內容包括在勞茲山佈署監視用雷達和防禦用導彈。所以在那裡建造四層樓高的兩座塔。工程費用達到了兩百兆美元，由美國買單。

勞茲山入口的路牌

在那之後，沙烏地阿拉伯隨即從中國用東風號船，經由紅海邊的卡蒂馬港口，引進可以裝置核子的液體燃料推進單彈頭導彈 28 枚，佈署在此山上。此導彈射程四千公里，現在正對準以色列和伊拉克等國。

沙烏地阿拉伯政府在那座山周圍安排了經過訓練的特

勞茲山─隱約看出勞茲山上的雷達基地

殊部隊、祕密員警、貝多因人展開嚴密警戒，連一隻螞蟻都不能通過。

「老婆，就是那裡！那就是神給摩西十誡的西奈山！」

美國究竟知不知道，那座山就是神親自降臨後呼召摩西，頒賜十誡的西奈山呢？聽說高解析度的衛星甚至能找到房頂上的高爾夫球。會不會他們明明知道，卻睜一隻眼、閉一隻眼，或者兩國之間有什麼地下交易呢？我無從得知。不管怎樣，在那神聖的地方設立導彈基地讓人無法接受。

只要沿著瓦迪穆薩走，就能登上那座山。我們離開了大道，左轉後心無旁騖，朝著推估為瓦迪穆薩的地方前進。我們沿著貝多因人的汽車輪印，在未舖設路面的道路西行。約過了二、三公里後，遠方有一輛汽車朝我們的方向奔馳而來。看了看周邊，廣闊的沙漠上只有塵沙在飛揚。我停下車，右手在背心左邊的口袋裡摸索，確定握到手槍槍把後，把手抽了出來。

那是出發前幾天的事情。我對正在接受腰間盤突出治療的卡利得族長說道：「一個星期後才能再給您治療了，因為我們一家決定要到北方去旅遊。回來後我就與您聯繫。」

他反問：「要到北方什麼地方旅行啊？有一起同行的人嗎？」

「去泰布克一帶。只有我們一家人去。」

他的臉色嚴肅起來。「那兒有很多貝多因人。他們因為過著游牧的生活，不太遵守法律，尤其與女子同行時要

特別小心。為了預防萬一，帶著槍會好一些。跟王子拜託一下，拿把槍走吧。」

我對貝多因人也有所耳聞。中東人要想結婚，必須準備聘禮。男子必須要給女方父親金錢、羊或駱駝等聘禮才能迎娶女子，所以需要相當多的錢財。聽說他們當中有因為沒錢而一輩子打光棍的，也有因為錢多到在《可蘭經》允許下帶著四位夫人生活的。還有些沒錢結不了婚的貝多因人，成了同性戀者，甚至曾聽說貝多因牧人從羊群當中選出最漂亮乾淨的母羊進行獸姦。

「可是現在王子正在奧地利度假。」

「那我把我的槍給你，你帶著吧。」

但是我覺得槍枝並不是那麼隨隨便便攜帶的東西，所以就謝絕了他。

那天晚上，我和妻子躺在床上商量著日程，一一清點準備物品。帳篷、指南針、電燈、露營燈、大米、孩子們的零食、泡菜、應急藥品、沙烏地阿拉伯全國地圖、泰布克地區大小地圖、聖經中節錄的經文（與米甸、西奈山、何烈山相關的），可裝置在汽車上的冰箱、捉魚時使用的魚叉、潛水鏡、相機兩台、錄影機等。

想這想那地，過了一會兒，我開始禱告。腦海中不時浮現白天卡利得說過的話，但我決不能和躺在身邊的膽小妻子說，我決定天一亮就到街上的商店買支仿製假槍，這才安心準備睡覺。

第二天一大早我來到街上，幾乎翻遍了整個商場，都

找不到槍，最後無奈地回家準備旅行用的必需物品。妻子正在廚房準備小菜，孩子們也忙著準備自己的行李。那天晚上睡覺前，我把手放在床角，比起任何時候更加懇切地向神祈禱：

「充滿慈愛的神，一直與我們同行的上帝啊，我真心讚美祢。祢知道，明天禮拜後，我們將隨著祢的帶領，去往祢以火和雲還有地震、雷聲降臨過的地方。很早以前，祢在那座山上曾親自寫下，我們在生活當中必須遵守的十條誡命，送給了信仰的祖先摩西；祢曾分開紅海，解救被埃及兵馬追趕的以色列百姓，帶領他們到迦南美地。為了親眼看見祢曾作工的現場，我們即將要出發。雖然這是第一次，求祢讓我們不受困苦，每到一處都能遇到祢所預備的人。就像給摩西顯示的，請祢用火柱與雲柱帶領我們，讓我們全家人被恩典迎接，凱旋歸來。奉永活的耶穌之名祈禱。阿們。」

禱告結束後，我想起卡利得說過的話。我背著妻子，點亮了孩子們的書房，把老么兒子哲雄的玩具箱倒在地上。在機器人、汽車、人偶、拼圖等雜七雜八的東西中，看到了很久以前花五里亞爾買到的塑膠手槍。我趕緊撿起來一看，頗像真的 38 口徑手槍，於是裝進了旅行背心口袋裡。

我剛才在口袋裡摸索的就是那支手槍。看那車輛行駛如此快速，猜想會有危險，於是偷偷查看了一下武器。可是有誰能把信奉上帝的我們怎麼樣呢？

雖然是白晝，我還是點亮了車頭燈，等待他們靠近。

他們在一陣灰塵中出現，只瞅我們一眼就過去了。原來是貝多因人。

🌳 尋寶的貝多因人

往山裡再前進兩公里後，我看到了一棵皂莢木，還隱約看到樹下穿著白色服裝的人們。驅車靠近仔細一看，三個大約五十歲左右的貝多因人正在樹下休息。

「薩拉瑪拉伊辜穆。」（意指：願神祝福你們。）

我奉神的名字為他們祈求平安，他們立即高興起來為我們祈福。

「瑪拉伊辜穆薩拉姆。」（意指：願神也祝福你們。）

念中學時，我的父親在江原道三陟長城炭礦地區經營一家叫作「東海漢藥房」的中藥店。有一天，父親輕聲地叫我過來坐下並跟我說，比起人的相貌，人的神態更重要。看一個人的臉，可以了解那個人的生活習慣及他的周邊環境和健康狀態。後來我也成了中醫師，臨床醫治很多人，閱讀書籍的同時，也學會了看人。

看他們的穿著和舉止行動，分明就是貝多因人，可是周邊並沒有一頭駱駝或羊，取而代之的是一輛變形的三菱越野車，叫人納悶他們到底是幹什麼的。因為他們給人的印象並不怎麼好，我沒有下車，只是向他們招了手。其中一個人走近我的車。

「朋友！」我先說道。

貝多因人見了誰都稱呼朋友。一九七〇年代的後幾年，中東興起一股建設熱潮，幾十萬名韓國人來到了沙烏地阿拉伯。因韓國工人不會說英語和阿拉伯語，於是他們乾脆就用韓語說話。所以直到現在，精於商道的阿拉伯人中，仍有很多能夠流利講韓語的人。他們看到長得像韓國人就說：「朋友！朋友！有黃瓜，有小蘿蔔，還有冬瓜。便宜，很便宜。」如果客人討價還價後還不買而轉身走掉，他們就會在背後抱怨：「混蛋，沒錢！」

我向靠近方向盤的貝多因人問道：「您知道瓦迪穆薩在哪嗎？」

他聽了後，眼神興奮起來：「咱就痛快說吧，和我合作。」

我不知他是什麼意思，又感到有些訝異。

他急忙接著說：「對分吧。」

我剛到沙烏地阿拉伯生活時，連用阿拉伯語說自己的名字都很困難。大約過了兩年後，我在新吉達給患者看病的時候，發生了一件事情。護士說有個女患者打電話找我，然後把電話遞給我。對方用阿拉伯語問了很多問題，可是我根本聽不懂。我想當然地認為，他肯定是在問這樣或那樣的病是否可以用針灸治療，所以回答：「夫人，您過來，我給您看看再跟您說。」這麼一說，對方卻忍不住笑個不停。我請旁邊的護士翻譯一下，她說女患者問的是，月經失調也可以用針灸治療嗎？

我曾經也有過那樣的時候，但現在我既可以用阿拉伯

語與患者對話，也可以講事業上的事情，還可以聊政治方面的話題，在溝通交流上已經毫無困難了。可是這個人到底在講什麼，我真的無法理解。

貝多因人再一次問道：「你是來尋寶的吧？」

我是來尋找瓦迪穆薩的，這貝多因人卻不知什麼緣由，說五十對五十什麼的，簡直荒唐。我又仔細問了一次。

聽他這樣說，讓我想起了一個朋友在我出發前跟我說過的話。在我計畫攀登勞茲山的幾星期前，我曾向在礦產資源部工作過的一位敘利亞地質學家朋友要一份有關勞茲山的詳細地圖。

那天晚上這位朋友對我說：「和我一起去。」

我也裝作認真地問他理由。

「這是我在礦產資源部時聽到的。以色列百姓過紅海後和摩西一起到達了勞茲山。之後摩西為了接受十誡到了山上與神在一起四十天。但是摩西拿著十誡下山時，看到了亞倫和以色列百姓正在向金牛犢獻祭。他非常生氣，認為金子召來罪惡，所以讓以色列百姓把出埃及時帶來的所有的金子交上來，只留下了必要的一部分，剩下的埋在了勞茲山附近某處。聽說政府祕密地與考古學家和內務部人員，在貝多因人的嚮導下作過幾次調查。我來買金屬探測器，我們一起去吧。」

這麼荒唐的話題，我連想都沒想過的，所以只跟他說：「以後再找機會。」然後接過地圖。

如此推斷，正在我面前說五十對五十的這個貝多因人，

肯定就是那些尋寶人之一。

「耶和華對摩西說，你告訴以色列人說，耶和華說，你們是硬著頸項的百姓，我若一霎時臨到你們中間，必滅絕你們。現在你們要把身上的妝飾摘下來，使我可以知道怎樣待你們。以色列人從住何烈山以後，就把身上的妝飾摘得乾淨。」（出埃及記三十三章5～6節）。出埃及記三十二章裡亞倫的金牛犢事件發生之後，他們是把裝飾品收回後，埋在了何烈山附近，還是把耳環、手鐲之類的飾品另外保管，細節都無法了解。但出埃及記三十六～三十九章記載，會幕和聖所裡陳列的各種器具，在製作過程中使用了各種金銀珠寶，看來何烈山附近好像不太可能至今還埋藏著金子。但從另一個角度想，若用精密儀器仔細探測這塊高達幾百萬的以色列百姓生活過十一個月的地方，會發現多少金子呢？這相當令人好奇。

「知道瓦迪穆薩嗎？」

「這條河道就是瓦迪穆薩。」

主啊，感謝祢！我們只是根據地圖貿然過來，這兒竟然就是瓦迪穆薩。我們一家人正站在這河邊，實在是感激，我們不得不向神獻上感恩。我再次問貝多因人。

「那麼，或許你還知道勞茲山？」

他馬上變得嚴肅起來說不知道。我趕緊換了話題，提出了寶物的事情。

「真的，如果發現寶物，可以對半分嗎？」

「肯定守約，我以『阿拉』的名發誓。」我隨即問了

其他問題。

「你知道岩石上刻有牛的地方嗎？」

我想尋找岩石上刻有牛圖的地方，原因是可以證明那裡曾經有亞倫的金牛犢祭壇。

「那兒到不了，軍警布了網，若是靠近就會抓進監獄裡。」

他說了這句話後，回頭看了一下離他很遠的貝多因夥伴們。我可以感覺到這些人明明知道卻想隱瞞。

「但是我知道，岩石上刻有別的圖的地方。是相當長時間以前雅戶得（以色列）百姓停留過的地方……」他說著說著突然停了下來。

我馬上把冰箱裡三瓶涼爽的水遞給了他，拜託他帶我們到那兒去。他卻跟我要錢。

「多少錢？」

「五百里亞爾！」

「太多了。」

「要走四十公里的路程呢。」

我們最終以兩百里亞爾達成協議。在討價還價過程中，他看著我妻子的眼神不太正經。

「我們先出發，你馬上跟過來。」貝多因人說道。

坐在身邊的妻子聽了我們的談話內容，不希望跟他們一起去。坐在後座的孩子們也有些害怕。貝多因人就像聽懂了我們一家的話似地用韓語說：「夫人，請不要擔心。」

在這種狀況下，我覺得把自己的身分說出來應該會比

較好。

「我是馬吉德‧本‧阿卜杜勒‧阿齊茲王子的主治醫師。這兒還有王子的旅行證明書。」

我把燙金印製的，帶有沙烏地阿拉伯政府標誌的書函拿出來，讓貝多因人看了一下。他馬上展開書函，一行一行讀起來，然後向我豎起大拇指。他把書函還給我的瞬間，我馬上讓他看了一下口袋裡的玩具手槍。

他向後退一步說：「朋友，了不起。」

這小子把玩具槍當成真的了。我這樣想著同時跟上貝多因人的車。

🌳 阿拉伯人的商術

坐在後座的老么哲雄突然問：「爸！那槍是真的嗎？」老二銀雪說：「爸！那槍是假的吧？」大女兒恩知問：「爸！那槍是王子給的嗎？」我只好回說：「這槍是神給的。」我看了妻子一眼，她正閉著眼睛，好像在祈禱。

我們跟在貝多因人的車後，不得不駛在輪胎揚起的灰塵當中。瓦迪穆薩的寬度看起來大約足足有一公里寬，左右兩邊大大小小的山就像屏風一樣。但是看不到一株草，那是典型的沙烏地阿拉伯山脈。也許是貝多因人代代口傳而來，沒人知道從什麼時候起，這條河開始被稱作瓦迪穆薩。

三千五百多年前，以色列百姓從法老那裡被解放了出

來。他們從蘭塞起行，以摩西為首，想必曾經越過這條河，來到了西奈曠野吧。聖經學者們推算，若不計算老弱婦孺，他們總共約有六十萬名男人，加上眾多跟隨的其他種族等（出埃及記十二章37～38節），總人數可達250～300萬，別忘記還有大批羊群和牛群同他們一起趕路。我的眼前浮現出他們行進時壯觀的場面。

我們跟著貝多因人行駛了約三十分鐘後，他們停下車，告訴我前面看到的岩石就是以色列百姓畫的，就是我們要尋找的岩石。我懷著興奮的心情開車圍著岩石轉了一圈，可是什麼都沒有，我因而向他提出抗議。

「你騙我！」

「再給一百里亞爾，我肯定帶你們到那兒。」

他終於露出典型阿拉伯商人的真面目，表情毫無愧色。但我也不是輕易妥協的人。

我心想，你太不了解我們韓國人了。我國是不產一滴油、資源匱乏的國家，靠著智慧和勤勞得以站在發達國家的行列。再跟我要一百里亞爾，你以為我會答應嗎？

我泰然自若地說：「朋友！這樣就是你們違約了。那就算你們到現在為止白跑了一趟，回去吧。我連一里亞爾也不能多給你們，就算我挖到金子，連一點點碎屑也不會給你們。」

貝多因人一聽，臉色倏地變得慘白，只要求給他們原先約定的數目。被我擊了一棒後，他們馬上變成了柔順的小羊。

「起初我們約定是二百里亞爾,可現在我沒法相信你們了。所以給你一百里亞爾,願意就帶我們去;不願意,我們自己找過去。」

他們什麼話都沒說,重新開車在前面帶路。妻子可能覺得好玩,竟咯咯笑出聲來,很長時間沒聽到她這樣笑了。伴著車內音響播放的福音歌曲,孩子們拍著手掌,晃動著身子唱起歌來,汽車也跟著搖晃起來。

神啊,今天祢會讓我們看到什麼呢?以色列百姓在曠野生活四十年留下的痕跡,還會保留到三千五百年後的現在嗎?

沒陷入貝多因人的商術陷阱令人高興,可更令我們更興奮的是將要看到以色列百姓在曠野生活過的痕跡。只要神與我們同在,就算是吉光片羽我們也定然會發現。

🌳 見到雲柱

不知跑了多少公里,我們沿著瓦迪穆薩奔跑在險峻的山中。在毫無濕氣的乾枯土地上,我們繼續在前車揚起的滾滾煙塵中前進。到處都是相連的山峰,到底哪座山才是我們要尋找的勞茲山?

前面貝多因人的車亮起了右側警示燈,我們順著道路轉彎。「老公!老公!」妻子喊叫起來。看到妻子手指方向的 那,我簡直不敢相信自己的眼睛。天空一片晴朗,唯有眼前那座山上有一根雲柱。竟有這樣的事!這真讓人

勞茲山上的雲柱──神用雲柱指示出我們神聖的山。

吃驚。那不是那種展開的雲，天空那邊比山這邊略寬一些，從上往下一點點變窄，形成了柱子形狀，遮蓋著山頂約百分之十的面積。在那瞬間，我心中無法言喻地確信：那就是西奈山。

這時妻子問我：「老公，你沒想起什麼嗎？」我當下驚呆了，什麼話也說不出來。

「當然！當然想到了！我和你想的一樣。我們信耶穌的人，把這種現象叫作自然啟示。」

「噢，神啊，我們本是污穢不配的，祢竟給我們軟弱的人這樣大的恩典，實在是滿心感謝！」

出發，向著我們所見之地！

雖然不了解內容，但我已經感覺到了神的訊息。祂正

等待長途跋涉趕過來的我們。隨著山離越來越近，我更加無法控制興奮的情緒，同時又感覺些許畏懼。

神降臨在西奈山時告訴百姓要潔淨自己，清洗衣服，等待三天，並指示要在山的四圍定界限，不可上山去，也不可觸摸山的邊界，犯這地界的必被治死。到了第三天早晨，山上有雷轟、閃電和密雲，並且角聲甚大。摩西出來迎接神時，西奈全山冒煙，遍地大大震動，耶和華在火中降於山上。（出埃及記十九章 10～19 節）

我按捺著顫抖的心。過去自己曾犯過許許多多的罪，如同電影般一幕幕閃過我的腦際，我感到自己根本沒辦法靠近眼前的山。於是我一邊祈禱求神饒恕我這個罪人，一邊往前靠近，全身都忍不住發抖。我更滿懷感激，神竟為我們顯出雲柱。

貝多因人的車不知何時已停在了山下略傾斜的道上。我們也穩定好興奮的情緒，跟著他們停車。這裡可以說是瓦迪穆薩發源地的最後一個山谷。

🌳 石堆上刻著的畫

我才剛從車上下來，那個出發前和我說話的貝多因朋友就拉著我的手腕察看地面，然後指向一個地方。我的視線就在那裡停住了。

我壓抑著猛烈的心跳，走近一看，一塊像似被火燒過或燻過、黑乎乎的石頭上刻有明顯的圖案。貝多因人在旁

邊的石堆翻弄一番後又叫我過去，那裡也有類似剛剛看到的那種圖。翻開石堆，似乎經歷過幾千年的歲月、刻有圖案的石頭一一顯現出來。

我叫來家人，用照相機和錄影機把這些拍攝下來。仔細觀察幾種重複的圖形，貌似是幾隻猶太人傳統的涼鞋，但鞋帶都是鬆開的。我問了貝多因人這些圖是什麼意思，他只是搖搖頭。

為什麼會畫上這樣的畫呢？是在告訴人們這是座神聖的山，必須脫下鞋子嗎？脫鞋是什麼意思呢？

耶穌背負十字架走向死亡時脫下了鞋。主稱自己就是神，卻以最謙卑的姿態，為了救贖我們的罪，背負十字架，走向每個信徒。沉重的十字架下面，主的腳下連鞋子都沒有。那是放棄了一切，軟弱無比的奴僕形象。

當大衛王被自己的兒子押沙龍追趕時也赤著腳：「大衛蒙頭赤腳上橄欖山，一面上，一面哭。跟隨他的人也都蒙頭哭著上去。」（撒母耳記下十五章30節）〈路得記〉又寫著：「從前，以色列人要定奪什麼事，或贖回，或交易，這人就脫鞋給那人。以色列人都以此為證據。」（路得記四章7節）耶穌的話語中也有類似的句子，離家的浪子回來時，「父親卻吩咐僕人說：『把那上好的袍子快拿出來給他穿；把戒指戴在他指頭上；把鞋穿在他腳上。』」（路加福音十五章22節）

綜合以上的描述，可以了解到脫鞋有兩種含意，一是毫無資格行使權利之奴僕的意思，另外一個是作為約定的

象徵。聖經上說：「耶和華上帝見他過去要看，就從荊棘裡呼叫說：『摩西！摩西！』他說：『我在這裡。』上帝說：『不要近前來。當把你腳上的鞋脫下來，因為你所站之地是聖地。』」（出埃及記三章 4 ～ 5 節）。在何烈山，為了向摩西顯示上帝的威嚴；為了在上帝的聖山召摩西為祂的僕人，並向摩西顯示必會帶他們回來的憑證，上帝要摩西脫下鞋來。我看著岩石上的圖，不由得像站在荊棘前的摩西一樣全身顫抖。

以色列百姓從曠野出發，來到利非訂搭帳篷。百姓沒有水喝，於是摩西呼求神，神讓摩西用杖擊打磐石。我想也許在這件事之後，摩西使百姓坐在何烈山前，開始講道：

> 你們大家都知道，我生為希伯來人卻在法老的王宮長大，學到了埃及所有的文化。我從來沒有忘記希伯來人的神，意識到自己就是希伯來人。
>
> 有一天，我看到同族遭受苦役，見一個埃及人打我的同族。我忍不住憤怒，就把那個埃及人打死了，埋在沙土裡。第二天，我又來到那裡，見有兩個希伯來人爭鬥，就責備那欺負人的。那人對我說：「誰立你作我們的首領和審判官呢？難道你要殺我，像殺那埃及人嗎？」前一天我殺死埃及人的事情已經見光，連法老都要殺我，我只好離開埃及，逃到米甸這裡。後來與離這裡不遠，米甸祭司葉忒羅的女兒西坡拉結婚。

四十年後，有一天我到野外放羊，來到神的山，就是何烈山。你們所看到的那叢荊棘被火燒著，然而荊棘卻沒有被燒毀。因為實在太奇妙了，我想仔細看，靠近前去，

岩畫：解下鞋帶的鞋

就聽見神呼叫我。我因為太過驚恐，連動都不敢動。

神對我說：「當把你腳上的鞋脫下來，因為你所站之地是聖地。」我脫下了鞋。神說：「我的百姓在埃及所受的困苦，我實在看見了；他們因受督工的迫害所發的哀聲，我也聽見了。我原知道他們的痛苦，我下來是要救他們脫離埃及人的手，領他們出了那地，到美好寬闊、流奶與蜜之地，就是到迦南人、赫人、亞摩利人、比利洗人、希未人、耶布斯人之地。」

又說：「現在以色列人的哀聲達到我耳中，我也看見埃及人怎樣欺壓他們。故此，我要打發你去見法老，使你可以將我的百姓以色列人從埃及領出來。」

我對神說：「我是什麼人，竟能去見法老，將以色列人從埃及領出來呢？」神說：「我必與你同在。你將百姓從埃及領出來之後，你們必在

這山上事奉我;這就是我打發你去的證據。」我說:「我到以色列人那裡,對他們說:『你們祖宗的神打發我到你們這裡來。』他們若問我說:『祂叫什麼名字?』我要對他們說什麼呢?」神說:「我是自有永有的;」又說:「你要對以色列人這樣說:「那自有的打發我到你們這裡來。」

我擔心著像我這樣的人,怎麼能做那麼大的事呢?就請神打發可打發的人。神讓我將這後來分開紅海的杖丟在地上,我把杖一丟,杖就變成蛇。神又讓我拿住蛇的尾巴,我拿住蛇的尾巴,蛇又變回杖。神讓我看到了祂奇妙的大能。

諸位,我們回頭看:神曾救我們脫離心極為剛硬的法老之手;白天用雲柱、夜間用火柱帶領我們;讓我們跨過紅海如同行走平地。想起這些我們只有感恩。耶和華神曾與我們約定:「你們必在這山上事奉我;這就是我打發你去的證據。」現在祂的話實現了。親愛的以色列百姓們,讓我們共同讚美這位偉大而奇妙的耶和華神!

當摩西的講道結束時,以色列百姓肯定發出雷鳴般的掌聲,展開雙臂讚美耶和華神。然後在漫長的曠野生活中,把摩西所講的,一一刻畫在岩石上。

🌳 岩石上刻著的蛇形手杖

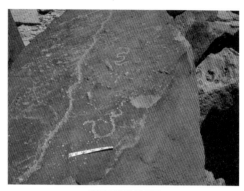

畫有蛇的岩畫

我翻弄著幾個似乎是有人隨意堆起來的石堆。這時貝多因人拉著我的手，拽著我來到右面的山。

才爬一小段山，我就看到貝多因人手指著一塊大岩石上刻著的畫。雖然痕跡淡了許多，但仔細觀察後，再把貝多因人的描述綜合起來，可以得出結論：這是手杖模樣的蛇。

這是摩西在何烈山第一次被神呼叫時拿過的手杖；在法老王面前與埃及的術士對決時，分開紅海、擊打磐石流出水時使用的手杖；帶領百姓與亞瑪力人爭戰獲得勝利，帶領他們走過四十年曠野生活的手杖。本來只是一支無比蒼涼、經受風塵、趕走豺狼野狗、驅趕羊群的乾枯木頭而已，但是當神的能力與這乾枯的木棍同在時，就產生驚人的作用。我們發現了畫著這根手杖的岩石。

除此以外，還有幾處石頭上刻有圖畫，但已經毀損到分不清畫的是什麼。看了之後，我們感到非常惋惜。貝多因人說：「不知是英國人還是美國人，他們來過這裡後，政府就派出軍人，圍繞整座山，抹去岩石上的刻畫。小的石頭就放到一起，埋入土中或消滅了。我們世世代代都生

活在這附近，根據長輩口耳相傳說，以色列百姓曾經住過這裡，所以把這座山稱為阿拉（神）山，也叫穆薩（摩西）的山。離這不遠的巴德，有摩西的岳父葉忒羅的房子遺址，可是遺址全部用鐵網圍著，說是考古區域，禁止出入。」

（怎麼會如此呢！不！神到底要把這神聖的土地交給阿拉神到什麼時候呢？祢在舊約時代不是曾親自說話、速下刑罰嗎……）

被沙烏地阿拉伯軍人銷毀的畫已難以分辨，但有幾幅依然留下了蛇和蛇形手杖的原本面目。岩畫證明那兒就是以色列百姓出埃及以後停留過的利非訂。

大部分的基督徒認為，為葉忒羅放羊的摩西，是在西奈曠野遇到了降臨在燃燒荊棘裡的耶和華。但如果我們更加仔細地研究聖經，就會了解到，曠野的西部邊界地帶是利非訂。「摩西牧養他岳父米甸祭司葉忒羅的羊群，一日領羊群往野外去，到了神的山，就是何烈山。」（出埃及記三章1節）

看這句話，神的山就是何烈山，何烈山就是西奈山。

「『我必在何烈的磐石那裡，站在你面前。你要擊打磐石，從磐石裡必有水流出來，使百姓可以喝。』摩西就在以色列的長老眼前這樣行了。他給那地方起名叫瑪撒（就是試探的意思），又叫米利巴（就是爭鬧的意思）；因以色列人爭鬧，又因他們試探耶和華，說：『耶和華是在我們中間不是？』那時，亞瑪力人來在利非訂，和以色列人爭戰。」（出埃及記十七章6~8節）

　　摩西告別岳父，離開利非訂，在西奈曠野的山下安營（出埃及記十九章），就在西奈曠野發生了金牛犢事件。

　　摩西第一次遇到在荊棘中顯現的神，脫下鞋子的神聖地方是何烈山後面的利非訂。那裡很多古代岩刻畫中，尤其打開鞋帶的鞋子和蛇形的手杖畫特別多，遺落各處。

　　如果單單看出埃及記的經文，何烈山和西奈山是被明確區分的，但是以後就被混淆了。摩西第一次在荊棘火焰中得神呼召的地方，帶領出埃及的以色列百姓離開汛的曠野後，到達的地方是何烈山。神給摩西法度和律法的地方是西奈曠野東邊的西奈山。為什麼摩西稱此山為西奈山，又叫何烈山呢？

　　我反覆比較分析聖經。根據古代地圖和相關資料顯示，這是同樣一座山，但根據山的東面和西面不同位置，對山的稱呼就不同。我推測，可能西奈山是何烈山脈中的一座山。我所持有的幾張古代地圖副本明確標記著，把沿著勞茲山西南方向最北邊的山稱作何烈山（海拔 1890 公尺）。還有，發音接近於「斯納」的「西奈」，在阿拉伯語中意為駱駝背部的兩座駝峰。一座山有兩座山峰也稱作「西奈」。那麼是因為一座山有兩座山峰，所以就使用了「西奈山」這個地名吧。

　　來到現場，親眼看見就可以理解了。不管是何烈山也好，西奈山也罷，山腳下的西奈曠野依舊立定於此，一望無際。

　　我們在後面的小山脊停下了車，然後隨著貝多因人的

帶領尋找以色列百姓的遺跡。山脊上有一條沒法雙方會車的懸崖山路，過了那裡後，一片廣闊得可以容納幾十座足球場的曠野展現在我們眼前。

🌳 雷聲、閃電和黑暗

當我正忙著到處翻弄，霎時間，一道閃電落下，接著轟然巨響。我驚慌地看向家人，孩子們捂著耳朵，妻子愣住看著我。

我朝對面的勞茲山方向看，山頂上幾條閃電劈下，接著再一次雷鳴震響整座山，烏雲不知何時已壓過半山腰。

我生平第一次那麼近距離地看到閃電。恐懼！四肢顫抖！我感到自己在神的威嚴面前完全赤裸一般。原本晴朗的天空霎時間變為黑暗，把勞茲山給吞沒了。大滴落下的雨水，抽打著我滿是罪惡的身體。我的雙眼湧出懺悔的淚水，全身發抖。

「主啊，此時我看到永活的神在動工。求祢饒恕我一直生活在世俗的物質欲望中又傲慢無比。求祢饒恕這沾滿世間污穢的罪人吧。」

那時我感覺到，曾為救贖我放棄天上的榮耀、戴著荊棘冠冕、流淌著鮮血的主，正從遠處凝望著我。

「主啊，求祢饒恕！我是罪人，唯有一死的罪人。」

再一次，閃電穿過眼前，轟隆雷聲震動了地軸。岩石似乎馬上就要滾落下來。讓我想要攀登勞茲山的想法瞬間

消失。在恐懼與神的威嚴面前，我舉起雙手。

看了看周邊，我的家人和貝多因人已經進入車裡。貝多因人在車裡揮手，我走過去。他們說要走了，讓我按照約定給他們錢。我一邊給他們錢，一邊問：「這兒是經常下雨的地方嗎？」

「在十一月到十二月之間是雨季，五、六年會下一次雨。現在離雨季已過了三個月，這個時候下雨是生平第一次遇到，也是第一次看到這樣奇怪的雲。讓人怕到發抖啊！」

我給了他們約定的 200 里亞爾，道別祝他們一路順風。他們可能原本以為收不到錢了，竟然一一伸出手來與我握手。他們以阿拉的名義向我祝福後離開了：「真謝謝你，願阿拉的祝福與你同在！」

孩子們跟媽媽說快跟著他們回去吧。但我想這麼遠的路，不知什麼時候還會再來一次，就說稍等一會兒看看。

他們走了以後，繼續雷鳴閃電好一段時間。漸漸地，雲消散了，熱烈的陽光傾瀉下來，剛才那一幕彷彿從來沒發生過，瞬間又變回了沙烏地阿拉伯的天氣。

我和家人下車繼續翻弄石堆照相。

「爸爸，有人往這邊過來了！」

聽到孩子們的話，我馬上把照相機藏起來。兩個年紀似高中生大的男孩，穿著傳統服裝走了過來打招呼。穿著很乾淨，頭上戴的包頭巾也很端整，看來不是貝多因人，於是我上前跟他們聊聊天。

「我們是在泰布克唸書的學生，父母是貝多因人。剛好趁哈吉休假回到家裡。」

我問他們家在哪裡，他們用手指畫。我看到了何烈山後面，游牧民族的帳篷。

「可是你們在深山裡幹什麼？」

「哈吉休假，就隨意到處旅遊啊。」

看來我不用特別懷疑這些學生。我給他們一人一瓶飲料，順便問了下岩石上的畫。

「畫是什麼意思我們一點都不清楚。山上原有的畫確實是被軍人們銷毀了。聽大人們說，是很久以前猶太人在這裡生活時畫下來的。哼，以色列傢伙都該死！」

他的眼睛突然血紅，激動地說以色列人攆走巴勒斯坦人時，向毫無武器的人民動用軍火。

我靜靜聽了一會兒才問道：「或許，你知道走到那座山前的路？」

「像你這樣的人到那裡，馬上就會被逮捕進監獄的。就算能過去，有山擋著，要繞上好長一段時間，而且要跨過瓦迪阿比亞特（W. Abyat：白沙江）。」

☀ 聽說摩西的井

突然降下的雨改變了氣流，使瓦迪穆薩到處刮起沙漠旋風。返回的路上，我們向著為我們顯現曾讓三千五百多年前的以色列百姓經歷過的雲柱、雷聲和閃電，並給我們

確信的神，獻上了感謝和讚美，把榮耀歸與祂。

我重拾片斷的記憶驅車離開，在將要完全走出山的入口時，在第一次遇到給我們引路的貝多因人的地方，再度遇見他們。我遠遠地向他們揮手道別後，從左邊繞過白色的清真寺，奔向巴德的方向。

來到巴德的入口，有一座設有路障的關卡，我們只好暫時停下來。警察也許因為哈吉休假時間上班很不耐煩，痛快地讓我們通過。進入入口後，為確認瓦迪穆薩的位置也為車子加油，我把車開進加油站。眼前出現了一個沙烏地阿拉伯人，我馬上展開地圖向他打招呼。

「您知道瓦迪穆薩嗎？」

「我也是從外地來的，不太了解。」

這時正在加油的印度人回答了我。

「在巴德末端有個信號燈，在那兒右轉直行三十公里，有個叫馬格納（Maqna）的地方。到那以後隨便問誰都能告訴你。」

我們剛從瓦迪穆薩回來，只是為了再次確認，所以這麼問了一下。這個人卻振振有辭地告訴我們那在別的方向。這可不是該輕易忽略的事情。我追問，地圖上不是說在北邊嗎，你怎麼這麼說呢。他指著阿拉神起誓說，的確就在那。

「朋友，你去過嗎？」

「那當然，去過好幾次呢。我和朋友經常到那兒去釣魚。」

沙烏地阿拉伯很少有水庫或江河，竟然還說釣魚⋯⋯

「那麼，是海邊嗎？」

我這麼一問，印度人說那兒是海邊，在那遠遠地就可以肉眼看到埃及和西奈半島。

「那麼，那兒和摩西有什麼關聯？」

「那兒有叫愛因穆薩（Ain Musa：摩西的井）的地方，有很多外地人和觀光客到那裡。」

那兒和瓦迪穆薩根本沒什麼關聯，可是這位朋友卻因為單單聽到了穆薩（摩西），告訴了我們根本沒想到的地方。聽了他的話，一道思緒閃過腦海：

愛因穆薩這個地方會不會是摩西的岳父葉忒羅生活過的遺址？

沙漠地區有綠洲、愛因（Ain）、比爾（Bir）。嚴格地說，綠洲是沙漠中有水、樹和林蔭的地方；愛因是水從地下湧出來形成水井的地方；比爾是人工挖掘後，地下水集中的水井。這和聖經舊約當中稱作「別是巴」的盟誓水井（創世記二十一章 31 節）的希伯來語發音相似。雖然未曾想過，但也許我們能夠看到葉忒羅家的遺址。於是我們決定去尋找印度人所講的愛因穆薩。

我們來到巴德。也許東洋面孔太少見，每個經過的人都用好奇的目光看著我們一家。因為哈吉休假，大部分的店鋪都關著門。在節日的氣氛中，各個角落裡圍在一起聊天人們的神態和孩子們淘氣的眼神，看起來非常祥和。

我們在小鎮的一間小飯館吃平常我們叫作沙威瑪

（Sholma：阿拉伯式三明治）的大餅卷洋蔥末和羊肉以填飽肚子，然後在鎮裡寺院的洗漱台前擦了臉和手。不論是哪間寺院，都備有洗漱用的水。

穆斯林教徒一天要向阿拉神獻五次薩拉（禮拜）。如今看錶或聽廣播可以知道薩拉時間，而在沒有手錶的年代，是通過太陽的方位估計時間的。黎明前的晨禮（Fajr）、日正當中的晌禮（Zohr）、下午時人的影子和自己的身高差不多長時的晡禮（Asr）、日落之後的昏禮（Maghrib）、睡前的宵禮（Isha），一天共作五次薩拉。

通知薩拉時間的阿贊（Azan：清真寺播放的祈禱提示聲）響起時，不管是政府機關還是普通店鋪都要關門。甚至在餐廳，飯都沒吃完就有可能被攆到外面。因為若被穆塔瓦發現在這個時段開門營業，店主會被逮捕或者取消營業資格。穆斯林正在工作的時候，到了薩拉時間會毫不遲疑地面向寺院的方向。也許在辦公室或走廊，不管是在什麼地方，人們都會三五成群，秩序井然地向著麥加朝拜。

進行薩拉之前，要作烏德（Wud:祭祀前進行的儀式）。用水洗七次臉，身體裸露的地方要洗七次，從手到胳膊肘，腳到膝蓋洗七次，然後才能脫鞋進入會堂，向著麥加匍匐進行敬拜。所以寺院裡必備清水。

在寺院休息一會兒後，我們展開聖經。

法老聽見這事，就想殺摩西，但摩西躲避法老，逃往米甸地居住。一日，他在井旁坐下。米甸的祭司有七個女兒，她們來打水，打滿了槽，要飲父親的群羊。有牧羊的

人來，把她們趕走了，摩西卻起來幫助她們，又飲了她們的群羊。她們來到父親流珥那裡；他說「今日你們為何來得這麼快呢？」她們說：「有一個埃及人救我們脫離牧羊人的手，並且為我們打水飲了群羊。」他對女兒們說：「那個人在哪裡？你們為什麼撇下他呢？你們去請他來吃飯。」摩西甘心和那人同住；那人把他的女兒西坡拉給摩西為妻。

（出埃及記 二章 15 ~ 21 節）

我們在可能有葉忒羅遺跡的小鎮裡到處逛。隨處可見的棕櫚樹個個挺拔高聳，似乎要證明這兒就是綠洲。我們察看了每一個角落，可是沒找到葉忒羅家遺址。

距離印度人所說的愛因穆薩還有三十多公里，因為不知那裡的住宿條件如何，所以我們決定先去一趟，在回來的路上再尋找葉忒羅家遺址，於是回到大路上。

在離開小鎮的出口處開始出現鐵圍欄。鐵圍欄裡面看似非常荒涼。沿著圍欄再開一會兒車，看到青色的牌子上用阿拉伯語和英語寫著：

「考古區域，除相關人員外，根據國王命令禁止出入。」

因此，我更加留心地往圍欄裡察看。小坡下面，看到幾座建在岩石上的古老窩棚房子。

（那會不會就是摩西和他的岳父居住過的地方？）

我向路邊加油站裡的商店主人問：

「那前面看到的考古區域是什麼？」

商店主人毫不猶豫地回答：

「葉忒羅的房子遺址。」

我們大吃一驚，竟然這麼輕易就找到葉忒羅家的遺址。

「有辦法進去嗎？」

「曾有外國人在這附近照相，被警察抓走了。」

在我和商店主人談話的時候，似乎有員警發現了外來車輛，遠遠地看過來。

推測為摩西的祭壇石頭

以琳和摩西的祭壇

以琳的十二泉和七十棵棕樹

　　離開小鎮以後馬上就有條看不到盡頭的瓦迪（乾河道）展現眼前，我們在瓦迪裡沿著一條經過修建的道路奔向目的地。原本是平地的瓦迪延伸成了柔緩的丘陵，接著進入小山之間。

　　行駛了許久，終於看到有個手拿著木棍的貝多因牧童，趕著羊群路過曠野。乍看之下，曠野和山上似乎沒有任何生物，但仔細一瞧，可以看到上個雨季萌發的乾枯野草，正等待著下一個雨季，艱辛地延續著生命。羊群正在啃吃這些乾枯打捲的野草，徘徊在河道上。

　　過一會兒，當我原以為就要接近村莊了，卻在山坡下看到一片藍藍的大海，還有海邊小漁村裡的房子和稀稀落

落聚集的棕樹群。

沿著坡路稍過一會兒，看到了幾個巴基斯坦人。

「愛因穆薩在哪裡呀？」

他們指向了左邊。左轉以後，看到有幾輛汽車隨意地停在那裡，幾個菲律賓人坐在車上拍紀念照。我們在附近適當的地方停下車後，下來問他們愛因穆薩在哪裡，他們說再往前步行一會兒就到了。

經過淹沒腳跟的沙地後，坡下被棕櫚樹密密圍繞著。一眼就能看出那是個綠洲，那裡有很多遊客。跟著他們再往前過去，看到了直徑約十公尺的坑。垃圾和乾腐的棕櫚樹幹散在周圍，幾個人好奇地朝坑裡看著，據說那就是摩西的井，我突然有些疑惑。

（這兒和其他沙漠綠洲相比沒什麼特別的，為什麼偏偏叫摩西的井，而且為什麼會有那麼多遊客來到這裡呢？）

我留心觀察他們看著的地方後，這才理解為什麼人們那麼專注。

一位穿著沙烏地阿拉伯傳統服裝的人，在遊客面前撕下了一張紙，然後放在了正在冒著水的泉水上面。隨著湧起來的水流，紙張當然會被推向旁邊，可奇妙的是，紙竟然向冒著水的方向吸了進去。不僅僅這樣，吸進去的紙也沒從別的地方冒出來，就那樣消失得無影無蹤了。

看了一會兒，我家孩子們也好奇，拿出紙來學著沙烏地阿拉伯人那麼做。結果紙也被吞進去了，重複幾次都是一樣，真是奇妙。

大部分的遊客都是外國人，當地人並不多。於是我和那個撕紙片扔下去的沙烏地阿拉伯朋友搭了話。

「我們是從吉達來的，您從哪來？」

「啊，我是從泰布克地區來的，是泰布克地區電信局高職幹部。我在這裡出生長大，就經常回來故鄉。」

他英語說得很好，看起來頗有教養，相貌也挺俊秀。我遞出名片，他嚇了一跳。

「您是馬吉德‧本‧阿卜杜勒‧阿齊茲王子的主治醫師？」

我說是，他高興得再一次緊緊握住我的手。

「我也很尊敬馬吉德王子，他是全世界穆斯林教徒的最高領導。您是如何、什麼時候開始成為他的醫師？」

我仔細回答他的問題，再這樣順著慢慢轉換話題，從生活瑣事問到真正想問的事情。

「很久以前，在埃及有個叫摩西的先知，被攆到米甸這兒生活，就是巴德。他娶了名叫消哈布（聖經裡叫葉忒羅或流珥）的祭司的女兒西坡拉為妻。後來，他帶領在埃及為奴的百姓跨越了紅海，沿著海邊道路來到這裡停留了一段時間。這附近有十二個綠洲，以色列百姓有十二部族，所以每個部族各使用一個水井。據說摩西就生活在這口井附近。政府為了不讓任何人進入，就用水泥牆擋著。其實圍牆裡面有兩個大石頭，摩西在離開這裡之前，就在那裡向神獻祭。從很久以前開始，祖先們就稱這裡為愛因穆薩。」

以琳——這兒的確就是擁有十二股水泉和七十棵棕樹的以琳

　　這與聖經記載多麼契合！「瞠目結舌」就是用來形容此時的我吧。

　　原來這裡是以琳（Elim）啊。以琳！聖經不是曾講到這則故事嗎？

　　「他們到了以琳，在那裡有十二股水泉、七十棵棕樹，他們就在那裡的水邊安營。」（出埃及記十五章 27 節）。神的話語是那麼的真實，我幾乎闔不上嘴巴。

　　（聖經六十六卷中所記載的都是真正的事實。到底是誰說聖經是猶太人的傳說？這全都是歷史事實。）

　　被神感動的人所記錄下來的聖經是那麼偉大。祂是實實在在、的的確確活著的神，我不得不由衷折服。我想，

神實在是太愛我們了，就這樣讓我們遇到了祂事先預備的人，透過這個異教徒，讓我們聽到根本想都沒想過的事情。

🌴 海岸警備隊的接待

和電信局幹部聊了一會兒後，離綠洲二百公尺遠的小坡上，水泥牆裡的摩西祭壇引起了我的好奇。所以我向他詢問有關摩西祭壇的情況。

「大約十五年前就那麼放著了，我還摸過那兩塊石祭壇，但現在不知道政府把它弄到哪去了。我還記得圓型的石頭上挖有兩個坑。」

我向他道了謝，請他若有機會去吉達就到我家作客，然後和他道別。

太陽快落山了，綠洲的遊客開始離開，棕樹的影子也變長了。我們等到遊客們離開後，圍著曾有過摩西祭壇的水泥牆轉了一圈。巴望著哪裡有些縫隙可以窺視，但是沒有找到。圍牆範圍約90×130平方公尺，長方形，高度近2.5公尺。

繞到後面時，我看到拐角處堆放著垃圾，便看看四周，爬上垃圾堆，把相機舉過圍牆快速地照了相。然後沉澱了一下心情，開車駛進小鎮。

太陽已經落下，我們繞進每一條小巷尋找旅店，可是連一間小旅館都看不到。我減緩速度，沿著海邊行駛，為著該如何度過今晚發愁。看著西奈半島模糊的身影，背後

映襯著絢紅的晚霞，一艘漁船正疲倦地向海邊駛來。

也許是本能使然，白天忙忙碌碌地沒什麼感覺，但到了日落時分就會想起家來。就像不管是誰，心靈軟弱時就想倚靠神一樣；人們嚮往天國，或許也是一種本能吧。

若要重返有飯店的地方，就得開到距離這裡 172 公里的哈格勒，或者還有幾百公里遠的泰布克。雖然不想讓家人看出我的心情，但心裡卻滿是擔憂。

（有人說過，在沙烏地阿拉伯儘量不要夜間開車。）

孩子們看著我尋找旅館的灰心模樣有些擔心，建議在海邊搭帳篷。對目前的情況來說，那是最好的方法，但我還是說向神祈禱吧。看著漸漸落下的夕陽，飢餓開始襲來。遠遠地看到西奈半島的方向，一家家燈火逐漸點亮，不一會兒，黑暗就掩蓋了大海和陸地。

是啊，按孩子們的話，若在天色還亮時找好搭帳篷的地方就好了。我因而有些後悔。

海邊的白天和夜晚怎麼這麼不同啊。小巷裡的燈火也幾乎都滅了，竟然感覺有些陰森。為尋找搭帳篷的地方，我們開始在海邊到處察看。繞過山腳時，如同白晝一般光亮的地方展現在眼前。筆直的道路上佈有路燈，一路延伸到社區裡。

我們歡呼著來到社區正門，竟有兩名扛著槍的軍人擋在前面，打著手勢讓我們停車。

（好吧，這樣反而倒好，反正不是死過去就是昏過去。）

我按照他們的指示把車停在了路邊。軍人來到了駕駛座旁邊，問我要幹什麼。我拿出王子的旅行許可函說道：

「我們正在尋找住宿的地方，需要幫助。」

「這樣啊，到警衛室裡來吧。請喝些茶。」

因為我的推辭，他向警衛隊長報告後，讓我稍等一會兒。沒過十分鐘，出現一輛吉普車向這裡靠近。有個人從車裡下來，我熱情地迎上去，遞上了名片。如我所料，他就是海岸警備隊長。

「這裡是海岸警備隊員們的營地，您可以在這裡留宿，我們會給您空出一幢別墅。正好我的家人和親戚說明天要從泰布克過來看海，我在海邊搭好了大型帳篷，連供水車和瓦斯燈都有了。您也可以用海邊的帳篷。」

我不得不為神細心地安排深感驚訝。

（神啊，我們是這種連眼皮底下的事都無法知曉的人，只以為眼裡看到的就是全部。我們卻不知道，在我們來到這裡之前，祢已經為我們預備好了一切，我卻為此擔心發愁。）

跟家人商量了一下，都說要在海邊帳篷裡過夜。一連幾天都是在內陸奔跑，在海邊留宿也許會留下美好的回憶吧。看我們想要走向海邊，警備隊長說道：「我讓兩名警衛為你們站哨，你們可以放心休息。祝你們度過愉快的夜晚。如果有什麼需要，隨時可以和警衛說。」

他實在是太熱情了，我們連連感謝。我能為他做的只是對他說，如果來吉達請一定跟我聯繫。

　　我跟隨海岸警備隊的吉普車往北邊去。在大海邊，有座大型帳篷，停著一輛大型供水車。我們在那裡卸下行裝，吃了可口的晚餐，準備睡覺。這時警備隊長拿著飲料和孩子們喜歡的餅乾過來了。我記起當我們從吉達出發時，有帶著幾盒覺得或許會用到的韓國人參茶，就將茶拿了出來送給他。他很高興，說他聽過韓國人參茶。

　　他說，海岸警備隊的警備範圍是以紅海為中心，到亞喀巴灣、以色列及約旦。附近常有埃及西奈半島走私酒和毒品的走私犯出沒，頗令人費神。

　　白天的大海是美麗的，可到了夜晚就變成了可怕的深黑色。我跟他說明早再見後，走進帳篷和心愛的妻子、可愛的孩子們手拉著手作了家庭禮拜。我們的讚美比任何時候更熱切，更充滿感恩。

　　回頭看，我們所走過的長長的路程，一路都有神的恩典跟隨。讓我們在必要的時刻，遇到根本沒預料到的人來幫助我們。我們在連一家小旅店都沒有的地方得到了接待，被包圍在祂的恩典當中。只要一想起這些，就感到神是多麼地愛我們。也許妻子同我一樣的心情，不住地抽噎。

　　在海邊看到天空群星傾瀉。西奈半島方向的上空，有一顆流星拖著長長的尾巴，滑向米甸曠野，落了下來。相信這純淨無干擾的夜空，將會在我腦中留下長久的回憶。

　　在白天和夜間溫差很大的沙漠海邊，喝到妻子煮的溫暖咖啡，讓我擁有了久違的悠閒時刻。我們一家點亮了瓦斯燈，圍坐在一起聊天，忘記了時間的流逝。

遠處西奈半島的方向,燈火明滅,密集的點點星光之間,月亮照耀著我們。在這海邊短短的夜晚時間裡,我變成了充滿感性的青年。

我因身體疲倦躺了下來,卻了無睡意。外面傳來的汽車聲是那麼清晰,應該是巡邏車吧。

大約過了午夜,帳篷在風中發抖,海濤的聲音也清晰地傳來。綁著帳篷的繩子敲打著帳篷的聲音非常惱人。風聲和濤聲有些不尋常,似乎馬上就有寒氣襲來了。妻子和孩子們不斷地蜷縮身體,我把所有的衣服都拿出來蓋在孩子們身上,仍無法阻擋襲來的寒氣。在這猛烈的風和波濤面前,我實在無法入睡。

竟把摩西的祭壇放在這裡
2001. 3. 6 TUE 第五天

隨風飄來了提醒黎明禱告的清真寺阿贊聲。

「阿拉～乎阿克巴爾,阿拉～乎阿克巴爾。」(意指:阿拉神是偉大的)

結果我完全沒闔眼。當夜裡猛烈的寒風漸漸平息下來時,天也亮了。我走出帳篷,海面極為平靜,昨夜的風浪似乎根本就沒發生過。淺綠色的浮游生物忙著散發臭氧。

據說最近在發達國家,尤其是在法國,非常流行臭氧療法(Ozone Therapy)。為了使因污染的環境和生活的壓力下而疲憊不堪的身體更加健康,醫生會從人體中抽取

320 cc 的血液，和臭氧混合後輸回注入身體。

醫學刊物評價此種療法有利也有弊，有錢的沙烏地阿拉伯富翁們和王子們卻爭先恐後地去接受此種療法。

如果仔細觀察海底的珊瑚就會發現，珊瑚整體由密密麻麻的小孔組成，小孔中棲息著無數的浮游生物。每當清晨朝陽升起時，它們會浮到水面散發臭氧。赤著腳走在白色的沙灘，光靠呼吸就可以吸到臭氧。清早來到海邊，吸收大自然免費提供的臭氧，是多麼愜意呀。

神創造人類時，把每個人創造成一個個小宇宙。就像地球由五大洋（太平洋、大西洋、印度洋、北冰洋、南冰洋）和六大洲（亞洲、非洲、歐洲、澳洲、南美洲、北美洲）組成一樣，我們的身體也由五臟（心、肝、脾、肺、腎）六腑（胃、小腸、大腸、膀胱、膽囊、三焦）組成。一年由四個季節、十二個月、365 天組成，與人體分為四肢、十二經絡、365 個穴位相似。就像地球中大海所占比率為 75%，我們身體中血液和水分占 75%。地軸是傾斜的，心臟也向左傾斜。地球的振動波長為 7.83Hz, 我們的腦電波同樣為 7.83Hz。天上的北斗七星，加上後面被擋住的兩顆星星，合起來形成九星，我們的身體也有一雙眼睛、兩隻耳朵、兩個鼻孔和嘴，加上下體隱藏的孔形成總共九孔。

人類在太陽升起時起床勞動，日落時分回家和家人團聚是理所當然的規則。如果隨意顛倒晝夜，黑白不分地生活，會給健康帶來危害。舉個例子，我們得感冒時，白天撐著熬過去，到了晚上卻容易發高燒，整夜咳嗽。這是因

為我們遠離了太陽的熱量。換句話說，是因太陽的熱量和我們身體的熱量交感。

我常常想，現代人非常容易對瑣碎的小事發脾氣動怒，是不是因為遠離了神所創造的自然，而生活在混凝土和瀝青這種人工環境之中所造成的？

我脫下了鞋和襪子，吸著神無償給予的臭氧，踩著久違的白色沙灘，地球的磁波通過腳底，通過我的全身正和我的腦波交感。不一會兒，通過腳底傳過來的磁波，就使我發沉的頸部和大腦清爽起來，身體頓時感覺無比輕盈，疲勞全消。這比任何保健飲品都管用。

看看周邊，後頭有座低矮的小山，上面還能看到幾顆棕樹。我爬到小山上，看著遠處西奈半島無限延伸的曠野，唱起讚美詩歌。

> 不知救主奇妙恩典
> 何以向我顯現，
> 何以像我如此不堪，
> 竟蒙救贖揀選。
> 惟我深知所信的是誰，
> 也深切相信他定能保全
> 凡一切我交託他的，
> 都能安妥直到那日。

雖然沒睡好覺，可是在祈禱和讚美後，心情變得非常

輕快。陽光明媚的海邊，海鳥飛落在海草間到處覓食，這簡直就是一幅圖畫啊。回到帳篷，孩子們都已起床在海邊散步。我和孩子們打過招呼又抱緊他們。

剛和忙於準備早餐的妻子對上視線，二女兒銀雪就跑了過來，告訴我水車旁有塊大岩石並拽起我的手。

「什麼石頭啊？」

海邊看不到石頭，如果有也只是乾燥的珊瑚礁碎片而已，因為這是沙漠與大海相接的地方，不可能有岩石的。

我無奈地被女兒牽著，來到了水車後邊，看到了被處理過的一塊圓形岩石。我慢慢觀察它，高度有 1.2 米左右，圍長幾乎與之相等。頂部有凹面，凹面挖有兩個窟窿，窟窿塞滿了燒焦的灰炭似的東西。凹面大到足以放下一隻小羊羔。

我趕忙跑向汽車，取出抓魚用的叉子，挖了下類似灰炭但像石頭一樣堅硬的東西。瞬間，我想起了昨天在愛因穆薩，聽到電信局幹部說的話。

「原在水泥牆裡的摩西祭祀時用的兩塊石頭祭壇，聽說消失了……」

我們以興奮的心情觀察了周圍，在離帳篷約一百公尺的地方看到了幾乎同樣大小的岩石。「在那！」我們喊著，爭相跑過去，同樣大小，同樣模樣的石頭就在那裡。

「為什麼？是誰把它們放到這裡的？噢，主啊！」

如果我們昨夜舒舒服服地睡在海岸警備隊的別墅裡，根本不可能想像到會有這種事情。我甚至對神奇妙的作工

摩西的祭壇（摩西的祭壇就這樣被丟棄在這裡）

感到有些害怕。

我向警衛詢問石頭的事情。

「我在軍營生活近兩年了，好像從一開始就有了。」

拋在這茫茫海邊的無名石頭，就是三千五百年前，摩西在以琳使用過的祭壇。我該怎麼讓世人知道呢？

聖經裡沒有關於摩西祭壇的記錄，對以琳的記錄也很簡短。但是沙烏地阿拉伯政府將人們長久口傳下來的這座摩西的石頭祭壇丟棄在海邊，原本該有石頭祭壇的地方卻圍上了圍牆，禁止人們出入。他們到底為什麼要隱藏這些？如果這些石壇就是摩西祭祀用的祭壇，它們不僅應該得到聯合國教科文組織的保護，還將成為基督徒非常關心的事情。

🌲 苦得無法喝的水──瑪拉

我們津津有味地吃了拉麵和帶過來的泡菜當作早餐。

過一會兒，警備隊長帶著他的家人和親戚過來，向我們一一介紹。他們生活在泰布克，但在這裡度過哈吉。

我們離開家已經好幾天了，再看看西奈山和以色列百姓過紅海的地方，我們不知還需多少天，心裡有些焦急。

「非常感謝您，因為行程緊湊，我們該告辭了。」

警備隊長馬上回答。

「等一會兒，我有個地方要給你們看，一起去吧。」

他讓我們坐上車後，沿著海邊道路向北行駛了二十分鐘左右。經過關卡時，因為與警備隊長在一起，竟然還受到敬禮。

「現在我們要去的地方有座山，在幾千年前因一場大地震分為兩半，景色非常秀麗。來到了這裡如果沒看到它，會後悔的。幾年前，埃及發生了一場大地震，連這裡也跟著劇烈震動，那時山上的岩石滾落下來，還有些山下的貝多因人因此被壓死。以前常有遊客來這裡，但自從發生地震後，建起了哨所，也禁止人們出入了。因為我是警備隊長，才有特權出入。」

他聳了聳肩。再過十多分鐘，有些棕樹圍在一個小小的綠洲邊。那旁邊是一座很大的山，真被劈成了兩半。看著它，感覺有些眩暈，讓我真真切切感受到，在大自然的造化面前，人類是多麼渺小軟弱。

　　我們在劈開的山間，乘著車彎彎曲曲地往裡行進，到再也不能前進的地方停下了車。我只帶了相機，沿著溪谷往裡走，溪水涓涓流淌。警備隊長不停地介紹。

　　「至今，人們稱呼這為『塔伊布以森』（Taib Issm：好名字），是摩西擊打岩石，把巨大的山分為兩半的地方。」

　　他這話是真的嗎？按照聖經說：「我必在何烈的磐石那裡站在你面前。你要擊打磐石，從磐石裡必有水流出來……。」（出埃及記十七章 6 節）這座山不該是米利巴。因為這附近沒有別的山，只有曠野。但非常清楚的是，這一帶都與摩西有關。

　　沿著水流繼續往上，看到一隻鴿子腳上綁著長繩子，背上還帶著尼龍繩套。我問那是怎麼回事，他說是貝多因人獵鷹時用的。當老鷹抓鴿子時，非常自然地，它的爪子會被套在鴿子背上的套子困住。貝多因人這巧妙的想法，是他們在艱困曠野生活中所得到的智慧吧。

　　其實在曠野打獵，獵狗是最合適的，但貝多因人卻一定要用老鷹。因為在伊斯蘭教的可蘭經上有這樣的戒律：「不許摸狗，就算碰到或掠過也必須洗七次身子。」所以直到現在，喜歡打獵的人家裡會養著馴好的老鷹。老鷹和阿拉伯的馬，都被視為寶貝。但歲月似乎也在改變著戒律，在沙烏地阿拉伯也有養寵物狗的，還出現了公開販賣寵物狗的商店。

　　再往上走，水流變得越來越大。不知水在這裡流淌了

多少歲月，溪谷的岩石都深陷了進去。有水的地方就會有生命，在潺潺流淌的水邊生長著不知名的野草，小昆蟲也在爬動。

水流下方是那麼炎熱，而這裡卻寒氣圍繞。深山裡挺立著棕樹，有兩個貝多因人站在樹下。也許他們就是鴿子的主人，看到我們後揮手讓我們回去。警備隊長可能也有些不耐煩了，提議回去。

沿著來時的路回去時，他說：「自古以來，這裡的水就苦得無法飲用。」

那一刻我竟懷疑起自己的耳朵。不管它是山谷裡的水還是井裡的水，水就是水，為什麼會苦？我不能理解，所以只能這樣問。

「在水源珍貴的沙漠裡，這樣暢流的水都不能喝，到底是為什麼？」

「啊，那是因為水本身味苦，只有牲畜能喝，人是喝不了的。就算是挖地挖出來的水，也不一定都能喝的。有的綠洲，可能很久之前是大海，水鹹得發苦呢。」

我想到了瑪拉的苦水。「摩西領以色列人從紅海往前行，到了蘇珥的曠野，在曠野走了三天，找不著水。到了瑪拉，不能喝那裡的水，因為水苦，所以那地名叫瑪拉。百姓就向摩西發怨言，說，我們喝什麼呢？摩西呼求耶和華，耶和華指示他一棵樹。他把樹丟在水裡，水就變甜了。」（出埃及記十五章 22-25 節）。

我想起這就是經文所說的地方吧。但是沒有任何能證

明的資料，也沒有了解情況的人。警備隊長讓我們吃完午飯再走，但我們決定還是要趕路。雖然與警備隊長相識不到一天，我們卻已經非常親密，擁吻告別。

所羅門建立的
跨越紅海紀念柱

🌳 曾經矗立著跨越紅海紀念柱的地方

　　我們向著哈格勒駛去。哈格勒是我在羅恩・瓦特的錄影帶裡，反覆看過的地方，據說那裡矗立著所羅門建立的跨越紅海紀念柱。

　　雖然昨夜完全睡不著，但現在身體狀況還不錯。妻子似乎擔心我會疲倦，看了看我。我為了讓她放心，就說：「別擔心，主與我們同在。」孩子們昨夜似乎也沒睡好，三個小傢伙竟然擠成一團進入沉沉的夢鄉。已經是下午六點，我們要走的路還很長。

　　1994 年初的一個早晨，我所侍奉的王子邀我喝茶，說要給我提個建議。

　　「金醫師。」

「是，王子殿下。」

他知道我是針灸師，卻常常對我用醫師這個稱呼並對我關照有加。他仔細看了我一會兒，說：「我年齡越來越大，而在海外的生活卻越來越頻繁，心裡有些擔心我的健康。你能為了我到中國去學習更多醫療相關的知識和技術嗎？當然機票、學費等所有經費由我負擔。」

這是出乎我意料之外的建議。所以我花費了三年的時間，在中國長春的中醫學院完成了學業。

王子為了慰勞我，希望送我一輛汽車，並說什麼車型都可以，讓我把想要的告訴秘書長。我收到了三菱帕傑羅吉普車。王子給我用上只有 VIP 才能用的車號「999」。因為戴上這個車牌號碼，有時沒有停車位，把車停在路邊，還會有警察幫著看車。這可以說是只有王室人員才能享受到的特權吧？

經歷了無盡的探險之路，我現在才明白，為什麼神讓我戴上了這麼珍貴的車號。

道路兩邊或大或小的山形成了一座山脈。由於沿途一直都是上坡路，看來這個地方正通往一個海拔很高的地帶。或許因為這是山地，太陽剛剛還掛在山頂上，不一會兒功夫，天色就開始暗下來。我們還要行駛八十多公里才能到達哈格勒，但天色漸黑，困倦和飢餓一齊來襲。

「主啊，求祢賜給我力量！求祢賜給我力量！」

我一邊祈禱，一邊開車，心想到達哈格勒後，馬上找飯店痛快地洗個很久沒洗過的熱水澡，再好好睡上一覺。

　　到了將近晚上八點，我們才到達哈格勒的檢查站。很多車輛為接受檢查排著隊，看來離國境很近了。十多分鐘後，輪到了我們。我出示居住證和王子的旅行證明函、汽車註冊證、駕駛執照後得以通過。來到入口，眼前展現出大型的港口城市樣貌。

　　到處霓虹燈閃爍，海邊並排的商家五光十色。我先查看飯店招牌後驅車趕過去。飯店入口擁擠，原本還以為是什麼旅遊團，沒想到竟然是因為沒有空的房間。

　　在哈吉休假期間，沒能出國去玩的泰布克人湧到了這裡的海邊，所以連可供我們睡上一晚的房間都沒有。孩子們因此抱怨著，難道今晚也要睡帳篷嗎？

　　我對孩子們說：「不，神一定為我們準備了最好的。」

　　實際上我自己也擔心，站在我這邊的只有妻子。

　　「孩子們，別擔心。爸爸會處理好的。」

　　「是啊，我還有另外一位爸爸呢，就是天父。」

　　我這麼說著，給自己打氣。

　　我們轉了一圈，又看了幾個地方，還是沒有空房。聽說飯店房間全滿了後，我無力地走出大門。當我正朝著一輛汽車方向走過去，一位衣衫簡樸的男子，不知是因為看到東洋人，還是因為妻子漂亮的緣故，定睛打量著我們。

　　「薩拉馬拉伊辜母。」

　　我先和他打了招呼，他立即走過來伸出了手。

　　「馬拉伊辜母薩拉。」

　　當地人非常喜歡握手。剛剛見過面，回過身後再次見

面，又要握手。我跟他說了我們的情況，一家人從吉達開車旅遊，因為飯店沒有空房，正在到處尋找。

「朋友，請別擔心。」

看他的模樣並不像是飯店老闆，但似乎有什麼妙招，我們滿懷期待。

「我是埃及工程師，名叫烏薩瑪，從泰布克到這兒出差。我在飯店已經住了六個月。我給您把房間空出來，你們就住一晚吧。」

「太謝謝了，那朋友您怎麼辦？」

「我到朋友家睡覺就可以了。」

我馬上對孩子們說。

「哈利路亞！你們看到了吧？神多麼愛我們！」

孩子們異口同聲喊道：「是！」

在那位朋友的關照下，我們進入神所預備的飯店房間裡，洗了個熱水澡，舉行了家庭禮拜，這是自出發以來頭一次睡的好覺。

清晨散步
2001. 3. 7 WED 第六天

我以感恩禱告開始新的一天。還在熟睡中的孩子們臉龐看來無比安詳。黎明時分，東方漸漸亮了起來，這是一個清新的早晨。

我獨自走出飯店大門。昨夜那麼熱鬧的城市，現在似

乎還在沉睡之中，非常寧靜。走過一條大街，看到了一座小山。原以為只是一座野山而已，上去以後才發現那是由珊瑚礁形成的。

看來這座小山在古代也是大海吧。用腳輕輕一踹，上面的珊瑚堆就碎了。登到山頂，遠處的西奈半島竟近在眼前。海面上閃耀的晨光就像被撒下的金粉，發著亮光。幾艘快艇拉著長長的白色浪花，不知要駛向哪裡。輕輕吹過的一陣風，帶來一股大海的腥味，又向著陸地飄去。小山的底部與大海相連，海邊的道路修得非常好。路邊一夥年輕人正在享受釣魚的樂趣，我便走過去和他們閒聊幾句。

海岸從北向南延伸。沿著海邊，娛樂設施和別墅井然有序地排列著。分開大海和陸地的界線如刀切一般筆直，可以一路望向盡頭。大海、山、曠野彼此和諧相映，就像一幅畫。

我今天計畫沿著海邊向南，看一下推測為以色列百姓跨越紅海後到達的地點。如果還有時間就進入曠野，探查一下勞茲山。當然這只是我的計畫而已。就像來到這裡所經歷過的一樣，神將如何帶領我們，是我無法預知的。如果沒有神的帶領，我們所做的事情是多麼莽撞。

回到飯店以後，我一一叫醒孩子，讓他們洗澡，吃下妻子準備的簡單早餐。如果神賜給我們恩惠，我們將會親眼看到以色列百姓曾經跨越紅海的地方。腳踏西奈的曠野，親眼看到那座聖山。神要見以色列百姓的時候，曾告訴他們要潔淨自己三日，又要洗衣服。我們也潔淨了因連日的

旅途弄髒的身體，都換上了新衣。

離開飯店之前，我們比其他日子更加誠摯地向神祈禱：

「親愛的天父，我們讚美祢。如同祢用無邊的大愛保護我們、帶領我們直到如今一樣，求祢讓我們在今後所行的道路上，順利遇到我們需要的人。今天，我們要去尋找以色列百姓如同行走乾地一般跨越紅海的地方。現在還有很多人把紅海分開當成一則傳說，但我們一家相信祢所動的工就是事實。請引導我們到那裡。奉耶穌的名求，阿們。」

我們向埃及工程師道謝後，離開飯店。為了感謝他的幫助，送了他一包人參茶，他非常高興。看到他高興的樣子，我們一家也感到快樂。如果沒有他的熱心幫助，我們一家怎麼能得享這樣的快樂呢。在旅途中我們更深地領會到，施與就是實踐天國生活的第一步。

因為還是大清早，涼爽的空氣和大海的味道已沁入了我們的肺腑。這是個清爽怡人的早晨。一群候鳥從西奈半島方向越過紅海，往內陸成群飛來。沒有一絲雲彩的蔚藍天空，結伴飛翔的鳥兒，還有在高高隆起的西奈半島山脈和沙烏地阿拉伯廣闊沙漠之間展現的深藍色大海，這不就是一幅名畫嗎？

我們沿著海邊的漫漫道路奔向南方。

年輕的釣魚者們，上鉤了

其實我們還不知道，那個據說是由所羅門建立的跨越紅海紀念柱，在哪裡、離哈格勒有多遠。從羅恩·瓦特的錄影帶裡看到的、那些離大海不遠處的一些小房子、紅色的旗等模糊的記憶，就是我們所擁有的全部資料。

緩慢行駛十多公里後，我偶然看了下汽車油表，發現危險的警示燈正在閃爍。如果再晚一點發現，我們將在沙漠當中落得無法前進、也沒法後退的下場。

沿著海邊道路駛向城市，過了好一會兒才找到個加油站，給車加足了油。繞過早晨散步時去過的飯店後小山，當我們開到海邊的道路時，再次看到了早晨散步時認識的年輕人。我在他們釣魚的地方停下車，走近他們。

「薩巴哈爾，薩迪克！」（意指：朋友，願你們度過愉快的早晨）

他們也用同樣的話回答。

我再次問道：「薩迪克，撒馬克卡提爾？」（意指：朋友，抓到很多魚了嗎？）

「咕嚕羅哈吉一紮紮。」（意指：魚兒們可能也去度哈吉假了。）

我們都笑了起來。

「我們正在度假，這附近如果有什麼歷史悠久的地方就告訴我們吧。」

「聽說猶太人和摩西一起在這附近跨過紅海……。」

　　我聽到馬上問：「忘了什麼時候，我從書裡看到，哈格勒海邊附近立著一座大石柱，你們見過嗎？」

　　我這樣一問，其中一個人眼睛瞪得斗大，趕忙說：

　　「你是從哪來的？那樣的問題別再問別人了。」他非常嚴肅地告誡我們。

　　這傢伙肯定知道些什麼。我把車裡的兩瓶飲料遞給他們，又把家人帶過來介紹給他們，然後拿出王子給的旅行證明給他們看。

　　「你們如果去吉達就打電話給我。我們交個朋友吧。」

　　他們看了王子的旅行證明函後立即緊握我的手，問可不可以把王子介紹給他們。

　　「如果你們來吉達的話，我隨時可以把王子介紹給你們作朋友。可是我們現在還不算朋友，不知該怎麼回答你們。」

　　沒想到，他竟像孩子一般耍起賴，哀求道：「阿密！阿密！」（意指：叔叔！叔叔！）

　　其實，「阿密」這個稱呼是對比自己年齡大很多的自家大人撒嬌耍賴時用的。他毫不猶豫地喊出這個稱呼，看來是個非常單純的人。

　　「那麼，你對立在海邊的石柱了解多少就全告訴我吧。」

　　他看了下旁邊的朋友後開始講。

　　「我們家鄰居，有位年近一百的老爺爺，是一位歷史學家，中東地區的新聞記者經常過來採訪他。我從爺爺那

兒聽到了一些。不過，其實在我聽到之前，我也看過那個大石柱。不知是哪一天，那石柱就消失了。後來才知到，美國人過來調查後，說那個石柱是標記猶太人跨越紅海的，所以沙烏地阿拉伯政府把它給弄走了。我知道現在在哪裡，可是我不能說。不過我可以告訴你石柱被移走前所在的地方。」

「那隨便，你看怎麼好就怎麼辦吧。」

也許那個美國人就是羅恩‧瓦特。著急吃不了熱豆腐。我決定先了解石柱原先所在的地方，再想辦法弄清楚現在保留那個石柱的地點。

「那麼，那個地方離這兒有多遠啊？」

「從哈格勒出口沿著海邊路，往南再走大約 20 ～ 30 公里處，有根立著的金屬柱子，那上面有塗上像旗幟一樣的紅色漆。那兒就是原先立著那個石柱的地方。」

對！這個年輕人說的就是我在錄影帶上看到的畫面。我很想把這些記在筆記本上，但還是暫且先記在腦子裡。我把名片遞給他們說，不知他們什麼時候能來吉達，希望早點見面。他們高興地一邊笑著，一邊發著牢騷。

「從昨晚開始釣，連一條魚都沒釣到。」

「你們用了什麼魚餌？」

「小蝦或墨斗魚，有時候用整條魚。前段時間還抓過一公尺多長的鯊魚呢。」

說完話，他張開黑色的垃圾塑膠袋，朝向風吹過來的方向，讓塑膠袋裡灌滿了空氣。然後用皮套把塑膠袋口繫

緊，再適當地排出點空氣。之後在上面放上了掛在鉤上的
魚，投向海面。他再一點一點鬆開魚繩，塑膠袋就像順風
的小船在水面上飄浮。過一會兒，再輕輕拉一下，就只有
魚竿和魚沉在海水裡了。哇！他釣魚的方法真奇特。

「朋友！你可真是頭腦非凡啊，是大學生？功課肯定
好。」

「呃，功課不是很好，不過念小學時當過班長。」

「你認識那位年紀挺大的爺爺嗎？」

「那位爺爺也是貝多因人。常識和歷史的知識豐富，
而且口才好。不久之前還和一位王子談過話。」

阿拉伯人對坐在一起聊天，不只是喜歡的程度，甚至
喜愛通宵地進行討論。有錢的富翁或王子大部分都會聘請
能言善辯的人，目的是為了隨處帶著他們，享受他們講的
幽默笑話或淫穢故事。大家坐在一起輪流抽一口水煙，然
後由嘴皮子功夫好的開始說話。這樣談話就會連續不斷。
最後定下一個主題，在一張紙上輪流寫上一行詩句直到天
明。也許這就是《一千零一夜》誕生的背景吧。

路途遙遠，要去的地方還很多，我們沒時間再耽擱了。

「朋友，如果你和我已經成了朋友，就應該無話不說
啊，那個石柱的事，完全沒什麼理由向我隱瞞，為什麼要
隱瞞，起碼給我理由。如果你來吉達，我可不會像你一樣
隱瞞撒謊的。我總覺得你從那位老人那裡還聽到過什麼。
當然，不說也行，但你我要成為相互信任的朋友就有些難
了。」

我這樣一說，他反倒問我：

「你能保證對誰都不講出這個祕密嗎？」

那麼，他的意思是可能可以跟我講？這種時候如果立即答應反而會起反作用。

我再一次跟他兜著圈說：「喂，朋友，如果是那麼重要的祕密就不應該講的，但世界上是沒有祕密的。你以為那個祕密只有你一個人知道嗎？但你想想，如果連你都知道的話，就說明已經有很多人知道了。而且，我不是以色列人，是韓國人，和這個問題根本沒什麼關聯。你知道韓國在哪嗎？」

他默默地看向大海，過了一會兒終於開了口。

「政府好像和老人商量過關於石柱的事。最後，他們在石柱上用阿拉伯語寫上『拉伊拉伊拉爾拉』（意指：只有阿拉是唯一的神），然後把石柱連根拔起，扔到了大海深處。」

這個朋友說，聽了老人的話後，他還親自潛到海裡，去看了石柱沉沒的地方。石柱就在原處前面的大海，約五至六公尺深的地方。

我不知道該笑還是該哭。連我都感到這樣委屈，神會怎樣看待呢？我說不出話來。穆斯林相信以色列百姓曾在埃及過著奴隸生活，被摩西帶領離開埃及並度過了紅海，因為他們的《可蘭經》這樣記載著。那為什麼要遮蓋歷史的痕跡呢？

我和年輕人們道別之後離開了那裡，沒忘記祝福他們

將會抓到很多魚。

全能的神在必要的時刻，透過意想不到的人們，詳詳細細地告訴了我們最需要的資訊。如果我們走了其他道路，或者汽車燃料充足，這樣的大清早，沒有這些年輕人在這裡釣魚，我要從哪裡得到這些寶貴的資訊呢？越想越驚嘆於神奇妙的工作。

🌳 尋找金屬旗

我在出口看了一下儀表板，沿著海邊道路慢慢行駛。三千五百年前，在不遠的地方曾有幾百萬名以色列百姓，踏著左右形成海水牆的乾地，高聲唱著讚美詩，迎著今日還在吹的東風，跨過了紅海吧。想到我們正走向那裡，心跳開始加速。

「神啊，我們正在尋找那歷史的現場。求祢讓這樣貿然出發的我們看見，求祢引領我們走向那裡。」

沿著海邊道路，我們看到海邊稀疏的幾個帳篷，或者是一家人或者是幾個朋友們在那裡遊玩，景象平和安詳。因為這是未經修建的道路，偶爾有珊瑚堆或岩石毫無秩序地落在地上。天氣非常晴朗，可以很清楚地看到大海對面的西奈半島山巒聳立。再過一會兒，有個哨所像瞭望台一樣高高矗立，但看不到裡面有人，可能都度假去了，稀稀落落的帳篷也不見了。

看看汽車儀表板，大致經過一半路程。

我再三囑咐家人：「爸爸慢慢地開車，你們仔仔細細地看。還記得錄影帶上看到的旗杆嗎？只要找到那個就可以，知道了嗎？」

又開了大約二十公里，有座大山阻擋在前面，無法前進了。猶豫一會兒，沿著那條路往內陸方向的山坡前進一段後，又連上海邊道路。在海邊看到小型廠房似的建築物，房頂上飄揚著沙烏地阿拉伯國旗，看來像海岸警備隊的建築。

現在已經行駛到年輕釣魚者們所說的那個三十多公里的地方。妻子和孩子們一直忙著尋找那個旗杆。偶爾看到了奇特的柱子，孩子們就興奮地叫我。在這毫無人跡的海邊，有生命的似乎只有我們。就在這時，一輛汽車揚著灰塵朝我們的方向開過來，像是海岸巡邏車。沒做虧心事，不怕鬼敲門，但我心裡卻突然猛跳起來。他們馬上就要靠近我們了，瞬間突然一個右轉，那台車往山谷方向駛去，真是萬幸。

經過三十公里，旗幟沒有出現。正午時分的海邊，日光曬得叫人睜不開眼睛，我們心裡總想要放棄。

這樣無邊的大海，到底還要奔走多長時間啊。是不是在我們不經意間已經錯過了呢。

我對妻子說：「老婆，我們還是回去算了。」

妻子竟然跳了起來。

「您在說什麼呢？為了來到這裡我們吃了多少苦，再往前走點吧！」

　　不知和妻子這樣爭執了幾次，偶爾看到的山腳，現在也消失了。突然一片廣闊的曠野展現眼前。大海的顏色也變成了草綠色。很多海草被推到海邊。沒有一絲風，靜靜的大海，在三千五百年前曾看到過以色列百姓浩浩蕩蕩的隊伍吧。

　　我和妻子商量好從那裡再走五公里看看。我們沿著曠野海邊道路行駛著，過一會兒左邊出現灰濛濛高聳的山。

　　（沿著那山脈往下就能和勞茲山連上，那麼這附近不知什麼地方肯定會有旗杆。）

　　「我們打起精神好好找，神會帶領我們的。」

　　海邊有座海岸警備哨所的瞭望台，我們漸漸靠近，這時分不出先後，我們同時發現了立在哨所瞭望台對面的旗杆。

　　"Yes! Yes!"

　　我鬆開方向盤，右手緊握拳頭，發出連聲的歡呼。

　　「是那個！是那個！我們找到了！神一直與我們同在，開啟了我們的眼睛！孩子們能看到那個嗎？老婆，快看！」

　　我們大家都無法掩飾興奮，強壓住激動的心情，慢慢靠近旗杆。

　　在離旗杆約一百公尺的地方，可以看到一輛白色的汽車和茅草棚子。我決定先到那兒看看。一進屋裡，牛奶包和茶杯之類的東西凌亂地攤在屋裡，看來剛剛之前還有人，但環視四周卻毫無動靜。

曾經豎立所羅門建立的跨越紅海紀念柱的地方。

　　我想起剛剛揚著灰塵，駛向山谷方向的車。也許之前他們還在，因為臨時有事離開了。如果是那樣，說明他們原來是在監視石柱所在的地方。我們趕緊拿出照相機和錄影機開始拍攝。

　　在離紅海五百多公尺的東面，我和曠野之間，豎立著金屬旗幟。金屬旗幟被塗上紅色後，掛在了旗杆兩公尺左右的高處。固定旗杆的底座是銅的，邊緣用混凝土固定，黃銅上面寫著：Saudi Coast Guard（沙烏地阿拉伯海岸警備隊）。我無法理解，周圍其他的水泥椿子下面使用的是阿拉伯語標記，為什麼旗杆下的標記是英語？海邊立著警告牌：

　　「一般行人或此地居民，禁止在此區域游泳——海洋警衛隊。」

　　在沙烏地阿拉伯海邊其他任何地方，不管水有多深，甚至出現鯊魚的地方都沒有這樣的標牌。可是為什麼，有什麼理由禁止人在這裡游泳？

　　豎立著金屬旗幟的廣闊曠野上，除了石頭外，就只有稀稀落落的荊棘。這片曠野向著東方不斷伸延，可能會連接到遠方可見的西奈山。這荒涼的曠野，就是出埃及的以色列百姓，跨越紅海後到達的地方嗎？

🌳 在蘇珥曠野

　　神沒有把以色列百姓，引到最快到達迦南的非利士道

路，而是讓他們跨越紅海踏上曠野的道路。非利士的道路係指西奈半島上端，即地中海北部沿岸道路，那兒很久以前就開始有埃及軍人安營。越過埃及國境線亞喀巴後，立即就有非利士軍人在那裡佈陣。

「法老容百姓去的時候，非利士地的道路雖近，神卻不領他們從那裡走；因為神說：『恐怕百姓遇見打仗後悔，就回埃及去。』所以神領百姓繞道而行，走紅海曠野的路。以色列人出埃及地，都帶著兵器上去。」（出埃及記十三章 17-18 節）神為了不使任何一名百姓落在埃及地，讓大家都能參與榮耀的奇蹟，選擇了紅海道路。

「他們從疏割起行，在曠野邊的以倘安營。日間，耶和華在雲柱中領他們的路；夜間，在火柱中光照他們，使他們日夜都可以行走。日間雲柱，夜間火柱，總不離開百姓的面前。」（出埃及記十三章 20-22 節）離開埃及後，他們從疏割起行，首先安營的地方是曠野邊的以倘。匆忙離開埃及的他們，需要在以倘修整隊伍後，預備走入廣闊的曠野。神用雲柱和火柱帶領祂的百姓。

以色列百姓連晚上也不睡覺，晝夜不停地在曠野疾行。可是在他們面前出現了紅海，沒有可逃離的路。而且六百輛埃及特選的馬車，連同埃及所有的車輛和精實的部隊正從後頭猛追。「法老就預備他的車輛，帶領軍兵同去，並帶著六百輛特選的車和埃及所有的車，每輛都有車兵長。耶和華使埃及王法老的心剛硬，他就追趕以色列人，因為以色列人是昂然無懼地出埃及。埃及人追趕他們，法老一

切的馬匹、車輛、馬兵與軍兵就在海邊上，靠近比哈希錄對著巴力洗分，在他們安營的地方追上了。」（出埃及記十四章 6-9 節）

看到此情此景，以色列百姓會是怎樣的心情？也許孩子哭喊，婦女悲鳴。他們所能做的唯有一件事，就是向神祈禱，那不單單是禱告，而是懇切哀求。「法老臨近的時候，以色列人舉目看見埃及人趕來，就甚懼怕，向耶和華哀求。」（出埃及記十四章 10 節）以色列百姓哭喊哀求，可是另一方面，當困難來臨時，他們忘記為擺脫長期為奴生活而感恩，為身得解放而感恩，卻連連發出抱怨。雲柱和火柱日夜帶領他們，但他們沒有信靠神。「他們對摩西說：『難道在埃及沒有墳地，你把我們帶來死在曠野嗎？你為什麼這樣待我們，將我們從埃及領出來呢？我們在埃及豈沒有對你說過，不要攪擾我們，容我們服事埃及人嗎？因為服事埃及人比死在曠野還好。』」（出埃及記十四章 11-12 節）

那時摩西這樣回答他們，「摩西對百姓說：『不要懼怕，只管站住！看耶和華今天向你們所要施行的救恩。因為，你們今天所看見的埃及人必永遠不再看見了。』」（出埃及記十四章 13 節）接著摩西按照神的指示舉起手杖伸向大海。在大海分開的瞬間，如果他們立即就可以走過去該有多好，但情況不是那樣。「摩西向海伸杖，耶和華便用大東風，使海水一夜退去，水便分開，海就成了乾地。」（出埃及記十四章 21 節）

　　神利用東風作工，使對面米甸地（蘇珥曠野）的大海分開，一直到西奈半島這邊。大海分開到以色列百姓站立的地方，需要費些時間吧。也許神從日落時分開始動工，直到東方泛白的幾小時前大海才完全分開。也許那時他們終於明白──向神舉起手的瞬間，神的工就開始了。祈禱後就要等到大水分開，才得以行走在乾地上。以色列子民行走在大海上，如同行走在乾地上。孩子們肯定拍著手讚美耶和華。長久以來，人們難得這樣萬眾齊心順從了摩西。

摩西之歌（出埃及記十五章 1-6 節）
「我要向耶和華歌唱，因他大大戰勝，
將馬和騎馬的投在海中。
耶和華是我的力量，我的詩歌，也成了我的拯救。
這是我的神，我要讚美祂，
是我父親的神，我要尊崇祂。
耶和華是戰士；祂的名是耶和華。
法老的車輛、軍兵，耶和華已拋在海中；
他特選的軍長都沉於紅海。
深水淹沒他們；他們如同石頭墜到深處。
耶和華啊，祢的右手施展能力，顯出榮耀；
耶和華啊，祢的右手摔碎仇敵。」

米利暗的歌（出埃及記十五章 21 節）
「你們要歌頌耶和華，

　　因祂大大戰勝，

　　將馬和騎馬的投在海中。」

　　如果以色列百姓在西奈半島的比 · 哈希錄——如今成為旅遊勝地的努韋巴（Nuweiba）海岸——跨過紅海來到米甸，來到我們現在所站立的地方，是真正的事實，那麼有以下幾項需要證實：

　　第一，對面努韋巴海岸也應該有所羅門所建的跨越紅海紀念柱。

　　第二，紅海裡應該有埃及軍兵的遺骸。以色列百姓經過大海後，追擊而來的埃及軍兵也想過來時，水牆就倒塌了。如果埃及全部的兵車投入到了這場作戰中，那麼我們可以想像會有多少兵力埋葬於紅海當中，那樣肯定會有物證。

　　第三，需要確認是，我們現在站立的地方，是不是米甸地的蘇珥曠野。

　　令人吃驚的是，以上三項都有證據了。首先，我們可以透過聖經知道，古代蘇珥曠野是由米甸部族的首領（族長）佔領的地方。「那被殺的米甸女人，名叫哥斯比，是蘇珥的女兒；這蘇珥是米甸一個宗族的首領。」（民數記二十五章 15 節）「在所殺的人中，殺了米甸的五王，就是以未、利金、蘇珥、戶珥、利巴，又用刀殺了比珥的兒子巴蘭。」（民數記三十一章 8 節）

　　羅恩 · 瓦特一行人所拍攝的錄影帶裡，有位於努韋巴

海岸的所羅門建立的跨越紅海紀念柱。他們在考古學家的
幫助下，成功解讀了寫在石柱上的一些文字。那石柱在漫
長歲月的風化作用下，很多文字已經消失了。但還是解讀
出了以東、所羅門、死亡、以色列、摩西等字樣。

　　而且羅恩‧瓦特一行人透過英國海軍司令部衛星拍攝
的紅海地圖，成功找到了從努韋巴海岸橫跨紅海直到米甸
（沙烏地阿拉伯）的海上道路。根據他所發表的文章，在
努韋巴海邊，即在西奈半島，有傾斜六度方向的道路徐徐
進入大海，接著又有坡度緩慢的寬廣道路連接到對面米甸
地。他們在考察這條道路時，在紅海珊瑚叢中成功找到了
埃及兵車的車輪。他們還把這些兵車車輪的一部分交給埃
及國家博物館館長。

　　「紅海」又稱「蘆葦海」（亞穆蘇普）。在當時的埃
及，人們認為死亡是直接與來世相連的。在古代埃及葬禮
相關文字資料裡，也記載著死者的靈魂進入來世時經過了
「蘆葦海」。如果了解摩西的經歷，就會發現一些對於這
種說法相關的線索。摩西經歷了埃及王宮的生活，應該了
解這種特殊宗教用語「蘆葦海」的意思。對於希伯來人來
說，死亡意味著靈魂離開這個世界，升入天國。也許是因
為如此，摩西用「蘆葦海」來表現他們度過了紅海，來到
了安全的地方。（《舊約考古學》，*Archaeology and the
Old Testament,* Alfred J. Hoerth，迦累得、米斯巴，224頁）
拉湖穆‧沙爾納教授參考埃及文獻記載發現，埃及人沒有
把地中海和紅海區分開來，而是以「綠海」（Green Sea）

統稱，主張「紅海」和「蘆葦海」指向同一個海。

我們所到之處，就像大家都約好了一樣，海岸警備隊員一個都不在。我想，那是神為了讓我們放心地觀察而細心安排的。在這個沒有一根草、不長一棵樹的偏僻之處，不會有任何人過來查看我們，我們一家就高興地跳起舞來讚美神。想像著三千五百年前，以色列子民就在那裡敲著小鼓讚美神的情形。

重新回到來時的路，我們的心充滿了無限喜悅。我播放出車裡的讚美音樂，和妻子緊握著手唱起詩歌，頌揚那至高而偉大的神。如果我們接著考察努韋巴海岸，就能了解到更確切的情況了。

第三次
攀登勞茲山

 ## 相識與相伴

2001. 3. 7 WED 第六天

離開家已經是第六天了。

今天我們還是決定去勞茲山。這已經是此次旅行的第三次嘗試，第一次誤入了設有導彈基地的軍事道路，雖然到過山頂近處，但在鐵柵欄面前不得不回頭；第二次嘗試，我們隨著瓦迪穆薩行駛途中，得到了貝多因人的嚮導，去過勞茲山後山。我們登山時遇到了雷鳴和閃電，在那裡看到了以色列百姓在石頭上刻畫的鞋和摩西的手杖；我們再一次探險勞茲山的目的是想登頂。

在出發趕往西奈山前，我們向神懇切地禱告：

「全能的神啊，榮耀歸於祢。感謝祢很早以前揀選我

們，讓我們在有信仰的家庭中長大，讓我們在祈禱中得到培育成長。感謝祢讓我們明白什麼是真正的信仰，以及什麼是真正的信仰生活，而後讓我們結為夫婦，又把心愛的兒女賜給我們為產業。也感謝祢讓我們能夠將從父母那裡繼承下來的信仰，傳承給我們的子女。回首過去，我們曾犯了許多罪，感謝祢沒有因此懲罰我們，而是用祢的大愛保護我們，給我們悔改的恩惠，並與我們同行直到今日。今天，我們要去尋找祢在這地上唯一降臨過的聖山。就像當年老亞伯拉罕派遣他的僕人去為以撒尋求妻子的時候，祢讓老僕人順利地遇到了利百加一樣，求祢賜給我們恩典，讓我們能順利地遇到知道神之聖山的人。我們祈願一定要看到聖山才回來。奉與我們同行的耶穌的名求。阿們。」

我一邊開車一邊想：是啊，神在過去的光景一直都是這樣帶領著我，讓我一切順暢。看著靜靜入睡的妻子和三個孩子的臉，讓我想起了我們第一次見面的時候，至今仍記憶猶新。

1987 年我在九老區秃山洞經營一家中醫和牙科診所，結果經營失敗。當時，我住在長安洞一個月租套房裡，連續好幾天為自己的命運嘆息。這時在海外開發公司工作的一位朋友跟我說，他們正在召集派往沙烏地阿拉伯的醫務人員，因為醫學用語翻譯很難，請我幫幾天忙。正好那時我沒什麼事情可做，覺得還不錯，就擔任了海外開發公司醫務人員選拔隊的翻譯。

我的工作是這樣的，沙烏地阿拉伯的醫生用英語提問，

我就翻譯成韓語向韓國的醫務人員提問，聽完回答後再翻譯成英文。那次有很多人參與選拔。

可是有一天，一位志願者坐在桌子前，看起來是那樣清純。我真想把翻譯及其他的都丟在腦後，牽著她的手就往外面走。

我那時還未婚，是第一次有這種感覺。做翻譯工作到現在，看過很多女性醫務人員，人生中也經歷過很多相親的事情。因為父母、親戚和朋友的介紹，有時幾乎每個週末都要去相親，但從沒有遇過心儀的女孩子，惟獨她占滿了我的心。

我對她說：「那邊的沙烏地阿拉伯人一句韓語都不懂，所以你回答兒歌，或者民歌歌詞也好，國民教育憲章也好。我的提問一結束，你馬上就說很多話，那我肯定會讓你合格的。」

剛開始她只是一愣，轉而會意後莞爾一笑。那張笑臉不知有多麼美麗……。她按照我說的，提問結束以後馬上唧唧喳喳地回答。合格了！她去了沙烏地阿拉伯，作翻譯的我也糊裡糊塗地一起離開了。

我工作的帕德國王醫院位於離葉門國境不遠的吉贊地區。我到那裡以後才知道，她就在離我們醫院最近的薩穆塔醫院工作，這真是天助我也。

沙烏地阿拉伯是個什麼樣的國家啊，男女假如不是夫妻，連咖啡廳都不能一起去。她住的是宿舍，一星期可以外出一次。但一直都有監視人員虎視眈眈地跟隨著，別說

想親她一口，就連對上眼都是不可能的。

左思右想後，我決定借用一下權力的幫助。我去找前段時間因為腰疼到我這裡接受針灸治療而得到痊癒的保健廳長。

「保健廳長先生，我有一個請求，您能幫助我嗎？」

「無論什麼事我都會幫助你。到底是什麼事啊？」

阿拉伯人總是不聽別人說到最後，就毫無條件地說OK。不管能不能辦到，經常隨意地說「因薩拉！」（意指：若是神的旨意！）。「因薩拉」的用法是很多元的。在同一個辦公室工作的同事間，下班前說再見也是「因薩拉」，意思就是今晚會發生什麼事情誰都不知道，惟獨神才明瞭。偶爾有情況很糟糕的病人找我看病，問我能不能治好時，我也用「因薩拉」（意指：神才知道）來回答。

我猶豫了一會兒說：「薩穆塔醫院的某位小姐是我家親戚，可是距離太遙遠照顧不到，覺得她很可憐。」

「那你想讓我怎麼辦呀？」

「如果可以，請保健廳長把她分派到我們醫院，我將不勝感激。」

「那很簡單，把你們醫院的菲律賓人和你家親戚調換過來就可以啦。你把名字給我寫清楚了，我在這個星期之內就把她分派過去。」

我把那家醫院的兩個韓國女醫務人員的名字寫給了他。

「為什麼名字這麼長？」

「啊，因為那邊有兩個韓國小姐。如果把兩個都分派過來有些困難，那就把作標記的這一個人派過來也行。」

一個星期後的某一天，她來到了我的身邊，同另一位小姐一起。她們都不知道為什麼會來到這家醫院。

我在一旁觀察她八個月，看她是否能夠和我共度一生。當我確信她就是我理想的伴侶時，便開始對她展開追求。

「我要去吉達了解新的工作，然後去趟韓國再回來。」

在我離開那天，她把包裝漂亮的小水晶禮物送給了我。

「幫忙讓我也能去吉達吧。」

「好，我在吉達給你找個工作。」

我們這樣約定後告別，但我沒把我的實際意圖告訴她。

從吉達回到韓國後，我給她打了電話。

「我工作的事已經辦妥，現在馬上回韓國。」

她再三確認我是不是真的找到了工作後，才申請事假。

我每天等待著在韓國與她見面的日子。當她到達機場後，簡單地向我問候兩句，就一個勁地追問工作的事情。

「工作已經找好了，妳別擔心。」

我從機場坐火車與她同行回到她的家鄉，跟她說：「你什麼也不要說，跟我結婚吧。這是一輩子的工作。」

兩個星期之後，我們舉辦了婚禮。我左思右想都覺得，我給她找到一份很好的工作。我們回到沙烏地阿拉伯後，就開始了新婚生活。

尋找瓦迪阿比亞特

在經過哈格勒的檢查站之後，我們開車往泰布克方向，在約四十五公里處往右邊的軍事道路一直前行，就會出現導彈基地。根據在勞茲山後面遇到的大學生朋友和貝多因人的敘述，要去勞茲山必須經過瓦迪阿比亞特（白色溪谷）。我們必須先找到瓦迪阿比亞特。

隨軍事道路往山谷前進，我們發現了山下貝多因人的帳篷。帳篷裡一個看起來大約九歲左右的男孩跑出來又跑進去。稍過一會兒，像是他哥哥的孩子走了出來。哥哥看起來比弟弟大兩歲，臉蛋黝黑得很健康，炯炯有神的眼睛透著聰明伶俐。我按下車窗，說了聲：「薩拉馬拉伊辜姆。」那個孩子也回答我：「薩拉馬拉伊辜姆。」但是並沒有放鬆警戒。

於是我馬上讓孩子們下車。貝多因孩子看到我家孩子後似乎放心了，露出笑容說：「啊哈蘭哇薩何爾蘭。」（意指：快請進，歡迎你們。）

我們跟隨孩子們走進帳篷。柴火上正沸騰著阿拉伯咖啡嘎和瓦（Gahwa：不經烘焙的咖啡原豆，曬乾後用臼搗成粉，水煮飲用。原產於葉門，廣受貝多因人喜愛。）羊皮做的被子和變了形的金屬餐具凌亂地散在地上，直接鋪在沙子上面的舊地毯散發著遊牧民族的風情。

我伸出手和他握手，介紹他認識我的妻子、女兒還有老么。就在這時，帳篷的另一面傳來了響聲。遮著面孔的

幾位女孩和年老的婦人，朝著我們這邊一邊偷看，一邊嘀
咕著。我從車裡拿出些飲料和餅乾分給大家，他們高興地
接過餅乾吃起來。

我問接待我們的孩子年齡多大。

「我十二歲，在泰布克學習，因為休假所以回家裡。」

他遞給我一杯嘎和瓦。他的身材比同年齡的孩子略顯
矮小，態度卻落落大方。

「我們來自吉達，正在開車旅行，隨便逛逛。」

聽我這樣一說，他問我職業是什麼。我提起王子的名
字，並說我是他的主治醫師。

他馬上瞪圓眼睛問道：「是真的嗎？」

我拿出旅行證明函給他看。孩子說王子是個很好的人，
開始稱讚起來。我問：「或許，你知道瓦迪阿比亞特？」

「從這裡繼續往前走，十五公里左右的地方左轉，越
過山坡就有瓦迪阿比亞特。」

孩子毫無保留地告訴我。

我打鐵趁熱接著問：「那你還知道有畫著牛圖岩石堆
的地方嗎？」

這下他的臉色立刻變了，一口咬定不知道。看來政府
方面已經對貝多因人進行嚴格的訓練，孩子的臉看上去有
些不自然。

「你放心，你也知道我和一般人是不一樣的。因為和
王族生活在一起，我可以去任何地方。旅行證明函上也寫
著，在我需要的時候，國家公務員要全力幫助我。」

「去那裡，要進監獄的……。」

小傢伙嘟噥著。我哄著他說沒關係的，說說看。孩子幾番猶豫後簡短地說「阿德拉德」，然後就把嘴閉上了。這是我第一次聽到，像是阿拉伯語，卻不知是什麼意思的字。我趁孩子不注意，馬上告訴妻子把「阿德拉德」記下來，然後轉移了話題。

「大人們都去哪了？」

「給羊群飲水去了，到該回來的時間了。」

他一邊說，一邊往外看了一眼。

我鼓足勇氣問：「你去過叫阿德拉德的地方嗎？」

「以前跟爸爸去過，現在有員警。那裡的山上有流水呢。」

我把一張空白紙遞給孩子，讓他在上面給我寫一下。孩子猶豫了一會兒，無奈地用阿拉伯語寫下了「阿德拉德」（Atrat，意為考古地區）。

那麼現在就剩下尋找了！神讓我們順利地遇到了這個孩子。透過這個孩子之口，我們了解到所有想要知道的。「你因敵人的緣故，從嬰孩和吃奶的口中，建立了能力，使仇敵和報仇的，閉口無言。」（詩篇八篇2節）

我向孩子告別，並親吻他的面頰。原在帳篷後面的婦女們這時也現身，揮著手說：「瑪阿薩拉瑪。」（意指：願神的恩典與你們同行）我們也向她們揮手說祝福的話，然後上了車。

正午的酷熱似乎感到疲倦了，我們逐漸與陽光拉開距

離。正轉過車頭離開帳篷的時候，對面有輛舊貨車朝這裡開了過來。我憑直覺感到那就是剛剛給羊群飲完水回來的爸爸。如果孩子的爸爸在家裡，也許他就不會告訴我們了。真是一瞬之差，感謝神！

我們經過石子地，又往雷達基地方向的軍事道路上奔馳。一邊開著車，一邊在心裡估算著那個孩子告訴我的距離。從平地逐漸走向了山路，我看了一下周圍，太安靜了。

已經來到孩子所說的十五公里處，可是看不到往左叉出來的路。開到二十公里也沒出現可以左轉的道路。沒有任何一輛車經過，軍事道路上鴉雀無聲。遠處的山上，只有一隻老鷹在空中盤旋。

從來路返回五公里左右，我停下來等待路過的車。孩子們下了車，蹦蹦跳跳地玩耍。約半小時後，不知從哪裡傳來車聲，發現一輛從山上急速奔來的車。我站在路邊揮手，告訴孩子們一起揮手。

快速奔跑的車一下子就超過我們，在好一段前面傳來急煞的聲音，接著從車輪間冒起一股黑黑的濃煙，朝我們倒車過來。車裡坐著司機和兩位年輕人。

我懇求道：「我們要去瓦迪阿比亞特可是不知道路，聽說這附近左轉越過山就是了。麻煩您，指引我們到那。」

「我把後面的朋友們送到大道回來後再帶您去。您稍等一會兒。」

司機說完就飛速地消失了。車走後沒幾分鐘，山下有一輛小貨車慢慢爬上來。仔細一看，是在帳篷裡那個孩子

的父親。他的臉色看起來不太好，也許他從孩子那裡聽到了我問過的內容。

我還是提起勇氣問：「您知道瓦迪阿比亞特嗎？」

他沒有回答就經過我們。無奈地站了好一會兒，那輛說要回來的車閃著遠光燈朝我們開了過來。我們跟隨那輛車跑了約二十二公里的上坡路。他閃著左側信號把車停下來，我也跟著他停車，從車裡下來。

「非常感謝！這是哪兒？」

他用手指著山下。往下一看，山谷全是一片白色，這真是瓦迪阿比亞特。我懷著僥倖問一句：

「或許您知道勞茲山？」

「我是在那座山上工作的軍人。剛才坐我車的那兩個人也是在這兒工作的。因為泰布克那邊有事情，所以我把他們送到大道上再回來。」

說是軍人，我就不便詳細詢問了。

我裝作隨便地說：「那山裡到底有什麼呀？」

「那是導彈基地，不是隨便什麼人都可以去的。」

我開始感覺有些失落，但仔細想想，我們也沒什麼理由必須登上西奈山。附近全部都是雷達和導彈基地，根本無法登上西奈山。其實山上沒有什麼遺跡，亞倫的金牛犢祭壇、摩西立的山界應該都在山下。

🌳 再遇雲柱

　　下到瓦迪阿比亞特之前，我克制著激動的心跳，環視遠山周圍。這時晴朗的天空上劃過一道閃電，過一會兒，傳來雷鳴聲。可是沿著蜿蜒的山谷，遠處看到的幾座山中，只有一座山峰上降下黑色的雲柱。

　　「噢，主啊！老婆快看那！」

　　我用手指給妻子看。神好像再一次親自告訴我們，那座山才是真正的西奈山。我深信那座山就是神曾降臨過那座真正的西奈山，因此駛下了陡峭的山路。神在每個瞬間顯示給我們的旨意實在是奇妙，祂一次又一次明確地給我們指示，鞏固我們的信心。

　　繞過艱險的重重山路，我們終於來到瓦迪阿比亞特。我發現除了我們下來的路，另外還有一條印有貝多因人車子胎痕的道路，只要沿著那條道路應該就能到達西奈山了。

　　經過山谷，又繞了山腳一遍又一遍，原來覺得馬上就會到達的西奈山似乎越來越遠了。偶爾能看到貝多因人的帳篷。山上看到的雲柱，在山谷中也完全看不到了。我正沿著貝多因人的車印行駛著，對面有輛小貨車正朝著我們的方向飛奔而來。我放緩速度。那輛車點亮遠光燈，那是在示意我讓路。我想讓路，可是發現我只要偏向路面一點，就有可能陷進沙地裡。正在猶豫時，那輛車來到了我們的車前。車裡坐滿了人，從年紀稍大的婦女到幼小的兒童共十餘人，連貨廂上也都是人。

我抬起手，向他們問候祝願神的恩典。他們禮貌回應，但是明顯地對我這個異邦人透出了詫異的眼光。

因為是個年輕人開車，我便問道：「阿德拉德在哪裡呀？」

聽到我的提問，年輕人嚴肅地說：「那樣的話絕對不要說。快回去吧，到那兒會被抓到監獄裡的，那裡的警備非常森嚴。」

我們已經行駛了幾千公里，怎麼能就這樣放棄？我們非常猶豫。這裡是外人絕對無法進來的地方，他們對於我們如何通過軍人的檢查站表示驚訝。因為他們說貝多因人經過的每個路口都有幾處軍人的哨所，而我們連一個哨所都沒經過，也沒受到過臨檢。原來，我們沒經過軍人的檢查站是因為我們沿著山谷，通過陡峭的近路過來的。

「現在還不晚，你們快回去，不然會被巡邏車發現的。你們不趕快回去會出事的。」

他們看看周圍，同時勸告我們。突然又有一輛小貨車揚起漫天的沙塵朝著我們開了過來。他們看到車靈時臉色變得死灰。

「穆西吉拉！穆西吉拉！阿斯嘎裡！」（意指：出事了！出事了！警察！）

🌳 突然出現的祕密員警

終於，該來的還是來了。越是這種時候越不能驚慌，

要鼓起勇氣。

（神啊，我們在尋找祢的聖山，他們能把我們怎樣呢？如果祢不看守我們，會有誰能夠保護我們呢？他們可是異教徒啊。）

我心中默默祈禱著，妻子的臉也變得蒼白了。奔跑過來的車緊靠在我們前面，看來足有五十歲的乾瘦男子下了車。他瞪著眼睛叫我出示伊伽瑪。

「再著急也該先問個好吧！你這是幹什麼？」

我先高喝一聲。他的眼角顫了一顫。

「我有可以旅遊沙特全域的許可函。我來到這裡，一路上沒有任何人阻止我。你想要我的伊伽瑪，是不是應該先說明一下理由？」我再一次厲聲說道。

這是我長期生活在沙特得出的經驗。這是個王權統治的國家，王族和老百姓的差距如同天和地一般遠。老百姓在王族面前連氣都不敢大聲喘；身分低賤的人或貧窮的人，在富人和身分高的人面前必須遵守禮節。

他的氣勢減弱些，偷看了下我們的車牌。他應該看到了只有王族才可以用的車牌號碼 999。我把王子的旅行證明函和伊伽瑪出示給他。

「如果我犯了什麼錯，你告訴王子吧。」

警察並不接過我的旅行證明，突然喊道：「我不受任何人的干涉，只憑王命辦事。如果你不馬上回去，我就在這逮捕你。」

一旁的貝多因人趁機悄悄離開。我把聲音放緩，跟他

說咱們交個朋友吧，但是他根本不吃這一套。

「不快點回去，現在立即逮捕你們。」

照這樣下去，看來真的會出事，我們只好調轉車頭回去了。

我們那樣渴求尋找的聖山就在眼前，卻只能眼巴巴地掉頭回去，心裡感覺非常沉痛。我的眼睛突然濕熱，感到無比委屈。想想我們為了看到神的聖山，接連幾天強忍疲倦來到這裡，就因那瘦骨頭被趕了出來，實在太窩囊，絕對不能就這樣回去。

看看後視鏡，警察已經不見了。我把車調轉一百八十度開到警察消失的那條路。

妻子和孩子們害怕地說：「三思而後行啊。」

「如果不是我們，不會有任何人能來到這兒的。想想過去幾天，神曾多麼細心地關照我們。我們不是每到一處都真真切切感受到有耶和華以勒的看守嗎？我們絕不能在這裡離開，讓我們一起祈禱吧。」

我把車停下來，安撫自己又委屈又氣憤的心，接著開始祈禱。結束後我對家人說，我們已經同聲禱告，所以你們只要跟隨爸爸就可以了。我這樣鼓勵他們以後開始趕路。

太陽已經拉下長長的影子，山被夕陽染成了紅色，遠處貝多因人正趕著羊群回家。這比電影裡的景色還要美啊。

再拐個彎，老遠就看到飛揚著沙烏地阿拉伯國旗的水

泥房子和貝多因人黑色的帳篷。在這樣的深山裡不可能會
有政府機關，那麼肯定是祕密警察的聯絡站，很顯然我們
會被抓起來。

我懷著走一步算一步的想法往深山慢行。在山角又發
現一座貝多因人帳篷。我開車往那裡過去，有一位老人朝
我們看過來。我向他求神的祝福並跟他搭話，他也許對陌
生的異邦人來訪感到奇怪，只顧給羊群飲水。

我向老人問道：「阿德拉德在哪兒？」

連問幾聲他就是不回答。我們猶豫著，是不是該倒車
繞出來，經過祕密警察的聯絡站水泥建築。恰巧當我們彎
進聯絡站的後路時，在不到兩百公尺處遇到死角。

現在只剩經過祕密警察前院的道路了。妻子一再要求
回去，我說，我們再祈禱吧。

「主啊，我們讚美祢。因祢是愛我們並與我們同行直
到這樣遠處的偉大之神。我們已行駛幾千公里，似乎已經
快到達神所降臨過的聖山。求祢不要讓我們在這裡返回，
請遮擋警察的眼睛，讓我們安全地經過這裡，親眼看到神
的山。如果我們不去揭露這些事實，不知會有多少人錯誤
地把另外一座山當作西奈山，還去進行聖地巡禮。祢是知
道的，如果不是我們，別人根本不可能接近此處。如今我
已明白，祢早早呼召我來到沙烏地阿拉伯，讓我在王子的
宮中工作的目的。求祢加倍地憐憫我，施恩予我，讓我成
為祢使用的工具，去向萬民宣告西奈山。我奉從罪惡中救
贖我們的耶穌之名禱告。阿們。」

禱告結束後，一股新的力量湧起，我重新獲得了勇氣。

來到祕密警察的前院，看到建築物外砌著高高的圍牆。圍牆中間，大門敞開著，可以一目了然地看到裡面。入口處立著一支槍卻沒有人，院裡有貝多因帳篷，帳篷裡鋪著紅色地毯，也看不到人。這會兒也許是午睡時間。

「呼……」

我長長地吐了口氣，哈利路亞！安全地經過祕密警察的聯絡站，繞過一座小山，在重重疊疊的群山後面，竟然有一片廣闊的曠野展現眼前。曠野對面，可以看到在羅恩‧瓦特的錄影帶中曾出現過那亞倫的祭壇。既然能夠看到金牛犢祭壇，右側高聳的那座山分明就是西奈山了。我握著方向盤的手突然顫抖起來，非常激動。

拿著錄影機的妻子也因為興奮與恐懼發抖著，無法把焦點對準亞倫的金牛犢祭壇。我停下車，接過錄影機。但同樣地，我也因雙手發顫而難以對準焦點。

（神啊……我們讚美祢！祢終於帶領我們來到這裡，讓我們看到苦苦尋找之地。）

我真想馬上匍匐在曠野當中，與家人手牽手讚美禱告。但不知在下一刻會發生什麼事情，當務之急是趕緊搜集資料。在這空蕩蕩的地方，要發現我們是易如反掌的，隨時都有可能被抓去。羅恩‧瓦特和他的兩個兒子就是在此山周圍徘徊時被祕密警察發現，用以色列間諜的罪名被關進監獄接受近三個月的審問。羅伯特‧克魯諾博士和吉姆‧萊利也被祕密警察抓住並經受了拷問。我們盡可能地多看，

並與聖經經文對照思考。

🌳 亞倫的金牛犢祭壇

　　我們沒能靠近亞倫的金牛犢祭壇。正在我拉近錄影機的焦距拍攝的時候，貝多因帳篷那邊有兩個穿著沙烏地阿拉伯傳統服裝的人朝我們走了過來。我告訴恩知和銀雪趕緊從車上下來裝作去小便，讓妻子馬上摘下頭巾從車裡出去。因為我知道若有女孩解小便，或者有婦女的時候，阿拉伯男人是不會靠近的。

　　那兩個人看到女兒們和妻子，好似猶豫著所以沒過

埃及母牛神哈索爾（Hathor Ditera）岩畫

來，往相反方向轉開了身。我趁這工夫，把錄影機上的膠捲換成另外一卷，藏起一部照相機，把拍有普通相片的照相機露出來，然後從車裡出來喊他們。

待他們走近，我仔細一看，是年輕的高中生模樣。我決定不用阿拉伯語而只講英語。有時候在非常時刻，裝作一無所知的外國人反而有利。雖然用英語交流不是很順暢，但這些學生說的阿拉伯語我卻都能聽懂。他們是在泰布克學習的學生，因為休假回到老家。

我故意問道：「這是哪裡？」

「您有地圖嗎？」

我把地圖拿給他們看。他們用手指點著地圖，告訴我們現在站著的地方是馬希特哈米特（Masit Hamit）。他們指著的地方旁邊就有勞茲山。是的，此時此刻，再一次證實了我們來到了勞茲山下，現在正站在西奈曠野當中。

我把家人一一介紹給學生。他們可能是因為與外國人這麼近距離接觸，一直笑容滿面，眼角掩飾不住興奮。我正在四處觀看，但實在弄不清那麼多的山峰當中，哪一座才是神的聖山。

這時他們突然說：「山裡有溪流，要不要去看看？」

我心想，我們要去看金牛犢祭壇，親眼確認刻在岩石上的畫再拍下照片，還要尋找西奈山。事情這麼多，時間這麼緊迫，哪來閒情逸致看什麼溪流。這時突然有個想法在我腦中一閃而過，不知不覺竟冒出阿拉伯語：

「你剛才說什麼？溪流？是溪水嗎？」

「是！」

學生們露出吃驚的表情。這裡連一根草、一棵樹都沒有，如果有溪水，那肯定就是從西奈山流出來的水。在亞倫的金牛犢事件以後，憤怒的摩西不是曾說過這樣的話嗎：「我把那叫你們犯罪所鑄的牛犢用火焚燒，又搗碎磨得很細，以至細如灰塵，我就把這灰塵撒在從山上流下來的溪水中。」（申命記九章 21 節）「又將他們所鑄的牛犢用火焚燒，磨得粉碎，撒在水面上，叫以色列人喝。」（出埃及記三十二章 20 節）

（噢，主啊！祢的話語長存，可是經過了幾千年，那溪水還在流淌嗎？）

原本酷熱的太陽已經掛在山邊，紅色越來越濃豔。對面的山開始拉下長長的影子，身體感到冷颼颼。祕密警察不知什麼時候會突然闖過來，不知會遭遇什麼樣的情況，我們該趕緊行動了。

「朋友，走！溪流在哪？」

「繞過那個看得見的寺院，沿著道路過去，就會到溪水邊了。我們抄近路，您沿著車道過來。」

他們走近路，我們一家人坐上車，繞過寺院，跟隨汽車輪胎印，經過丘陵。爬上低矮的小坡時，左邊山腳處突然有座岩石聳立在那裡。那塊岩石上畫著好幾頭有斑點的牛。一眼就能看出經歷了長久的歲月，圖畫已經有很多的磨損。

（對，那就是埃及神哈索爾。）

（左）向犧牲祭壇的路（右）十二石頭

我馬上把畫照下來。因為忙於照相，竟沒覺察到後面有輛土黃色的吉普車靠近我們。我馬上把相機藏起來，把車開向學生們等著的地方。

我把車停在了學生旁邊，和家人從車上下來，親眼看到溪水時不得不感到吃驚。孩子們也因為新奇，接連發出讚嘆。溪谷的水由三股細流形成，溪水流淌著。

學生後面，有幾個二十五、六歲的年輕人跟隨著，面相兇惡。我儘量表現出禮貌的態度，試圖用英語和他們對話。用英語和他們交流並不容易，可是這樣一來，他們就不會發現我能聽懂阿拉伯語。

「我們生活在山對面的帳篷裡。」

他們裝作給我們引路，一邊不時地偷看妻子和女兒。然後不知因為什麼事，嘻嘻地笑出聲來，面目猙獰。

青年們說：「來照相。」

他們不會耍什麼詭計吧，我心下懷疑。可是如果現在不照下來，又有什麼時候能留下記錄？我們拍了照片。

從溪谷流下來的水並不是潺潺流向遠處的沙漠。它向山下流淌一段後都滲到地下去了。從我們所站的位置到何

烈山的方向，相距約兩百多公尺處有座小坡。山坡後面再
越過小溪，山全部被鐵網圍著。隨著鐵網移動視線，旁邊
有個用水泥建的哨所。仔細看鐵網裡面，繞著山底堆放著
很多石頭。

（啊，那石堆就是在山的四圍所定的界限啊。）

我這才明白聖經上所說的，在山的四圍所定下的界限
是什麼樣的了。神在西奈山與摩西和以色列百姓見面時，
告訴他們三天不要接近女人，不僅要洗乾淨自己的身體，
還要在山的四圍定下界限，不得讓人或牛羊（牲畜）靠
近。「你要在山的四圍給百姓定界限，說：『你們當謹慎，
不可上山去，也不可摸山的邊界；凡摸這山的，必要治死
他……。』摩西對耶和華說：『百姓不能上西乃山，因為
祢已經囑咐我們說要在山的四圍定界限，叫山成聖。』」
（出埃及記十九章 12-23 節）

嚴密封閉的鐵網裡面，曾經築起帳幕的遺跡變成了石
牆，依舊清楚地留在那裡。而且周邊都是黑顏色的石頭，
惟獨十二根白色的石柱隨意躺在那裡。這十二根石柱肯定
就是紀念以色列十二個支派的石柱。

（啊，看看這驚人的事實，這是多麼鮮活的現場！）

看到聖經話語與親眼所見的場景竟如此完全一致，我
突然忍不住全身發抖。站在全能的神，偉大神力和歷史的
現實之中，我感到窒息。

一想到那堆放的石堆，是告誡以色列百姓，不許去西
奈山的界限，我想登上西奈山的願望消失了。把孩子們叫

到一起，簡單講了關於西奈山的事情。我正在講或許這附近不知什麼地方，可能有摩西砸碎的十誡命石板碎片的時候，不知何時過來了三、四個貝多因孩子，正在打量我們這幾個陌生的外國人。

察看西奈山的時候，我在山腳一邊看到了直徑一百多公尺的黑色地面。周圍都是土黃色的沙漠，唯有那一塊地像被煙燻或被火燒過。

我叫來了給我們帶路的學生和年輕的貝多因人，以西奈山為背景，裝作照紀念照，把溪水也拍了下來。

當我們為了照相擺姿勢時，妻子正拿著相機。身旁那些傢伙們以為我聽不懂，在兩個女兒和妻子面前，用阿拉伯語哇啦哇啦地說著不堪入耳又淫穢的骯髒話。我心裡實在很想狠狠地賞他們幾記拳頭，我該怎麼對待在神的聖山面前，毫無忌憚亂說一通的這幫惡人呢？

日頭幾乎完全落山了。我想快點抓緊時間看看亞倫的金牛犢祭壇。

我在那些學生中，找出一名看起來比較善良的學生，讓他坐到我們的車上，準備開車到金牛犢祭壇那裡。

這時那個學生說：「你們不能靠近那裡，不如去我家吧。」

可是，這個機會不能放棄。我哄著他來到金牛犢祭壇，快速拿出相機，在車內成功進行近距離拍攝。因為不知會不會有什麼事情突然發生，我始終提心吊膽。惟有主才會知道我當時的心情。

金牛犢祭壇被鐵網圍著，青色的鐵板上用阿拉伯語和英語清清楚楚地寫著：「這裡是考古地區，凡接近此處的人，根據王命，違者處分。」我感到一陣寒意襲來。

因為不能從車裡出來，我只好坐在車裡觀看。牛像底座是沒有經過加工、近一公尺以上的圓形岩石，上面整齊擺砌著石塊，共長十公尺、寬五公尺左右。上端自然平整，沒有經過處理的痕跡。

岩石上隨處畫著力量強大的公牛，一共十頭。果然還是埃及神阿匹斯（Apis Bull）的形象。

「薩迪克，索拉蒙奴，蒙奴！薩迪克，蒙奴！穆西吉啦卡提露，索拉蒙奴！」（意指：朋友，這裡禁止照相，你會出事的！）

和我們一起坐在車上的學生，一邊說不能照相，一邊跺著腳。接著又拽著我拿著相機忙於按快門的胳膊。看著他們哀求的目光，我的心中湧起了悲憤之情。

（是誰這樣教育你的？這座山是主管整個宇宙的神曾經降臨的地方。就算這山屬於你們的土地，但你們不能隨便歪曲事實。你們拿著刀槍阻擋，就不會被人知道嗎？你們知道，你們在做著多麼愚蠢而可笑的事嗎？）

根據我們的了解，金牛犢祭壇的四圍約十五至二十公尺，祭壇的基石是由岩石不規則地堆放而成，高約四至五公尺。頂部平順，岩石上畫著十二幅斑點牛，牛角呈左右向內彎曲。

一位於利雅德的阿卜杜勒・阿濟茲國王大學的教授，

被鐵網圍著的亞倫的金牛犢祭壇（上）
和祭壇中哈索爾岩畫（左）獻犧牲的祭壇（右）

曾考察過阿拉伯全地的岩石畫。他斷定說，這個石壇上畫
的牛圖，是在埃及蘭塞地區才能看到的牛圖。

　　聖經上是這樣記載的：「於是埃及人派督工的轄制他
們，加重擔苦害他們。他們為法老建造兩座積貨城，就是
比東和蘭塞。」（出埃及記一章 11 節）

　　「以色列人從蘭塞起行，往疏割去；除了婦人、孩子，

步行的男人約有六十萬。」（出埃及記十二章 37 節）

約瑟受到哥哥們的仇視被賣到埃及，之後得到神的祝福成為埃及的總理大臣。當災害來臨時，父親雅各和他的七十名子孫得到約瑟的邀請來到埃及，得以在歌珊地生活。約瑟和那個時代的人都死去後，不認識約瑟的法老王看到以色列人日漸富足強盛，心存擔憂，就讓以色列人成為奴隸。他們因此被奴役著，為法老建造積貨城比東和蘭塞。

聖經從沒有他們在奴隸生活期間尋找神的相關內容。

也許這是因為他們同埃及人一樣信奉了埃及神，錯把牛當作神。所以在埃及經歷了四百三十年的奴隸生活後，他們得到神的幫助逃出埃及，來到西奈山時，向在埃及看到的神獻祭。

那時不僅是歌珊地，埃及全域都信奉稱作「阿匹斯」的公牛神和「哈索爾」的母牛神。這兩種神的特點是，身上都有斑點紋樣。現在英國的大英博物館和法國的羅浮宮博物館，還陳列著當時的阿匹斯和哈索爾岩刻畫。

如果阿卜杜勒阿濟茲國王大學教授的話是事實，這種牛很奇特，只能在埃及看到，那麼這些圖就是三千五百年前，以色列百姓在曠野生活時畫的。也許在石頭祭壇上畫的十二頭牛，就是象徵以色列十二個支派。

🌳 在沙烏地阿拉伯信奉耶穌

我怎麼想都覺得，沙烏地阿拉伯政府肯定是知道些什

麼的。不然沒有理由在這樣人跡罕至的深山裡，在每個路口都建上哨所，安排祕密警察。沒有理由將這樣連一句說明都沒有的石堆，命名為考古地區，禁止人民接近。我突然想：

或許是因為埃及的緣故？

埃及的觀光收入很高。觀光收入中，大部分是由到西奈半島從事聖地巡禮的遊客貢獻的。從韓國飛往埃及開羅的乘客中，大多數都是去聖地巡禮的。

如果有其他緣由，就可能是因為宗教問題。神應許還沒有子嗣的亞伯拉罕，會給他多如同天上星星、數也數不清的子孫。但亞伯拉罕的妻子撒萊沒能等待神的應許，讓自己的女僕夏甲與亞伯拉罕同寢生了兒子。這個孩子就是以實瑪利，而他就是阿拉伯人的祖先。

亞伯拉罕在一百歲時，按神的應許從髮妻撒萊生了兒子以撒。以撒斷奶的日子，亞伯拉罕設擺了筵席。撒萊看見以實瑪利戲弄以撒，就讓亞伯拉罕把夏甲趕出去。當亞伯拉罕正在憂愁之中，神告訴他要聽從髮妻撒萊的話。

亞伯拉罕的兒子以撒得到大大的祝福，相反地，庶子以實瑪利卻得到這樣的預言。「他為人必像野驢。他的手要攻打人，人的手也要攻打他。他必住在眾弟兄的東邊。」（創世記十六章 12 節）

以實瑪利從父親的家裡被趕出來後，住在巴蘭的曠野，成了弓箭手。後來娶埃及女子為妻，生下十二個兒子，在一百三十七歲死去。以實瑪利的子孫廣闊地分布在現在

的沙烏地阿拉伯西北部的漢志，也就是米甸曠野泰布克全域和塞卡凱地區。也可以說，中東問題的火種就是在亞伯拉罕和夏甲同寢那天晚上種下來的。

沙烏地阿拉伯和以色列不僅沒有邦交，還是天下共知的敵國。所以，在沙烏地阿拉伯工作的人不能去以色列，如果發現護照上印有以色列簽證，將會受審、被驅逐。

不僅如此，在沙烏地阿拉伯如果發現某人信耶穌，他會立即受到嚴查，接受酷刑，然後被驅逐出去。

所以如果沒有撇下生計、被抓進牢裡的心理預備，是信不了耶穌的。初來沙烏地阿拉伯的韓國僑民中，偶爾會見到同胞來參加禮拜，但若了解實際情況後，都躲得遠遠的。

剛開始，韓僑也曾在建築施工現場作過禮拜，後來政府開始施壓，大家就改在大巴士裡作禮拜。拉上車簾後，在城市周旋。在家庭作禮拜時，我們也不敢唱讚美詩歌，因擔心被鄰居發現，只能不帶旋律地齊聲讀歌詞。印刷品都被收集起來燒毀了，因為留下痕跡就有可能遭到逮捕。

堅守信仰是那麼難，但我們還是堅持清晨禮拜。一位男執事開著巴士挨家接人，把各家婦女接到車上後，行駛在道路上作禮拜。

常有警察火速趕過來問：「車裡怎麼有這麼多女人？」

婦女們舉起塑膠菜籃給員警看，齊聲說：「去魚市啊。」

盤問的員警走後，她們就說：「其實我們就是得人如得魚的漁夫。」然後大家都笑起來。但也不能每次都說去

魚市，所以有時候也穿上跆拳道服裝，說是去跆拳道館。說來也是，晨禱不就是為了成為十字架的精兵進行訓練嗎？招式用久了，就拿著網球拍、穿上運動服，說是去運動。因為我們是在作聖靈運動嘛。

即使過著這樣艱辛的信仰生活，我們還是會說：「比起初代教會，這根本算不了什麼，算不了什麼。」

在沙烏地阿拉伯，我們只能把信仰放在生活的首位，因為那裡就是激烈的屬靈戰場，但比起初代基督教會這真是算不了什麼。

從初代教會的使徒們開始傳播的福音，如今在以色列對面的中東停止了。與神所揀選的國家相距咫尺，宗教鎮壓卻極其嚴重的國家——沙烏地阿拉伯！為什麼有些國家對人權鎮壓指手畫腳，卻對這種宗教鎮壓保持緘默呢？

面對沙烏地阿拉伯政府對基督教的鎮壓，我偶爾會感到非常灰心，想著：在這片土地上傳播福音需要多麼漫長的時間啊，這時神的話「我的意念非同你們的意念」就會安慰我。當人們可以在此地自由傳教時，也許就是世界末日的前奏曲了。「然而，福音必須先傳給萬民。」（馬可福音十三章 10 節）

曾經有過這樣的事情。波斯灣戰爭結束後的某一天，英國的宣教士來到沙烏地阿拉伯。他是完全作好宣教的心理準備而來的，可是到了這裡卻完全無法施展宣教的抱負，心中非常焦急。有一天，他終於不顧一切來到位於利雅德的政府醫院，走近一位被高血壓和糖尿病折磨、面臨死亡

的斯里蘭卡穆斯林，對他說：「只要信耶穌，你就能得救。如果神願意，你的病也可得醫治。」

聽到自己的病能被治好，那個斯里蘭卡穆斯林就請求宣教士為他禱告。禱告後，病就得痊癒了。

第二天早晨，埃及醫生過來巡診，看到病人只花了一天的工夫，病就全好了，非常吃驚。

「這到底是怎麼回事？」

在醫生殷殷詢問下，他回答：「我信靠耶穌，病就好了。」

在伊斯蘭國家，這樣的告白就等於捨出了性命。果不其然，那個醫生又帶來另外兩名醫生。醫生們再次提問，他的回答仍是一樣。忠於職守的穆斯林醫生們，就以三名證人的名義把他送進牢裡。穆斯林法律裡只要有三名證人就可以實行處罰。

恰好，這個斯里蘭卡患者是某王子王宮的清潔工。王子得到消息後把他叫了過來。原本以為死定了的人，竟然活生生地站在面前，王子驚訝地說：「你知道我有個腿有毛病的姐姐吧？如果我姐姐向耶穌祈禱的話，能好起來嗎？如果你為她祈禱，會好起來嗎？」

「是，我祈禱一下看看吧。」

清潔工說完後開始禱告。禱告後，王子的姐姐也得到醫治。從那以後，清潔工到處受人邀請，熱心醫治病人。霎時間，有關他的消息傳遍整個利雅德，最後傳到了宗教警察的耳朵裡。宗教警察和王子磋商後，決定公開審判清

潔工。

很多人聽到傳聞聚集過來。宗教警察把清潔工放到利雅德最大的清真寺的臺上。人群吶喊著：「處死他！他是撒但！」

在群眾的叫喊聲中，激動的最高宗教領袖伊瑪姆穆塔瓦王，向臺上的斯里蘭卡人臉上吐了唾沫。那是穆斯林最憎惡他人時的舉動。令人驚奇的是，就在那瞬間，伊瑪姆竟口吐鮮血昏死過去。群眾嚎叫著：「拉伊拉伊拉拉！」（意指：阿拉才是唯一真神）後，便散去了。

之後，沙烏地阿拉伯政府千方百計勸他放棄信仰，至終都無法說服他，結果他被永久驅逐國境。

聽到這個消息，我們十分驚訝又充滿感恩，將榮耀歸與神。同時這樣想：為什麼神不是對努力信主的韓國基督徒顯出了聖靈的能力，而是對著人們非常輕視、又是個清潔工的斯里蘭卡人呢？

仔細思想後，我才明白了過來。其實這樣的想法，就是驕傲。神不就是喜愛高抬卑賤的人，使用軟弱的人嗎？「你因敵人的緣故，從嬰孩和吃奶的口中，建立了能力，使仇敵和報仇的閉口無言。」（詩篇八篇 2 節），「務要在主面前自卑，主就必叫你們升高。」（雅各書四章 10 節）

在沙烏地阿拉伯，別說是帶聖經和讚美詩集，連宗教書籍都不許輸入，也不能帶十字架項鍊，無數屬靈的前輩為信仰的緣故被驅趕或遭遇酷刑，為了信耶穌還必須捨棄生命。即使如此，這裡卻是離耶穌誕生地最近、與蒙神揀

選的祭司長的國家。

2003 年 12 月末，我曾與各國基督徒代表，在吉達工業園祕密舉行過一次聚會。當時有一位接受耶穌作個人救主的沙烏地阿拉伯當地人，在臺上剛作完見證沒多久，突然有員警闖了進來。當時有幾名代表被拘禁，至今沒有任何人知道作見證的那位弟兄至今身在何處。

🌲 祕密員警出動

我甩開阻止我照相的學生的手，快速照了幾張相，然後調轉車頭開向貝多因人帳篷。帳篷前面站著三個穿著黑色披風的人，旁邊停著土黃色吉普車。學生的臉色變得青灰。

「出事了，出事了，祕密警備隊出動了！他們不接受任何人的指示，只根據國王命令行動。你絕對不要說你照了相，就說只看了會兒，知道嗎？」

學生一邊給我忠告，卻一邊在發抖。我從心底發出祈禱：神啊，看來要有狀況發生了。可是我並不害怕，因為有祢同在。祢的百姓怎麼能怕異邦宗教警察呢？

我沉著地對學生說：「朋友，不要擔心。」

我也告訴家人不要擔心。我把拍下亞倫祭壇相片的照相機快速遞給妻子，讓她藏起來，把普通相機放在明顯看得到的地方。在貝多因人帳篷前面停下車，三個身材健壯的人瞪著我，似乎要把我給吃了。我把車停靠在帳篷前面，

故意讓他們看到車牌號碼 999。

「阿薩拉瑪來辜姆。」（意指：願神的恩典與你們同在）

我從車上下來，自然地伸出手和他們握手。他們也說著：「瑪來辜姆沙拉姆！」和我握了手。我介紹家人，他們卻不理睬。

「隨同家人到帳篷後面的貝多因家庭那待著。」

家人被送到那邊，而我們一起坐在貝多因帳篷裡。帳篷裡面已經坐著在西奈山卜見到過的那些長相猙獰的三個人和學生們。我們沉默了很長一段時間，顯得貝多因人喜愛喝的咖啡沸騰聲音特別響亮。

宗教警察骨碌碌地盯著我，也許正打量我呢。我也四處看了看，這才看到停在帳篷前面的吉普車，車上有無線電匣子和長長的天線。我決定先開啟話題來應對他們的沉默。我用英語說：「這樣的山溝裡怎麼會有水流，真是奇妙。」

他們好像根本聽不懂英語，只是彼此對望著。看來像領頭的人改變了坐姿，這時從黑色的披風縫隙間，露出手槍和圍在胸前的子彈帶，看來他是故意的。

（你們有槍，我有救贖的盾牌；你們有子彈帶，我有聖靈的腰帶。好，那我們就較量一下。上吧，你們這些傢伙！）

我更加勇敢，堅挺地姿勢絲毫沒有動搖。就算他們說什麼，我都作好了回答的準備。過會兒，領頭警察用阿拉伯語問：「你為什麼在這裡照相？」

" What? "（什麼？）我故意用英語回答。

他們瞪著眼睛，用手做出照相的動作。我用英語加上動作說，那算犯了什麼錯，真是叫人無法理解。他們要我拿出居住證和旅行證明函。我混雜著阿拉伯語，提高聲音說：「我不會接受任何人的審問，王子給我的旅行證明函上這樣明確寫的。國家公務員要首先優待我，需要時要向我說明，只有得到王子的允許才能審問我，你看吧。」

我把居住證和旅行證明函扔到他們前面。這樣一來，他們有些畏懼了。但他們還要求看汽車註冊證。我把寫有999特殊牌號和王子名字的汽車註冊證，驕傲地扔到他們前面。

王子把車作為禮物送給我時說，車是用他的名字買的，如果想變更我的名字就變更一下，但為了應對這種情況，我沒有改動。三種證明都有王子的名字，宗教警察有些氣餒了。這時裝有無線電的白色小貨車停在我們面前，沙漠的灰塵倏地撲進了帳篷裡。

車上有個人下來，仔細一看，正是在曠野時瞪著眼對我們說「立即出去，不然就逮捕你們」的那個瘦骨頭傢伙。他看到我似乎嚇了一跳，沒有理我，和其他的員警打招呼。很顯然，瘦骨頭比那些人級別低很多。我在一旁聽他們講話，他就是在西奈山和我一起照相的長相猙獰年輕人的爸爸。

（那傢伙不會說認識我的，如果說認識，就等於承認自己沒有阻止我進入曠野。）

　　果不其然，他終究沒看我一眼，默默把視線轉到別處。員警們自己嘀嘀咕咕一番後，警察局長說：「這裡是根據國王命令，外人絕對不允許踏入的地方，你卻來到了這裡。你寫字以承認來到這裡。」說著把紙和筆遞給我。我決定和他們周旋下去。

　　「我不能寫，如果必須寫，就跟我們王子聯繫一下。」

　　「那就把照片膠卷，在我們面前抽出來。」

　　這是一種交易嗎？

　　「如果非要這樣，那好吧，我知道了。」

　　我拿出車裡的普通相機，在他們面前把膠捲抽了出來。看到這樣，警察說：「如果你再來這裡，那時可不會饒恕你的，趕緊回去吧！」他們說著，露出焦黃的牙齒笑了。但是我比他們更高興，他們中了我的計。

　　因神的看守，我們來了。
　　因神的看守，我們看到了神的山。
　　因神的看守，我們要離開了。

　　在神給予的勇氣下，我們走出帳篷。那時太陽已經西沉，薄暮輕籠曠野，但還不算黑。

　　但當我尋找孩子們和妻子時，卻不見他們人影。喊了幾聲孩子們的名字，也沒有聽到應答。我徘徊踱步等著孩子們時，聽到帳篷裡傳來員警的談話。

　　「趕緊打無線電，或許該聽聽泰布克方面的指示。要

不我們再拖些時間，得到泰布克的許可再放了也不遲，怎麼老覺得有些可疑……。」

屆時我背脊一陣冰涼，如果沒聽到反而會感覺好些，但他們的計謀還在進行著。這時長相猙獰傢伙的聲音傳了過來。

「就這樣放了他吧。」

我走到後頭，把家人帶過來，立即坐上車，手發起抖來。如果不趕快離開，說不定還會發生其他狀況。我剛要發動車，一位長相兇惡的青年走了過來。

「喝杯茶再走吧。」

「不了，我走了。」

「天都黑了怎麼走，曠野是不能單獨行路的。還不如在貝多因人的帳篷裡待一晚上再走吧。」

我不理他，開車後退。那個傢伙表示無奈，要送我們到大道上去。我當作沒聽到，開始行車。這時帳篷主人，也就是那個瘦骨頭突然開著裝有無線電的車向曠野疾馳而去，看來是去傳信號。

我在車裡把祕密警察們說過的話簡短地講給家人聽。

「那麼，現在我們能做的就是不停地跑。老婆，把安全帶繫好了；孩子們兩隻手都抓緊了。就算爸爸開得快一些，你們也要放心。神會看顧我們的。抓緊了！知道嗎？」

我開始不顧一切地快速開車，但根本不知道該往哪裡去，於是迷了路。

冒死拍下的何烈山（左），還可以看到洞。
從何烈山的洞向外看的照片（右）

🌳 曠野迷途

我越過丘陵地帶，只顧著把車往前開，這時妻子急促地喊我：「老公，老公，看到西奈山山頂了！」

從車窗往外看，山頂清晰地進入視線。之前我們進入山裡太深而沒能看到山頂。在山頂下面一點可以清楚地看到一個洞，山頂有兩座山峰，那後面另外還有一座被燻黑的山峰──那分明就是以利亞的洞！聖經裡記載，先知以利亞為躲避事奉異邦神祇的亞哈王和王后耶洗別，躲到何烈山的洞裡，聽到神細微的聲音（參：列王紀上十九章）。對！那座山就是何烈山。

「對，你說得對！快點，錄影機！」

妻子一邊被祕密員警追趕著，一邊還在攝影。我不時看著兩旁，握著方向盤奔跑。心裡儘管非常焦急，卻不能

再拖延了。如果天再黑一點，或者妻子沒有向四周看，我們也許永遠都看不到西奈山了。但是神沒讓我們徒勞而歸。

聖山，就是那神曾經降臨、火和雲煙升騰、雷鳴和閃電齊發、以色列百姓瑟瑟發抖的地方；祂時而用大大的號角聲，時而用細微的聲音，在十一個月的時間裡，像慈母懷抱孩子般滿懷慈愛地、逐條地教導祂的百姓，如何能得到救贖恩典的地方；告訴人們在神聖的帳幕和聖所放入怎樣的器具、祭司的職務、他們需要分別為聖等種種事情的地方；雖然責備他們頸項頑梗，卻久久忍耐的地方；就像母雞懷抱小雞一樣，向以色列百姓施與慈愛的地方；以及顯示神的神聖和信實的地方。

我們勉強照了張相，拍攝幾秒鐘的錄影。儘管很想停下來仔細看看，但我們沒有那樣的時間，必須眼看著這珍貴的地方盡全力奔跑。也許這正是神的旨意。

汽車行駛很長時間後，總感覺經過的都是同一個地方。我們在曠野迷路了。就算是大白天，在沙漠迷了路根本無法找到方向。

我曾經聽到過一個恐怖故事。韓國某建設企業為了測量橫跨沙漠的道路工程，派出五人來到沙漠，結果迷了路。本部動用直升機尋找六天，好不容易找到人。他們恢復元氣後說的話叫人震驚。因為連續幾天沒有水和食物，他們在飢餓中煎熬時，一直注視著五人中看來最虛弱的那個人。

天已經黑了。總感覺警察會突然現身拘捕我們。我現

在似乎稍稍可以了解埃及法老王一意追趕以色列百姓的剛硬：「法老必說：『以色列人在地中繞迷了，曠野把他們困住了。』」（出埃及記十四章3節）

如果他們得到上級的指示，好幾個人一起趕過來拘捕我們，我們也只能乖乖地跟他們走了。車裡的物品和錄影機裡存下的內容如果被發現，我們也許永遠也離不開這片土地了。如果借用王子權威的我尚且失敗的話，還有誰能把這事實公諸於世呢？

天和沙漠閉緊了嘴巴。分不清東西南北的廣闊沙漠，有如密封的空間，開始讓我感到窒息。

我從心底禱告，一味地開著車。

（神啊，我該往哪裡走呢？請祢從此地救出我們。）

這時我想到，只要往西走就會有活路。沙烏地阿拉伯也和韓國一樣是三面臨海的半島國家。北部阿拉伯的西面是大海，往那邊過去只要找到海邊道路就可以了。那時我突然想起，不久前，在法國為了準備西奈山探險而買的指南針。我馬上取出指南針和車上的指南針對照著，不顧一切地奔馳著，往西、往西……。

妻子和孩子們都嚇壞了。我盡力安慰他們，讓他們祈禱。其實我們能做的只有禱告，只能仰賴那位全能者的幫助。

現在如果不開車燈，就完全看不到前方了。原本壓著我們的沉重石頭山陰影已經消失，取而代之的是，整座山都變成黑暗吞沒了我們。我感覺喘不過氣來。我因無奈而

打開燈的瞬間，不知是什麼時候過來的，後面竟然有車燈在閃爍。那是要我們停車的信號。我後背冒出一陣冷汗，裝作沒看見繼續往前開，妻子也催促我不要停車繼續往前開。

「好吧，就算最後會被抓到，也要跑多少、算多少。」

我用力踩下油門，但一直習慣在柏油路上開車的我，怎麼能甩開熟悉曠野道路如自家院子的那些傢伙呢？他們轉眼間就來到我們旁邊。我降下車窗玻璃一看，是剛才遇到的長相猙獰的三個青年。他們咧嘴一笑說：「你們走錯路了，我們帶你們到大道上，跟過來吧。」然後加上一句：「現在員警正在找你們，你們得快點離開這裡。」

我一時判斷不出是否該聽信他們的話，妻子勸說：「我們走的路不是對的嗎？」我不這麼想。天這麼黑，如果他們想抓我們，足可以在這裡抓我們，他們卻說要帶我們到大道上，這句話有些奇怪。姑且相信他們的話看看，我決定跟隨他們。

周圍一片黑暗。這是除了車燈以外，什麼都看不到的無垠曠野。雖然跟在他們後面，心裡卻忐忑不安，怎麼也沒法相信他們，但為了讓家人放心，我裝作泰然自若的樣子。

跟隨他們的車跑了好一會兒，有時根本就沒有道路，只要開偏一點，車輪都會陷進去。前面常突然出現大岩石，為了勉強避開，車左右亂晃，有時車輪還會空轉。我只好相信這是條近路。

　　淡淡的月光開始照耀。我們在人跡罕至的沙漠裡，奔波在山谷中，看到這樣的月光心中是那樣高興。但是奔跑一段後，我覺得什麼都看不到反而好。月光下，視野變寬了，看到周邊的山似乎都在向我們撲過來。妻子和孩子們一句話也沒說。

　　不知奔跑了多長時間，突然跑在前面的貝多因人右轉後停下車來。他們突然停車有些奇怪，我點亮遠光燈，看看周圍，這是四面如峭壁般的深山，前面有座小小的沙丘。

　　這是死角。天地一片死寂，在這沙漠的角落裡能夠自由移動的物體，大概就只有他們。月光靜靜地照下來，周圍安靜得連他們的動作和呼吸聲都能聽到。

　　「那些人是想休息一會兒嗎？」

　　雖然對家人這麼說著，但在這杳無人跡的地方，和家人一起下車總覺不妥，所以我們沒從車上下來。稍後，青年們下車來，有兩名朝著我們的方向走來，另外一人不知從地上撿什麼，後來開始生起火。

　　看看時間，已經過了晚上八點。今天是星期三，是小組禮拜的日子。也許現在這個時候，我們小組成員正在為我們向神祈禱。

　　兩個人大步走近我們，作手勢要我們下車。

　　「下來先宰隻羊來烤，吃了再走吧。」

　　他一邊說，一邊用手做出劃脖子的手勢，那時我看到他們的眼睛。他們的眼睛充血通紅，忽然變成了貪婪的撒但眼睛。一種毛骨悚然的想法讓我全身冒出冷汗。

　　我猛然想起在西奈山下照相時，他們看著我心愛的妻子和兩個女兒，說著怎樣給他們各自配女伴的事情。我頭髮都立起來了，不知突然會轉變成什麼樣的局面。妻子和孩子們當然不會知道這恐怖的狀況。

　　（越是這種時候越要沉著，絕對不能害怕或慌張。這時候，如果我顯出害怕的樣子，家人們會驚慌的。然後，那些傢伙會更加大膽。我要保護好我的家人，我是主的勇士。）

　　在那緊要關頭我給自己打氣，向神懇切祈求。我對他們說：「我們還要長途跋涉呢，不能這樣耽擱。我們走了。」

　　這一來，他竟把手伸進車裡要拔出汽車鑰匙，我把他的手甩了出去。身旁坐著妻子，後面坐著心愛的兒子哲雄、女兒恩知和銀雪。

　　在這一瞬間，另外一個人移到哲雄坐著的車窗邊，想要拉開車門。我馬上鎖上車門，真是千鈞一髮呀。他們終於露出本色，想拔出鑰匙而失敗的傢伙走到車後，生火的傢伙走到妻子這邊。

　　（主啊，祢是愛我們的。我相信不管那些惡人想幹什麼，祢都會看顧我們。）

　　我一邊禱告，一邊讓自己冷靜下來。

🌳 走投無路時掏出手槍

　　這時孩子們突然尖叫起來。

「啊！爸爸，爸爸，叔叔拿出刀了！拿出刀了！」

從後視鏡一看，原來在後面的傢伙，拿出宰羊時才會用的大刀。刀在月光下閃著銀光，看到的同時，我已經把右手伸進衣服裡的口袋，用力握緊神為我們預備的手槍槍柄。

轉眼間，生火的傢伙打開車門，抓緊了妻子的衣領，妻子尖叫起來。孩子們的尖叫聲震響了山谷。前面的傢伙為了抓我伸出手的瞬間，我掏出手槍霹靂般大聲喝道：「舉起手來！毫馬勒！（意指：驢）」

我不知不覺說出韓語和阿拉伯語。

先把槍對準了妻子那邊的傢伙，他緊抓妻子衣領的手鬆開後，馬上舉起了雙手。噹！一把刀掉到地上。然後，我把槍對準面前的傢伙。他同樣把刀丟到地上。

自己回頭想想，都為當時的沉著感到自豪。我再一次對自己說不要激動，示意家人不要動，槍口對著他們下了車。拿著大刀的傢伙不知什麼時候也丟下刀，舉著手正在瑟瑟發抖。我把他們趕到遠離車的地方。

「把肚皮貼到地上趴下，你們這些驢！」

我高聲喊道。不知怎麼一句英語都沒說，淨說阿拉伯語。他們聽從了我的命令。

「不許動！」

我的喊聲如雷鳴般在山谷迴盪，又傳回我的耳邊。現在我的心裡鎮定了許多。

「聽好了！我可以在這裡把你們都弄死。我只要離開，

就什麼事都沒了，因為這是正當防衛，就算我殺了你們，王子也會說我做得對。」

他們發著抖想說些什麼，也許想讓我饒了他們吧。

「閉嘴！什麼話都不許說！現在好好聽我講，誰說話或動彈，我就先在誰的腦袋上開個洞。」

我把槍口貼在了爬在右面的傢伙後腦勺上。月光下可以看到他們趴著，腿和胳膊瑟瑟打顫。周圍一片寂靜。

「我就說一句話：我所信靠的神和你們的神是不同的。」

然後，我回到車裡，緊握受到驚嚇的妻子的手，一句話都沒說。就算不說話，妻子也明白我的意思。我用力踩下油門。

瞬間，車像彈起來一樣衝到沙丘上面，然後就一動不動了。車輪陷到沙丘裡，一個傢伙察覺到這個狀況抬起了頭。

「不許動，否則殺了你們！」

我又大喝一聲，打下倒車檔，車向後滑去。我馬上將方向盤往左拐，車停下。

「我原本可以殺掉你們，卻還是饒了你們。但是在我的車離遠到看不到之前不許動，不然就會弄死你們，知道了嗎？」

他們沒有回答。我最後又留下一句話：

「我所信靠的神和你們信仰的神是不同的！」

我當兵時常罵人的話已經冒到喉嚨裡，很想索性在他

們屁股上狠狠踢個幾腳，但我還是忍了下來。我重新坐回車上，看著指南針，一味地向著西奔去。

如果有山就繞過山，如果有岩石就躲過岩石，我們一路奔馳。車一會兒往這邊倒過來，一會兒往那邊歪過去，有時乾脆四個輪子同時騰在空中。貨廂裡的物品應該已凌亂不堪了。

我們一路沒有說話。不知奔跑了多長時間，油表就剩最後一格了。萬一走錯路該怎麼辦？妻子默默地握緊我的右手，我這才略微清醒。

「老婆，嚇壞了吧？」

妻子沒有回答，更加用力握緊我的手。這時我喉嚨火辣辣的。

「老婆，給我點水。」

喝了些水後感覺全身軟綿綿的。就像從訓練場夜間行軍回來那天一樣，全身痠疼，剛才實在太緊張了。但現在還不能放下心來，那些傢伙或許會為了報仇拿來真槍向我們反撲。

我們開著車，朝著指南針指向的西邊不停奔馳，過一會兒看到忽明忽暗的亮光。那是什麼光？我們沒有感到高興，反而害怕起來。亮光一點一點逼近，心臟一點一點緊縮。（如果是警察在搜索我們怎麼辦？）

靠近以後，發現是車燈。對方看到我們，閃了閃遠光燈。以防萬一，我備好手槍。更近一些後，發現是貝多因人的打扮。我拉下車窗跟他們打招呼。

「我要去吉達，怎麼能走到大道上啊？」

「沿著這條路再走四、五公里就可以了。」

我向他們道了謝，長長地吐出一口氣。

汽車油表已經在閃警示燈。就像剛才的貝多因人講的，沒走多遠發現柏油大道。過會兒看到小小的加油站，我把油加得滿滿的。看地圖，到吉達還要 1,100 公里。雖然這距離看起來那麼遙遠，但我們不知多麼感謝神。我們是如何尋找到這條路的，只有神知道：「我向埃及人所行的事，你們都看見了，且看見我如鷹將你們背在翅膀上，帶來歸我。」（出埃及記十九章 4 節）

我們在商店前停下車，買了些飲料和幾塊麵包。

妻子握著我的手，不停喚我：「老公，老公。」

「我都知道，坐在車上邊走邊說吧。這都是神的恩惠。」

我好不容易放鬆下來，看看妻子。妻子眼睛周圍的彩妝都糊成一片黑了。妻子哭了多長時間啊，我感到她是那樣楚楚可憐。

「老婆對不起，我愛妳。都怪我這無能的老公。」

我緊緊擁抱了恩知、銀雪和哲雄，然後撫摸著孩子們的後背：「嚇壞了吧？但是你們看到了神有多麼愛我們吧？你們一輩子都要記住今天。絕對不要忘了神有多麼愛我們……。」

這時哲雄有些懷疑地問：「爸爸，那把槍是真的嗎？」

這一來，銀雪也說：「爸爸，那是假槍，是吧？」

恩知好像也忍不住了，莞爾一笑說：「爸爸！是王子給的，對吧？」

如果沒了這把塑膠槍會發生什麼事情呢，光想都不寒而慄。但我不能說那是假槍。進家門之前，我不想讓孩子們擔憂，如果知道那是假槍，孩子們會不安的。但也不能因為這樣就不回答孩子們。他們都望著我的口，妻子示意我快點回答。

「上次去尋找瓦迪穆薩的時候，我不也說過嗎？這槍是神給我們的。還不信嗎？」

孩子們可能對我的回答不太滿意，只是歪著頭。

卡利德族長告訴我一定要攜帶槍，我原來只把他的勸告當作耳邊風，可是每次禱告都讓我想起那句話，對此我只有感恩。我怎麼能想到哲雄的玩具槍竟會這樣被使用。

（讓我預先有準備的神，讓我勇敢與惡人爭鬥取得勝利的神，掌管生命的神，我讚美祢。在撒但的計謀面前救出我們的主，在死亡的門檻前拯救我們的主，我舉起雙手讚美祢。哈利路亞！哈利路亞！）

已經過了夜晚十點，道路已經很久沒有車輛行駛。在沙烏地阿拉伯夜間駕車一定要小心，因為不一定什麼時候會突然遇到駱駝或羊。白天和夜晚的溫差大，經常有迷路的駱駝或羊躺在白天被烤熱的道路上貼著肚皮睡覺。

繞著山道不停行駛，我和妻子聊了起來。突然感到納悶：「老婆，剛才在山谷裡的時候，有個傢伙走到哲雄那邊的時候，我分明鎖了車門，你那邊的門怎麼會開了呢？」

「啊，那個呀，到達那個山谷時，我看到貝多因人點火，就想到他們是在給警察發信號，為了下車去滅火所以開了鎖，卻突然發生那種事⋯⋯。」

妻子解釋時，一連喘了幾大口氣，她受到很大驚嚇。妻子突然又問我：「我也有件感到奇怪的事：如果你發覺了這些，應該趕緊開車逃跑啊，幹什麼一直等到事情發生呀？」

「我當然也不是沒想到過。但我是在他們拿出刀來抓住你衣領的時候，才看清他們的真面目。而且在他們有所行動之前我們就這樣逃跑的話，他們可能還會追趕我們呢。」

我們已經離開了瓦迪穆薩地區，進入了有摩西的丈人葉忒羅家遺址的巴德入口方向。入口處設置了路障，遠處看到關卡。我擔心會不會有什麼指示傳達下來，他們正在找我們，但這次同樣只能信賴神。

關卡前持槍的員警讓我們停下車，他們往車裡看了看，就揮手讓我們走了。哈利路亞！

我們重新經過葉忒羅生活過的巴德街區開始奔馳。離開那個地方後，黑漆漆的曠野中，道路筆直地伸向遠方。

我曾經聽到過這樣的故事。

生活在沙漠的貝多因人故意在這種人跡罕至的道路上鋪上尖銳的東西設為陷阱，等待在夜間疾馳的車輛，如有車輛顛覆，就過去搶奪貴重物品或年輕女子，接著逃到沙漠深處，這樣誰都找不到他們。

　　有對夫婦夜間從利雅德開車往吉達方向前進，車在沙漠裡出現問題，等了很長時間也沒有車輛經過，丈夫只好把妻子留在車上，朝著遠處的燈光去找汽車修理工。回來一看，妻子已經杳無蹤跡。報了警，地毯式地尋遍那一帶，至終沒能找到妻子。

　　幾年後的一天，他在對向車道上的汽車裡發現妻子，所以向她揮手。她分明是他的妻子，反應卻冷冰冰地像沒看到一樣。他調轉車頭追趕過去，卻錯過了。在那之後的一年時間裡，他翻遍那一帶，發現了自己的妻子和貝多因人乘坐的那輛車。他尾隨其後，成功地找到那間房子，等到男人出去後進入屋裡一看，確實是他的妻子：「老婆，是我！」

　　握著她的手仔細看，妻子已經成了睜著眼睛的瞎子。綁架妻子的人用針捅破她的瞳孔，使她成了盲人。

　　生活在曠野的遊牧民族會為了一口井奮力爭奪，看到美麗的女人就會想盡一切辦法搶過來。所以女孩兒到了八歲就蒙上頭髮，初潮後連臉都要遮起來。

　　時值凌晨，又行駛兩個半小時後，我們老遠看到輝煌耀眼的燈光，看地圖是「杜巴」，相當於韓國郡級的港口城市。城市入口有看起來滿漂亮的雕塑，還掛著歡迎的牌子。

　　我看到「亞細亞飯店」的招牌，決定入住這家飯店，住進帶有兩張簡單床舖的寬敞房間。因為奔波一整天，全身滿是風塵，梳洗後全家圍在一起舉行家庭禮拜。

「孩子們今天很累是吧？我們今天好好睡一覺，明天早晨早點出發回家，才能參加主日禮拜！」

今天感覺是那麼漫長，可是神引導我們走向聖山，在死亡的門檻拯救我們，我們對神的保佑只有感恩。妻子說：「老公，遙遠的將來，我們還會想起今天的事、談論它，對吧？」

跟著神奇的汽車輪胎印回家
2001.3.8 THU　第七天

很快地黎明就來臨，窗外已曚曚亮，汽車行駛的聲音也傳了過來。這一覺睡得太香甜，因為昨晚太緊張，一躺到床上就睡著了。

妻子已經起床開始整理行李。我勤勞的妻子，聽話的孩子們啊！

這時聽到銀雪在自言自語些什麼，我以為她在說夢話，她卻又嘟囔什麼後，站起來四處張望。

「銀雪呀，再小睡一會兒吧。」

我也不想馬上起身。縮了縮身子，把被子蓋嚴。

「爸爸！」

聲音聽起來不太尋常，我回頭看銀雪，妻子也走近她。

「銀雪哪兒不舒服？」

銀雪只顧四處張望，沒說話。摸摸她額頭，只有一些微熱，並沒有其他異常。

「爸爸！不是這個，我遇見耶穌了！」

我的睡意一下子全跑光了，妻子讓她接著說。銀雪沉著地講：「我聽到有誰在呼喚我，抬頭一看竟然是耶穌！站在高高山上的耶穌，全身閃著光芒非常耀眼，我沒辦法看清祂。祂的聲音很輕柔，帶我們一家到高高的山頂，跟我們說：『不要擔心。我會保護你們。』然後我就睡著了。這時耶穌又叫我：『銀雪啊！』我睜開眼睛。祂重複說了三遍：『不要擔心，我會保護你們。』然後耶穌就消失了，我在找祂。」

一股熱流湧向胸口，我的心澎湃不已，眼淚無法阻擋地湧出。雖然在孩子面前，但我真想痛快大哭一場。

（耶穌，祢讓我們看到了祢是那樣地愛我們，又怕我們的信心會動搖，透過年幼的銀雪加添給我們力量。）

妻子握緊雙手，靠在床角，雙肩一聳一聳，我沒有打擾她。我們會把這美好的故事久久地刻在心中，直到見到主的那一日，永永遠遠……。「你不要害怕，因為我與你同在；不要驚惶，因為我是你的神。我必堅固你，我必幫助你；我必用我公義的右手扶持你。」（以賽亞書四十一章 10 節）

聽了銀雪講的美麗故事，我睡意全消，全身湧起新的力量。我握緊拳頭，挺起胸膛。真想馬上抓住一個人向他傳道，隨便對任何人去誇耀永活的真神。我心中充滿的讚美，好像馬上就要爆發一般。一打開窗戶，鄉間的景色那麼美麗，天空也是美的，我彷彿已置身在天國。

所有貪念都消失了。過去曾討厭過我的人，背叛我逃跑的人，因為各種各樣的原因，我曾討厭過的人的臉龐，瞬間拂過眼前，我願意原諒他們所有人，也同樣希望得到原諒；我想

米甸曠野的陶片

用滿心的愛去擁抱他們。靠著今天確實看到又得到耶穌愛的力量，我想從今以後就要這樣生活。

我一邊幫孩子們洗澡，整理行李，唱起了讚美歌。唱著歌又跳起了舞，吹著口哨自編一首漂亮的讚美曲，步出了酒店。

當我看到汽車時目瞪口呆。整輛車被蒙上白白的一層灰塵，讓我懷疑昨天到底是怎樣開過來的。前面的擋風玻璃上也堆了厚厚的灰塵，幾乎看不到前方。

於是，我們一家開始合力擦車。經歷七天六夜的旅程後，我們每個人都健健康康的。我們唱了感恩讚美的詩歌。東方升起的太陽今天看起來格外大、格外紅。

「要回到家還有 850 公里呢，出發前還是把汽車檢修一下比較好。車已經跑太長的路程，昨天晚上又折騰了一番。」

我們找到一家維修站，大部分的加油站都附有維修站，找起來並不費力。但卻還沒開門，我們利用等待的時間，到一家土耳其式餐廳吃簡單的蛋捲三明治填飽肚子。

修理工從潤滑油到篩檢程式，對空調、冷卻水等一一仔細檢查，到最後檢查胎壓時，他說：「怎麼把車開到這

種程度？正常輪胎的氣壓是三十五到四十左右，這個輪胎氣都跑光了，氣壓只有十五。」

我半開玩笑說：「那把風再灌進去不就得了？」

修理工咧嘴一笑說：「四個輪胎氣壓都不到十五。看樣子曾在沙漠裡跑過，是為了不被陷在沙漠裡故意把氣放出來的吧？」

我大吃一驚。回頭想想，如果真像修理工說的，汽車輪胎裡的氣是正常的，在曠野逃跑時，我們可能已經無數次陷進沙漠裡。因為汽車重量的緣故，胎壓正常的輪胎反而會陷進沙子裡。如果輪胎裡沒有太多氣，因為柔軟才能輕易從沙子裡出來。

重點是，我絕對沒幫輪胎放氣。神甚至掌管汽車輪胎裡的氣！

> 不知救主奇妙恩典
> 何以向我顯現
> 何以像我如此不堪
> 竟蒙救贖揀選
> 惟我深知所信的是誰
> 也深切相信他定能保全
> 凡一切所交託他的
> 都能安妥直到那日

這次旅行讓我們全家永遠難忘，而這段經歷將成為我

們信仰牢固的基石。我們懷著無論任何人也無法使我們動搖的信心,奔馳在海邊道路上。現在離家還有 830 公里的路程。

這條路似乎永遠沒有盡頭,我們奔跑了幾百公里後,來到延布(Yanbu)。這座城市擁有世界最大的煉油廠。無數條超大型、各形各色的管道圍繞工廠,幾座煙囪不停地冒出煙霧和火花,規模大得讓人無法判斷範圍到底有多廣。

聽說從那裡銷售出去的油品數量,公開資料是紀錄一日 1,400 萬桶。《可蘭經》上有「紮卡特」的說法,叫信徒必須把收入的 2.5%(四十分之一)交給政府。就算每桶只扣 1 美元的稅,政府一天也有 1,400 萬美元的進賬。這是巨大的數額,所以每天都有巨額的錢款堆積在伊斯蘭開發銀行 (IDB: Islamic Development Bank)。

來到延布就像已經回到家,因為以前我們也來過這裡兩、三次,不過還要向前開車 354 公里才能到家。我們在街區邊逛邊找餐館,看到了賣炸魚和米飯的店,可是除了家庭專用餐廳以外,女子是不能進去的。所以我們外帶吃食,又買了形狀長條的西瓜,在野地鋪上野餐墊,大家圍在一起飽餐一頓。

現在是午後時光,只要遮住陽光,還不算太熱,偶爾吹來的海風帶來清爽舒適。把車向西停靠,形成陰影。我們重新在車邊鋪上墊子,稍稍躺一會兒,疲倦再加飯後的睏意襲了上來。無論何時都不見一點雲彩的天空,今天依然碧藍。

回顧過去幾日，我似乎獨攬了神的愛，感覺自己可以懷抱這寬廣的宇宙一樣。孩子們在遼闊的野地恣意奔跑。連續幾天困在空間狹窄的汽車裡，這會兒可以放下心來自由奔跑，心情一定很好吧！

妻子躺在我的旁邊，枕著我的胳膊望向天空。我們看著同樣的天空，她的心情也是與我同樣的吧。慢慢回想過去這幾日，簡直就像作夢一樣。「你只要謹慎，殷勤保守你的心靈，免得忘記你親眼所看見的事，又免得你一生，這事離開你的心；總要傳給你的子子孫孫。」（申命記四章 9 節）

如果有人問，這世上第一的聖地是哪裡，我會回答：萬物的主宰耶和華神降臨過的聖山——西奈山。

西奈山被隱藏了三千五百年，進入二十一世紀後被世人揭曉。不知什麼原因，最蔑視基督教並想抹殺基督教的異教徒把那裡變成雷達基地。也許耶和華——我們的神——正在利用他們的手保護這塊地方，直到時機成熟。

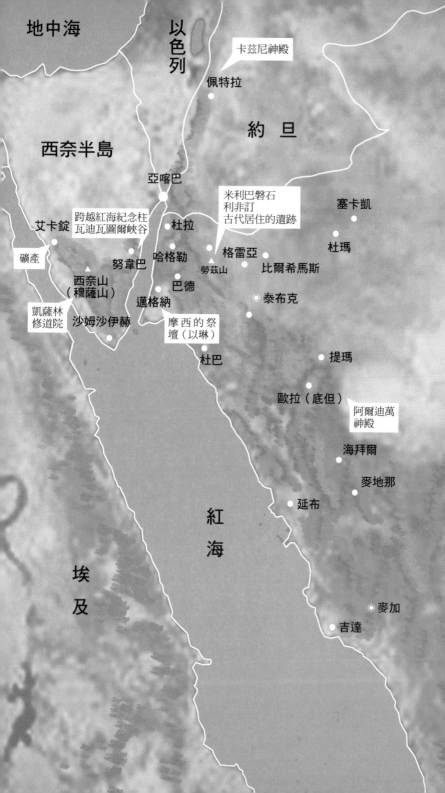

地中海

以色列

卡茲尼神殿

佩特拉

約　旦

西奈半島

亞喀巴

塞卡凱

米利巴磐石
利非訂
古代居住的遺跡

艾卡錠

跨越紅海紀念柱
瓦迪瓦圖爾峽谷

杜拉

杜瑪

礦產

努韋巴

哈格勒

格雷亞

比爾希馬斯

勞茲山

西奈山
（穆薩山）

巴德

泰布克

凱薩林
修道院

沙姆沙伊赫

邁格納

摩西的祭
壇（以琳）

杜巴

提瑪

歐拉（底但）

阿爾迪萬
神殿

海拜爾

麥地那

延布

紅
海

埃
及

麥加

吉達

• Part 2

愛的牽引

馬吉達王子與金醫師合照

王子啊，王子

 在王族專用機場

2001. 5.

　　離開吉達市區，沿著麥地那大道往機場的路上，在第一個遇到的立體交叉橋右轉進入，會遇到軍方戒備森嚴的關卡，那就是吉達皇家專用飛機場。

　　如果想在那裡出入，普通人必須持有出入證，或者經過許可的限定官方專車方可出入，也就是說，這是只有國王、副王及其家族才能使用的專用機場。我現在每年會出入專用機場三、四次，至今已有十多年。

　　經過警衛哨所後有個花園，那裡有美麗的噴池、各種怒放的鮮花、綠色的草坪，花園前面還可以看到大理石建造的圓形皇家專用大樓。

　　上午十時，機場裡的人們鼻子碰著鼻子，或擁抱、或

握手，相互熱情問候，非常熱鬧。大廳入口處成排地停靠著勞斯萊斯、凱迪拉克、寶馬等高級轎車。人們身穿傳統白色服裝，肩上披著鑲金邊的黑色或深紅色及地長披風，散發著濃濃的香水味，紛紛從車裡走出來。已經有二百多人聚到大廳，似乎正等候著什麼人。

比預定晚十多分鐘的時間，最高級的二十多輛轎車，在騎著摩托車的員警前後左右護航下到達了。

隨著機場警衛的口令，車門打開，王子出現在眼神炯炯的保鏢之間，人們的視線集中到了王子的身上，我在保鏢後面拿著黑色醫用包緊跟其後，只有我一個東洋人，穿著西裝的也只有幾位國家的大使而已，其他都是沙烏地阿拉伯傳統裝扮。王子一進入大廳，等候的人們蜂擁過來，想要親吻王子的肩膀，或者親他的右手背表示敬意。過去十三年我一直跟隨王子，所以認識他們，一一與他們握手和親吻問候。

皇家專用機場裡，掛著歷代國王的超大型肖像畫和麥加神殿的照片，鋪著高級地毯，擺放著義大利沙發，最上席擺放著兩個椅子，周圍有很多花束。各報記者們忙著按相機快門，電視臺的攝影師也不斷地移動位置。王子坐到了周圍滿是鮮花的座椅上，人們或坐或站地注視著他的一舉一動。

侍從拿著壺嘴尖長的咖啡壺到處送咖啡，濃濃的阿拉伯咖啡香味飄滿了大廳，隨著阿拉伯咖啡從高舉的壺裡細細流出，濃濃的咖啡香似乎傳得更遠了。

　　面熟的幾個人在王子身邊輕輕耳語後消失了，這看起來沒什麼，但能在很多人面前和王子小聲說話，表示是身份較高的人。但也可能是故意在許多人面前炫耀自己的地位，裝腔作勢吧。

　　過一會兒，凝視著出口的王子站了起來，周圍的人也同時站起來。蘇爾坦・本・阿卜杜勒・阿濟茲親王（副王兼國防部長）坐著輪椅與隨行人員進來了。王子馬上站起來整理姿勢，兩個人相互錯開脖子、貼著臉表達問候。

　　電視臺的鎂光燈發出強烈的光芒照著他們兩人。簡短談話後，他們開始喝咖啡和紅茶。王子簡短發言後直奔室外的電梯，紅地毯一直鋪到專用飛機，機場特殊部隊的重要人員戴著草綠色貝雷帽，穿著淡藍色上衣、深藍色褲子站在地毯兩旁，王子接受他們的舉手禮，走在地毯上來到專用飛機前。

　　送機的人們站成一排向王子道別，王子也一一握手親吻。這些人大約 250 ～ 300 名，一旦飛機起飛後就各自散開。身居高位的人出門旅行時，沙烏地阿拉伯人把機場送別或歡迎視為禮節。

　　我和王子一起坐上了 747 專用機。空服員的準備結束後，機內傳出廣播，是向阿拉神的祈禱和確保王子旅途安全的一些話。飛機一離開地面，王子就轉向臥室朝我眨眼睛，示意我跟過來。來到二樓臥室，王子說昨夜又在噩夢中掙扎，一覺都沒睡好，請我待在他的身邊直到他睡著。我在王子等待睡眠的時候默默為他禱告，王子打出鼾聲沉

睡之後，我回到自己的位置，坐在椅子上向神獻上禱告。

轉眼間，飛機已升到澄澈無瑕的蔚藍天空中，展翅飛翔，越過眼下的紅海快到亞喀巴灣時，一眼就可以看到西奈半島，微黑的山巒靠著大海連綿排列，對面沙烏地阿拉伯的米甸土地上沙漠無邊延展。

如果時間允許，真想去西奈半島用自己的雙眼證明西奈山是假聖山。第一次探險時，看到政府把所羅門紀念柱連根拔起扔掉後，又在原位置豎起金屬旗杆。我一直想，一定要到位於蘇珥曠野對面的西奈半島努韋巴海岸去看一看。

飛機已經越過地中海，飛在歐洲大陸的上空，隨著機內的廣播，蝦蛄、伊朗產的劍魚卵、大蝦、羊排等高蛋白食品被端了過來。睡醒的王子坐在座位上開始用餐，裝滿食品的盤子按著順序送過來。

我們比預定時間提早十多分鐘到達。王子的財政秘書拿出信封，一一分給空服員表示感謝。

🌳 伴隨王子旅行

不知這次王子休假將為期幾個月。今天我們去鄰近法國和西班牙邊界的法國比亞利茨（Biarritz）海邊，住在著名且歷史悠久的皇宮飯店。

這間旅館是拿破崙為他的最後一任夫人所建造的王宮，是被祝融燒毀後根據原圖重建的。內牆用拿破崙夫人

畫像裝飾著，距今已有一百多年歷史。接待大廳周圍，幾個古老的大理石柱子支撐著天花板，旅館的三樓和四樓幾乎都被我們訂下來了，打開面向大海的窗戶，大西洋展現眼前，濤聲晝夜不停。

我們到達旅館後各自進入指定的房間整理行裝。我的房間一向都是離王子最近的。王子的僕人們立即開始忙於整理王子的行李：皮鞋箱三只、眼鏡箱三只、音樂 CD 箱四只、手錶箱二只、香水箱四只、現金和支票專用箱二只等，占了偌大的空間。足足用了二、三十年的沉重路易威登皮箱，現在看起來還是那樣堅固。

過了一會兒，王子叫我過去。

「我需要把一千美元面額的旅行支票簿和五百歐元的鈔票捆放入金櫃裡，可是我屋裡的保險箱空間不夠，讓我用你房裡的保險箱保管吧。」

他有好幾名私人財政秘書，但他卻找我，沒想到王子竟如此信任我。

我把筆記型電腦連接到電源上，開始寫第一次的聖山探險記，哪裡會有比這裡更好的寫作環境呢。這裡一切條件具備，時間到就會自動有想要的食品或其他任何東西，尤其新鮮的蝦蛄和配著各種調味醬的海螺、鵝肝醬，是我最喜歡的。

下午三點，我和王子去海洋水療館休息三個小時。這是引入海水後，利用各種機械裝備提供海水按摩和泥漿按摩的室內空間，只有富人才能享受到的高級設施。聽說歐

洲和美洲地區的人也來這裡休養，附近二十公里範圍內共聚集十八家類似設施。

我們計畫在這裡停留一個月左右，再到德國的慕尼黑接受三日的綜合診斷，然後去奧地利的王子別墅。別墅位於希菲爾德（See Feeld），往德國加爾米施 - 帕滕基興方向車行二十分鐘，就會到達舉行過兩屆冬季奧運會的因斯布魯克。雖是海拔 1,200 公尺的小村莊，但因位於阿爾卑斯山腳下而美麗非凡。你可以從電影《真善美》的場景薩爾斯堡想見村莊的全景。

打開窗戶就會看到一萬平方公尺寬廣庭院裡的綠茵，直徑超過三公尺、兩人合抱也抱不住的杉木，高達兩百多棵，都圍繞在房子周圍。這裡終年有雪。但到了夏天，各種鮮花、綠色草原，還有清新的空氣，讓此處宛如天堂。在冬季，從世界各地湧來的滑雪愛好者和遊客絡繹不絕，熱鬧非凡。這個村莊雖只有三千餘居民，到了旅遊旺季卻會湧入二萬多名遊客。

王子有時也在別墅用餐，但主要會去美食家讚譽的餐廳。秘書先到那些飯店或咖啡屋逐一品嚐確認後，再陪同王子過去。

這是在車程一至兩個小時內可以出入瑞士、德國、義大利，同時品味四個國家飲食的邊境地帶，你可以根據你的口味隨意挑選中式、日式、歐式、印度式的飲食。每次我們都幾十人一起去用餐，卻不用擔心帳單。

王子偶爾會說：「今天中午去金醫師想去的地方。」

我喜歡的地方是面向阿爾卑斯山山坡上淡雅的斯蒂芬餐館，那兒有一道我喜歡的菜，叫「斯嘎姆白」。在大蝦塗上剁碎的蒜和乳酪然後放在鐵板上烤，配上番茄醬和咖哩醬的義大利麵，最後撒上一些乳酪粉，是非常適合我們的口味。

我和王子在一起過著這樣令人羨慕的生活，但歲月不是停滯不前的；不管我在睡覺、吃飯，還是往來交通中，時間總是在流逝。我偶爾會想，就這樣和王子在一起，可能無法過上神所希望的生活。

（對，就算從現在開始也好，抽時間再去探險幾次聖山周圍，一旦該做的所有事情都做完，就義無反顧地離開，不作絲毫留戀。）

我要揭發那些欺騙純樸的基督徒、把不知名的山稱作西奈山的羅馬梵蒂岡教皇廳和希臘東正教，也要糾正盲目跟從他們主張的基督徒。我希望再次得到沙烏地阿拉伯政府准假，為早日探險聖山而心焦。

有一天王子叫我。

「金醫師是不是很想家人？」

其實，就算有再好的空氣、房子、美味佳餚，哪能比得上和家人在一起共餐呢？我默默無言。

王子說：「去了解一下飛機航班，回到沙烏地阿拉伯和家人待兩個月後再來吧。」

我得到了兩個月的休假。

🌳 九一一恐怖事件和他們的反應

結束了愉快的休假回來後不久，剛用過午飯，我和王子正在別墅的體育館接受印度有名的瑜伽修行家斯瑞斯瑞拉比（Sri Sri Ravi）最有才華的學生克里斯多夫的指導，盤腿而坐調整呼吸，做舒展運動。

這時王子的僕人，出生於非洲蘇丹的穆罕穆德氣喘吁吁地闖了進來。看到我們，他猶豫地不知所措，隨即又有其他阿拉伯人趕了過來，似乎發生什麼重大事件，我們隨即中止動作。

「王子，出大事了！」

有人打開了電視，讓人無法相信的場景正出現在眼前。位於美國心臟紐約正中央的世貿大樓正在燃燒，黑煙湧起，人們從高樓跳下來。緊接著另一架飛機被吸進這棟混凝土建築，巨大的建築無力地倒塌了，在煙霧與灰塵之間逃亡的人們如雲湧動。

我們看的是「阿爾紮吉剌」阿拉伯衛星頻道。雖然我不能全部看懂，但我了解那是阿拉伯人對美國的恐怖襲擊。我全身顫抖，他們看著如此場面，嘴裡卻發出叫人難以想像的話：「只有阿拉神是唯一真神，這是神的恩惠。」

他們用食指指向天空說，阿拉神才是唯一真神。然後興高采烈地拍手喝彩，在別墅工作的奧地利人看到他們的舉動，都皺起眉頭。

（在如此悲慘的事件面前怎能這樣？他們有著什麼樣

的思想，心裡在想些什麼……。）

這一天讓我想起主的教導：要愛你們的仇敵。

🌳 王子得了肝癌

一連幾日，王子的臉色看起來很疲倦。他在遇見我之前就患有肝炎。對於肝炎，目前還沒有什麼特效藥，王子一直根據世界肝炎專家、德國慕尼克大學醫院的布姆卡特納教授的處方，一週注射兩次干擾素，抑制肝炎病毒的複製。

「王子，我去度假之前您的健康狀態還挺好的，這是怎麼回事？」

「你去度假的時候，我聽從了一位埃及醫生的話停止了干擾素，服用中國產的藥片聯苯雙酯（BIPHENYL DICARBOXYLATE，1.5毫克）。」

我大吃一驚：「明天早上必須馬上去慕尼黑接受精密檢查。」

「我沒什麼事啊，怎麼啦？」

「到現在一直都用注射藥抑制病毒，突然就停掉了怎麼行？」我有些責怪地說。

接著，我找了當地醫生維斯曼博士（Dr. Wisman）商量。第二天去德國和負責教授討論過後，進行了超音波檢查，有六處發現異常狀態，然後又進行了MRI檢查，結果發現八處腫瘤。

　　王子很吃驚，而我則頓時慌了，因為我的責任更重。我和布姆卡特納教授討論後得出結果，必須盡快做肝移植手術，而美國在肝移植手術方面較先進，所以去美國更好些。大家慌忙作著去美國的準備和手續，王子卻很沉穩。

　　沙烏地阿拉伯方面不知是怎麼知道的，陸續打來了電話，國王和總理兼副王阿卜杜勒親王、副王兼國防部長蘇爾坦‧本‧阿卜杜勒‧阿濟茲親王、內務部長納耶夫王子、外務部長薩烏德親王、利雅德省長薩勒曼親王等各部部長和各地區區長的慰問電話接連不斷。我為了到沙烏地阿拉伯辦理美國簽證，急速飛往吉達。

　　在飛往吉達的飛機上，我心亂如麻。就在幾個月前，因為母親的直腸癌大手術，我經受過一場打擊，現在連近在身邊的王子也得重病，讓我只能不斷向神懇切祈禱。

　　因為時值九一一世貿大樓恐怖攻擊事件之後，我在吉達辦理飛往美國的簽證手續非常麻煩。辦理簽證期間就接到在美國的王子秘書打來的電話，電話裡傳來喜訊，手術在十月八日成功結束，王子現在恢復室。

　　我在十月三十日得到美國簽證，十一月初到達紐約機場。我的通關手續簡單結束了，但同行的王子僕人非洲蘇丹人穆罕穆德，卻因接受行李檢查、指紋採樣、拍照等複雜程序，竟在移民局整整浪費了三個小時。

　　我們在紐約曼哈頓的聖瑞吉斯飯店解下行裝，馬上奔往王子住的醫院。碰巧醫院叫「西奈山醫院」，本來心中就滿是西奈山的事，現在又偶然看到，也太奇妙了。

　　醫院職員大部分是中東人仇視的猶太人，手術執刀醫師是韓國母親和猶太父親生的女醫金醫師，為王子做肌肉放鬆的按摩師也叫金女士。在美國紐約的中心曼哈頓，全部都是韓國人在忙碌工作。

　　王子看到我，沒去想自己的身體，反而舉起大拇指說：「韓國第一！三位金第一！」

　　王子出院後，西奈山醫院派了兩名護士到王子的飯店，負責處理和手術傷口的清洗和換藥。王子的秘書們聘請了六名美國私人保鑣，租賃兩輛小型巴士和幾輛汽車，為隨行人員提供便利的交通。飯店因王子的探病客人和隨行人員非常熱鬧。

　　從飯店往下看，一眼就能看到不遠處的帝國大廈和中央公園，但發生九一一恐怖攻擊事件後的世界貿易中心，雖過了兩個月仍有煙霧升騰，宗教與文化、國家與民族的對立衝突，葬送了無數的犧牲者。

　　王子術後恢復良好，2001 年 11 月 16 日我們離開紐約，往佛羅里達末端邁阿密再往裡的佛羅里達群島濟斯（Keys）海邊，度過兩個月的療養生活。在此期間，我們入住麗嘉飯店。

　　一天清晨，我屋裡的電話鈴響了。

　　「金，還在睡嗎？」

　　王子的聲音聽起來很疲倦。

　　「沒關係，需要什麼說明嗎？」

　　「你到我屋裡一會兒吧。」

　　清晨四點鐘左右，我打開王子的房門，護士正在擦拭王子身上的冷汗。

　　「如果您感覺很不舒服，叫埃及專業醫師好嗎？」我提出建議，王子說算了吧。我們聊了很多，直到天色大亮。

　　王子的健康大有好轉，我又得到休假。我和家人一起去拜望了住在韓國的父母，我把探險西奈山的一部分資料拿出來讓父母看，給他們講了那段時間經歷的事情，父母聽到我們在祕密警察的手下逃生、沙漠山谷當中脫離死亡邊緣的故事，大大舒了口氣，將榮耀歸與神。

　　不久之後，美聯社在 2002 年 2 月 19 日星期六的新聞中，刊登了理查・奧斯丁記者的文章。文章指出，羅馬教皇約翰保羅二世將在 2002 年 2 月 26 日舉行的埃及西奈半島西奈山聖地巡禮訪問，有可能是錯誤的行為，因為西奈山很有可能是在沙烏地阿拉伯。

　　理查・奧斯丁曾經採訪過近代研究舊約最高權威的人士——高齡 78 歲的哈佛大學名譽教授弗蘭克・莫爾・克勞斯教授。這位教授說，大部分聖經學家認為，位於阿拉伯北部的一座山才是西奈山，而他本人也是這樣斷定的。

　　克勞斯教授曾經有過一段時間，把埃及西奈半島的「西奈山」認作西奈山，但在 1980 年，他向學生們承認自己的想法是錯誤的。因以色列和埃及發生著名的「六日戰爭」，以色列從 1967 年到 1982 年的十五年間，佔領了西奈半島，在那段時間他們勘查「西奈山」，結果根本沒有發現什麼遺跡。然後他教學生，真正的西奈山是在沙烏地阿拉伯北

部，約旦國境附近米甸的某一座山。

我看著這篇文章，不得不向這位老教授鼓掌。一位學者推翻自己的主張不是件容易的事，否定自己一直以來主張的結論，否定曾發表論文又教給學生的所有學術業績，勢必會伴隨巨大的痛苦。真正的學者首先應該重視的不是自己的面子，而是自己的良心。

🌳 重返奧地利

我結束國內的休假，回到了沙烏地阿拉伯，王子也離開美國，到奧地利的別墅療養。

肝癌手術後，埃及出身的肝病專業醫生和護士們二十四小時陪著他。比起過去，我空閒時間變多，心情卻很苦悶。為什麼非得是埃及醫生呢？王子在周邊親信的推薦下，無奈地接受了沒什麼經驗的年輕醫生，因為我了解王子的心情所以感到心痛。停止注射防止肝炎病毒複製的干擾素、推薦中國產製藥丸的埃及醫生，為了掩蓋自己的失誤，用甜言蜜語說服了王子的子女，把聽自己話的埃及年輕醫生派到王子身邊。

有一天，我和王子一起在佛羅里達邁阿密租了快艇在海邊遊玩。我們在世界著名流行歌手瑪丹娜經營的德拉諾飯店喝茶，王子用眼神告訴我跟著他，所以我們一起走到海邊，然後坐在海邊遮陽傘下。

王子沉默一會兒後凝望著我說：「金，你是不是有話

想對我說？」

這句話像匕首一樣刺過來，我鎮定地反問：「您是什麼意思？」

他看著我的眼神似乎透視了我的心裡。

「停止干擾素是我的大失誤。」

懷著對生命將盡的惋惜，他嘆出的長長氣息猶如可怕的暴風，趕走了海邊的熱氣，他的目光向著大海遠處，流露出面對死亡的淒切。

2003 年 1 月 19 日，我抵達蘇黎士，再坐上輕型飛機飛往因斯布魯克。阿爾卑斯整座山被雪覆蓋，我幾乎有十幾年間，每年數次地往返那裡，那年冬天雪下得特別多。

到了因斯布魯克，司機已在移民局裡等著我，他現在已白髮蒼蒼。他從機場員警隊退休後，做奧地利冬季奧運會組織委員的工作，曾參加過日本名古屋冬季奧運，是經常出現在報紙上的人物。他的外號是「塞卜老爸」，因為對於運動員來說，他的年齡老到就像爸爸一樣。他已連續幾年在王子別墅兼任司機，從他那裡可以看到奧地利提洛爾（Tyrol）族健壯的氣質。

我們高興地彼此問候後，我問道：「王子現在怎麼樣？」

他長長地嘆了口氣說：「金醫師，我總感覺有些奇怪，埃及醫師說在好轉，可是大家都很擔心。」

正如我的預感一樣。

從因斯布魯克經過三十分鐘車程後到達希菲爾德。年

輕的戀人或一家人在白色的雪地上穿著純色滑雪服滑雪，場景如畫般美麗。

我和王子熱情相擁，緊貼著臉彼此問候，他的面容不只是發青，更已經透著黑色，嘴唇乾裂，臉色看起來像將滅的殘燈，微弱不堪。

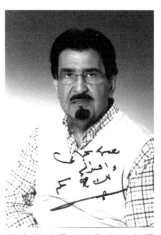

馬吉德王子──我在一旁看著這位全世界十六億穆斯林的屬靈領袖，只感到一陣揪心的痛苦。

我強忍心中的焦慮問道：「怎麼樣？」

「哲雄、恩知、銀雪、再男好嗎？」

他連我妻子和所有孩子的名字都記著，然後再向我問候了兩家父母和兄弟們的狀況。

「你坐夜班飛機趕過來肯定睏了，先去睡一覺再一起喝茶。那個……如果可以的話別去飯店，一起住在別墅好吧？」

「是，好的。」

這別墅購入之前本身就是飯店，所以和飯店沒什麼兩樣。過去王子為了關照我，讓我住在附近的阿斯特拉特級飯店，但這次他希望和我在一起。

原打算只小睡一會兒，卻一直沉睡到天將亮，提示宵禮（Isha）的阿贊聲把我喚醒。我走向王子的房間，聽到大聲背誦可蘭經的聲響，坐在門前的菲律賓傭人金伯利笑

臉迎接我。

「怎麼突然可蘭經聲音這麼大？」

「最近王子一旦閉上眼睛就會有舉著刀的黑色魔鬼出現折磨他，所以晝夜都在播放可蘭經，可是情況卻好像越來越嚴重了。前陣子還從約旦帶來驅鬼的人進行過治療呢，現在連王子五樓的臥室都不願意去。有個傭人說在臥室幹活時真的遇到過鬼呢！」

她甚至縮了縮身子。這些話太讓我意外了。

進入王子的臥室後，我心情很是焦急，王子被愁煩和疲倦煎熬著，看起來不可能恢復了，腹部一天比一天鼓脹起來。治療是有極限的，目前看來是已經超過這個極限了。現在除了讓他過得舒服一些，似乎什麼都做不了。

他是曾經號令天下，宣佈死刑或赦免死囚的權威人士，守護全世界十六億穆斯林教徒聖地的麥加區長，人們老遠看到他都會興奮起來，一年一度到麥加聖殿打掃神殿時，他的形象會通過衛星轉播到全世界。如果健康允許，他有可能登上王位，但現在，他那曾經健壯的身體猶如枯木般失去生機。

現在談論世界怎麼樣、政治怎麼樣、宗教怎麼樣，已經沒什麼意義，我不知該說些什麼。他的手裡握著穿有卅三顆圓珠的穆斯林念珠，那似乎是他的生命之線，他攥了又攥，那麼多的金錢和名譽，世界各地結下的情緣，他將如何與之告別啊？

王子夜裡吐了大量的血，沒有任何東西可以消除他痛

苦的呻吟，看來最長也只能堅持二到三週了。他的舌面佈滿白苔，起來上洗手間也很費力，血液無法控制地湧上來。我為他擦拭好發黑的血，輕輕地讓他躺下。他太累了，閉上眼睛不肯睜開。我坐在床邊，雙手握住他的手貼在我的胸膛，向耶穌禱告。

　　一天早晨，我去王子那裡向他問安，他一邊刮著鬍鬚，一邊說：「我們一起去照相館吧。」

　　王子照了張半身照，洗出幾張，親自在相片上簽字遞給我說：「金，你是我永遠的朋友。」

　　可是我從他的手幾乎感覺不到力氣。是的，他已經作好迎接死亡的準備了。我雖努力克制心中的痛苦，離別的悲痛卻劇烈地襲來。

利非訂的米利巴磐石出水之處

走訪舊約聖經裡的
城市

 開始新的探險

2002. 7. 13 SAT

今天距離第一次探險已有一年四個月，我們決定第二次探險聖山。這次旅行，我們決定去看看第一次探險時沒能去過的歐拉博物館，經由摩西岳父生活過的遺址，再來看看以琳。雖然很想再走第一次探險時的路線，但進入西奈山的正面就等於自己找死或直奔監獄，所以還是決定避開那裡。

這次旅行有些特別的是，除了我們一家，還有另外兩個家庭同行。以高級職員身分派往沙烏地阿拉伯的許執事一家，他從小在基督教家庭長大，所以信仰很牢固；還有為了考察聖經話語驗證現場、從很久以前就開始期待聖山

探險的朴成哲牧師一家（目前在首爾愛的教會事奉）。

出發之前我們分成小組，並給各組起了名字：信心組、愛心組、盼望組，我們還準備了對講機。在這個國家是禁止使用對講機的，以前王子在美國購買對講機時，我也跟著買了一套。為了預防可能發生的竊聽，我們決定只有我和牧師使用對講機，同時決定用朴代理來稱呼牧師，因為事實上牧師就是神的代理人呀。

出發之前，我們全體隊員十二名，在約好的加油站超市相互牽著手圍成一圈禱告，十二名隊員的臉上都洋溢著笑容。

我們約定好由信心組——我們一家帶頭，接著是盼望組，然後是愛心組跟隨過來，我們一邊出發，一邊測試對講機。

「這裡是金課長，朴代理有沒有問題？」

「啊，沒什麼問題。」

「就是外面很熱，對於旅遊卻是晴朗的好天氣。」

過了一會兒，好像有誰發現了我們的對話，通話中可以感覺到雜音跟著我們。我們在稍微離開大道的地方停下車。

「牧師，我總覺得還是應該把信號調到其他頻道。然後，若不是必須的情況就不使用。」

握好方向盤，向神祈禱後，我們向麥地那出發。第一次探險時是三月，就沙烏地阿拉伯的天氣而言還算好，這次可是酷夏，會很辛苦。才上午九點，車裡已經非常悶熱。

從吉達到麥地那約 424 公里，接著從麥地那又跑了 196 公里。晚上七點，我們終於到達擁有綠洲和鬱鬱蔥蔥的森林、古代氣息濃郁的美麗城市歐拉。

剛進城，大家都為周邊的美景發出讚嘆，就像我們第一次來時一樣。整個城區的石山如同圍著的屏風，沒長半棵樹的石山，在長久的風化作用下，形成千姿百態吸引著外來客。雖然開了十個小時的車才來到這裡，但看到如此景色，讓我們都倦意全消。

 ## 歐拉博物館
2002. 7. 14 SUN

早晨 5 點 40 分，我靜靜地醒來，妻子和孩子們因為長途旅行非常疲倦還在沉睡，我向賜給我們新一天的神獻上簡短的禱告，然後背上相機走出旅館。

歐拉清晨的空氣非常清新，在日出前看到的石山輪廓更加鮮明，椰棗樹的顏色看起來也更加濃厚，萬物都等待著太陽以顯耀各自的豐美。不知從哪裡傳來鄉間土雞的啼叫聲，喚起我心深處的情懷。

我沿著曾經走過的路靜靜地開著車，才繞城一圈的工夫，太陽已經登上奇妙的岩石上閃著光芒。

我回到旅館後看到有人在擦車。

（沙烏地阿拉伯也有這麼勤快的人嗎？）

靠近一看，原來是朴牧師在向我微笑。

　　沙烏地阿拉伯人認為韓國人是非常勤勞的民族。一九七〇年代中期，阿拉伯因銷售石油賺了很多錢，開始向許多國家引進人力，那時東南亞的其他國家都派出很多勞工。可是朴正熙總統卻果斷地說：「我們即便餓死也不想到他國當保姆或司機來掙錢。但如果願意，醫療人員可以派過去。」別的國家認為我國很奇怪，挑剔那些幹什麼。

　　現今，沙烏地阿拉伯本國人口約 1,800 萬，境內的外國人口超過 1,800 萬，說這裡是全世界人種的展覽館應該不為過。在沙烏地阿拉伯，韓國人的地位不僅是亞洲第一，而且提升到像歐洲一樣的水準。在政府醫院或公共企業工作的韓國僑民，年薪待遇與歐洲人差不多，在醫院工作的醫療人員的月薪比做同樣工作的菲律賓人或印度人高出三至八倍。一想到當時韓國經濟如此困難，總統的決定似乎有些魯莽，但現在想起來，那是多麼英明果斷的決定。

　　中東熱潮正興時，在沙烏地阿拉伯辛苦一年就可以買到一棟樓房，所以有很多韓國人去了中東，現代、大林、漢拿等韓國建設企業不畏懼在中東工作艱辛的條件，進行工程施工時，政府還開設直達航線，當日可把韓國工人運到中東。

　　沙烏地阿拉伯人現在還以為當時幹活的韓國工人是軍人。那時韓國工人的服裝是統一的，帽子和左胸上都印有「XX 建設」標記，穿籃球鞋，用同樣顏色的洗漱用具，從機場就開始軍隊式的報數。在營地時，當人們都還在睡夢中，韓國工人一大早就開始點名，向著故鄉大聲喊口號。

為了縮短施工時間，不管天氣多麼熱，甚至天黑了都還在熱火朝天地幹活，當地人認為他們像政府派來的軍隊也不奇怪。

我為了像上次一樣得到考古地區出入許可，去到區域主管領導辦公廳。

進入辦公廳後，我和他們打招呼：「薩拉馬拉伊辛姆。」

辦公室職員對外國人的突然來訪吃了一驚，尤其這外國人還能說出流利的阿拉伯語，他們用驚詫的目光看著我們。

「我們來自吉達，是來看這裡的遺址的，可以得到遺址進入許可嗎？」

「現在主管不在，下午兩點才有可能得到結果，下午再來吧。」

顯然為了睡懶覺還沒上班。這裡的人在晚上十一點吃晚餐也算是早的，一般習慣在十二點到凌晨一點左右吃晚餐，入睡時間就算早也得到凌晨三點。因此早晨八到九點上班很不容易，就算上班了，也不可能正常開展業務，一般十點在半夢半醒中上班，喝杯茶，進行晨禮，所以上午幾乎辦不了什麼業務。不管怎麼樣，這時最好的辦法就是王子的書函。我馬上把王子的書函拿出來給他們看。

「我們在長途旅行，沒法等待幾個小時，希望能得到副主管的許可也好。」

負責的公務員讀了一遍書函後，把我們帶到寬敞的客廳。

「您先看看博物館，馬上把許可證給您準備好。」

他一邊打開博物館的門一邊親切地說。我們進入博物館，在博物館裡發現了驚人的事情。在博物館不算大的空間裡，依序展示著證明這個城市在古代是底但的歷史記錄和文物。

底但是什麼地方呢？在〈以賽亞書〉、〈耶利米書〉、〈以西結書〉有出現底但的地名、底但人的敘述。最早出現在〈創世記〉十章裡有關古實後代的描述，以及二十五章中亞伯拉罕的妾基土拉的二兒子約珊生的底但。底但地區是很久以前葉門和北非的卡拉班（caravan:〈歷代志上〉和〈創世記〉裡把約瑟賣給埃及的人也是卡拉班）的商業要地，這裡是向從阿拉伯到美索不達米亞、希臘或埃及的卡拉班提供水和糧食，收取關稅而積累財富的城市。

〈以西結書〉裡記載，底但人藉由做象牙和烏木（黑檀：質地堅硬的黑色木材，近東地區用來製作偶像、高級裝飾品或器皿。）的生意變得富有。「底但人與你交易，許多海島作你的碼頭；他們拿象牙、烏木與你兌換（兌換或作「進貢」）。」（以西結書二十七章 15 節）〈以賽亞書〉對阿拉伯人提出警告：到底但結伴的客旅將在阿拉伯的樹林中住宿（以賽亞書二十一章 13 節）。〈耶利米書〉告訴人們因以掃的原因，將向以東降臨災難，告誡底但人要逃到隱密處躲藏（耶利米書四十九章 8 節）。

奇特的是底但從沒受過羅馬的統治。據英國的哈達（HADA）考古學會報告，1968 年英國倫敦大學挖掘此地

時，收集到摻有穀草的磚頭，在石頭砌成的居住空間裡，發現作工粗糙的陶器、看似經過加工的器皿、玻璃工藝品、畫有幾何圖樣的裝飾品，還有九十六個銅錢，現在被保管並展示在利雅德國立博物館內。

這樣看來，在西元前七到五世紀就相當繁華的底但，經過了幾千年後的現在依然沒什麼改變，還是那麼華麗。

快要看完博物館時，負責公務員叫了我們，一邊把許可證遞給我們，一邊向我們表示祝賀。在這段時間裡，不知誰拿著書函到主管家裡，弄來了許可證。

🌳 米甸沙勒的遺址

我們到達了納巴泰人的遺址。炎炎酷暑下米甸沙勒的入口員警哨所中，有五名員警正在執勤，我和他們打了招呼，把區域主管的書函和王子的書函一起遞了過去。他們問候王子的近況，告訴我們他們非常尊敬王子。沙烏地阿拉伯有幾千名的王子，但阿卜杜勒・阿濟茲王子因他的人品和教養、關照貧苦的人，深受人民的好評。

此地禁止攜帶照相機，因此要求我們把相機拿出來，讓他們代為保管。

「這位朋友啊，上次來的時候都已經照完啦，也沒什麼可再照的了。」我這樣一說，他嘻嘻笑著讓我們輕鬆過關了。

因為遺址位置分布得非常廣泛，坐車也要轉上幾十

阿爾迪萬神殿

公里。在那遙遠的過去，古人是用什麼樣的工具把這麼巨大的岩石雕刻得這樣精巧而又莊嚴的呢？我們越看越感驚奇。他們提供水給從南方過來的卡拉班、北方的大馬士革人、從非洲來的卡拉班，並以保護他們的安全為條件，收取他們的鹽、乳香、羊皮或高級裝飾品為稅金，建立了華麗的城市。

最大的阿爾迪萬（Al Diwan；Diwan Abu Zaid）神殿是鑿挖一座大石山建成的，長十三公尺、寬十公尺、高八公尺，那裡的裝飾足以讓所有看到的人發出讚嘆。

入口的左邊和右邊雕有精巧的柱子，踩著兩個低淺的臺階進入神殿，又有向右和向左的三個小臺階，入口以外

的三面有向前凸出來的牆面可以讓人坐上去，下面有小水道。

那是三千年前，納巴泰人向他們供奉的神獻犧牲祭時，為了讓祭物的血流淌而設計的。

知道那是納巴泰人供奉異邦神的地方，我們一邊聽著石洞裡傳來奇特的共鳴聲，反倒向永活的神獻上讚美。可能那天除了我們之外沒有其他人獲得出入許可，寬廣的遺址上只有我們自由自在地欣賞著納巴泰人的雕刻藝術。

穿過北邊的山谷向上約一百公尺，有個由石山雕琢形成的儲存雨水水池，考古學家推測，這個寬 5.45 公尺，深 5.10 公尺的水池，可能是祭典時用的。

參觀三個多小時後，我們回到旅館。享用簡單的阿拉伯式三明治作為午餐後，進入了旅館後面的山谷。在巨大的岩石下，我們鋪上地毯，圍坐在一起聊天。這時有個戴著面紗的貝多因少女趕著羊群走過曠野。看著隨時間流轉而移動的太陽、時刻變換顏色的岩石，不知不覺間，夜幕已經降臨。

甩開貝多因人
2002. 7. 16 TUE

上午 9 點 10 分，我們比計畫晚一些離開泰布克市區。行經左右展開猶如大草原般遼闊的麥田，沿著中間筆直的高速公路，來到鄰近約旦國境的比爾伊文希馬斯（Bir Ibn

Hirmas），在那裡左轉後奔向西方米甸的曠野。

經過一個平野後，曠野中出現了岩石群。那條道路有可能是以色列百姓離開何烈山之後經過的路。「我們照著耶和華我們神所吩咐的從何烈山起行，經過你們所看見那大而可怕的曠野，往亞摩利人的山地去，到了加低斯巴尼亞。」（申命記一章 19 節）

雖是大白天，曠野中卻杳無人跡，甚至讓人感覺害怕，我們推測這就是亞瑪力人曾生活過的地方。沿著冷寂的道路稍過阿濟傑塔（Az Zayat）之後，我用無線對講機呼叫牧師。

我和朴牧師使用對講機時，聽到不確定的信號聲，也許因為這裡是軍事地帶，我感覺我們已經被追蹤了。不久後，我們在進入西奈山的軍事道路入口全部停下車。三個家庭的人聚到一起後，我告訴他們這條道就是去往設有雷達基地的軍事道路，又是去向勞茲山的道路，所有人都掩不住內心的激動。

足有六、七百公尺寬的乾河道把兩座山分開了，一邊連到勞茲山下，另一邊穿過沙烏地阿拉伯西北部的哈格勒，經過約旦國境一直連到國王道路。

牧師和執事拿出相機和錄影機，正忙於對著四周攝影。突然有一輛白色的小貨車衝過來，在我們附近停下來，有個人下車向我們走過來。

經驗豐富的妻子率先用面紗遮擋臉部，然後提醒其他女士也照做。那個人雖作貝多因裝扮，但看外表沒法知道

是幹什麼的。

我阻止了正在專心攝影的牧師和執事，試著了解這名男子的身分，不料他說的竟是這句話：「想去勞茲山嗎？」

我回說不是。

他又說：「那裡山上有流水，景色很美，從這只要十多分鐘就能到。」

我知道他在撒謊。根據上次的經驗，到勞茲山最快也得有三、四十分鐘。他肯定在盤算什麼，眼珠子滴溜溜地轉，我了解貝多因人那種特有的眼神。

我跟同行的人說這個人很可疑，快點離開這裡，然後坐上車。

這時他問：「去哪？」

「我們去哈格勒。」

其實我們計畫要去哈格勒相反方向的巴德，但我想甩掉他，正在啟動車時，軍事道路上方有一輛軍用吉普車如箭一般呼嘯而來，我趕忙使用無線通話。

「朴代理，現在我們要加速了。」

從後視鏡可以看到軍用吉普車裡的人正在和剛才那個人說話。之後小貨車尾隨我們好一段時間，直到小貨車消失後，我才鬆了口氣。一朝被蛇咬，十年怕草繩。儘管我們並沒犯什麼錯，還是如此擔心受怕。就在這裡，我們遠遠地看見雷達基地。

經過哈格勒和巴德的交叉點——阿休夏拉普——通往巴德的道路沿著山腳和乾河道蜿蜒。偶爾才能看到的皂莢

木越來越多，在炎夏酷熱的侵襲下，即便車內開著空調照樣被烤熱。

我一邊開著車，一邊不停看著左邊的遠山。再過一會兒，發現山頂上的雷達圓頂，打開無線通話：

「朴代理，看一下左邊十點鐘方向的山頂。」

「是，看到了。」

這段時間傳來了不明信號音，但朴牧師的聲音很激動。

「那附近的山就是那座山。」

「我知道了。」

當我們離巴德越近，原本在遠處隱約可見的雷達基地就更清楚。我們在合適的地方停下車，注意著周圍，把帶子和底片裝進錄影機和照相機。這時，對面有一輛汽車朝著我們的方向開過來，我給執事發出信號，但他沒看到，繼續在錄影。我馬上用身體遮擋了他的車窗站住，直到汽車經過。

我放下心，舒了口氣，提醒他：「萬一被發現拍攝軍事設施會出大事的。」

我們再次出發，直接經過上次看過的寺院，沿著瓦迪穆薩深入進去。上次掘金人坐著的那棵皂莢木依然還在。第二次見到瓦迪穆薩，感覺一點都不陌生。還不確定能不能再次找到何烈山的後面，但我滿懷信心。

曠野中的四小時

我們慢慢看著四周，沿著貝多因人的車印進入瓦迪穆薩的河道。我的車是吉普車所以沒什麼問題，但另外兩輛車無法加快速度，且幾乎呈現停止狀態，我等了好長時間也沒跟過來。感覺好像發生了什麼事，回頭一看，許執事的車陷進了沙土裡。就算不迷路直接找到目的地也得再走35 公里以上，我心中有不祥的預感閃過。讓他的家人都下車後，我們合力把車拉了出來。

「在這種狀態下再往前走是不太可能的，乾脆放棄西奈山吧。」

「我們為了看聖山才來到這裡，走到盡頭再看看。」

牧師非常捨不得離開，執事也說要接著跟過來，但馬上作出決定實在不太容易。

我們以每小時超不過二十公里的車速前進。瓦迪穆薩寬廣的乾河道，雖然是在正午，卻顯得那麼寂寞。四處有稀稀落落站立的皂莢木和看來能再活幾百年的古木。它們的生命頑強，僅靠三、四年才下一次的雨水竟能活下來，真是神奇。沙烏地阿拉伯到今年已經連續六年不下一滴雨了，但皂莢木依然活著，守護著瓦迪穆薩河道。

現在是下午一點，陽光火辣，天上沒有一片雲彩，車速幾乎和走路的速度差不多。引擎溫度指標越來越高，車裡熱到打開空調也沒用，因空調吹出的都是熱風，乾脆關掉空調、打開窗戶反而好些。

轉過右邊的山後，雷達基地看來近了很多。

這時牧師打來了電話，我不禁擔起心來：「車底總是刮過沙子。你的車在前面壓過沙堆的話，轎車跟過來就會容易一些。」

好主意，我開車壓碎沙堆。車左右搖晃，孩子們感到頭暈。

已經過了一個小時。沿著瓦迪穆薩開過一段後出現了三岔路，我記得是上次來過的道路，可說不清該走哪一條，問妻子她也說不太清楚。先往左拐，車輪印弄出來的沙堤越來越高，車裡的熱氣幾乎達到了最高值，一旦汽車故障，在這曠野當中該如何處理呢？我因此有些擔憂。前方道路被山谷阻擋，我先停下車來，等其他人跟上，然後硬開著車，沿著不成道路的坡路爬上山坡。

我們爬到高處一看，從對面軍事道路方向過來的河道一直連到了勞茲山脈，我想普通轎車很難沿著這條河道開到山上。遠遠的山腳下可以看到白色帶子一樣的東西，我在車裡拿出望遠鏡仔細看，高壓電線似的線纜纏繞著整座山。

曠野各處的地形都很相似，又加上這裡那麼寬廣，所以很容易迷路，我下去和同行的人說，「我們好像走錯路了，怎麼辦？我覺得是在剛才的三岔路上走錯的。」

「那先回到那兒再想想吧。」這時牧師有些新奇地用手指著對面的山。我們回頭一看，晴朗的天空中有片巴掌大的白雲正在迎著陽光飄過。

我們只在外面站了一小會兒，灼熱的太陽烤得脖子和臉上火辣辣的，不知已經喝了多少瓶水和飲料。以色列百姓跨越紅海後進入書珥曠野，為了尋找水在曠野行走三日後，向摩西發出怨言。想到以色列百姓在這樣炎熱的曠野行走，我現在多少可以理解他們不停抱怨和忿忿不平的緣由了。

重新回到三岔路口，重新沿著輪胎印開車，但走啊走啊，還是看不到我們要尋找的勞茲山。在沙漠大約繞了三、四個小時之後，竟不遠的地方出現了熟悉的山，我舒了口氣，但那座山很快又被其他山擋住，我再度失去方向。

沿著低矮的山谷下去，看到了貝多因人的帳篷，看來有十五、六歲的貝多因少女正趕著羊。看到異邦人，馬上用面紗遮住臉，逃進了帳篷。

這時一輛小貨車從拐角繞過來，我停下車向他打招呼，一位年紀偏大的貝多因人對我們異常警戒。我提起王子，然後介紹了自己，他這才伸出手來與我握手。

我遞給他一瓶涼爽的水後問：「我正在尋找石頭上畫有很多圖的山，已經徘徊了好幾個小時也沒找到，您知道在哪嗎？」

他猶豫一會兒後說他來帶路，讓我跟過來。他經過一個沙坡、拐過一個轉角後停下來說：「沿著這條路走，會看到另外一個帳篷，在那裡再問一下吧。」

沿著他指示的道路行駛後，終於看到了我們苦苦尋找的聖山。

哈利路亞！我的心開始澎湃。

「朴代理，過來吧。」

「好，金課長，希望是好消息。」

牧師可能已經有預感了，聲音聽起來非常激動。

「向右轉，在一點鐘方向的山就是那座山。」

「唉喲，太感謝啦。」

我們喝涼爽的水，坐在車裡徘徊四個小時都說累，以色列百姓在這貧瘠的土地上遊蕩了四十年……我不知該說什麼。

對面望去，看到了幾個貝多因人帳篷，他們的身分是什麼？祕密警察的眼線？他們會讓我們探查那座山嗎？

🌳 在貝多因人的帳篷

我們將車慢慢開過去，看到三座大型帳篷，其中一個帳篷裡有婦女和兒童，另外一個帳篷裡有男人，他們有將近一半的人都躺著。看到陌生的外國人，流露出防備的眼光，在外面玩的孩子們跑進了帳篷，一個跑得慢、跟不上、大約兩歲大的孩子，嚇得哭了起來。

只有用圍巾遮住臉的妻子和我下了車，讓其他人先待在車裡。我們向男人的帳篷走過去，一邊走、一邊展開雙手舉起來向他們問好。在這種偏僻的地方，只要是外地人首先都會被視為敵人，所以想要接近他們，就得展開雙手舉起來，讓他們知道我們手裡沒有任何武器。

我把太陽眼鏡摘下來說：「薩拉馬拉伊辜姆。」

他們這才重新坐好然後回答：「馬拉伊辜姆薩拉姆，阿合爾蘭娃薩赫蘭。」（意指：請進。）

伊斯蘭教徒說話總是把阿拉神放進來，喝水或者吃東西前說「彼斯米拉」（意指：以神的名字開始），喝完後說「阿爾哈姆杜裡啦」（意指：以神的名字結束），彼此打招呼或分別時說「因薩拉」（意指：神的恩典祝福你）。

我和帳篷裡的男人們一個個握了手，有一名面相善良的六十多歲老人和眼光銳利的五十多歲男人，十六、七歲左右的兩、三名青少年，還有十歲左右分不清年齡的十幾名兒童，他們一齊用不安的目光看著我。

我簡單作了自我介紹，然後問車裡有我的朋友，可以讓他們過來嗎？他們用眼光表示同意，但依然沒有放下戒心。

我決定先讓牧師和執事過來，然後用餅乾和飲料討他們的歡心。仔細一看，那些孩子簡直不成樣子，不知有多少天沒有洗漱，臉蛋、頭髮和衣服完全就像乞丐一樣，一眼就可以看出水對他們來說多麼寶貴，孩子們拿著我們給的餅乾和飲料，爭相跑向女人們的帳篷。

我向他們講有關王子的事，他們露出驚訝的表情，同時也表示懷疑。我把汽車註冊證和王子的書函拿了出來給他們看，年紀大的和五十多歲的男子可能不識字，遞給了十六歲左右的孩子，聽了孩子讀完書函的內容以後，他們向我行禮。那麼現在該我講了：「我聽說這座山後面有許

多畫有圖案的石頭，我們是為了看那些畫過來的。」

老人看一下五十多歲的男人，那個五十多歲的人搖了搖頭，他們重新投以警戒的目光，又沉默了一段時間。我決定緩和一下氣氛，說道：

「我們這麼晚還沒吃到午飯呢。」

「羊可以賣給你們，但我們不替你們烹調，我們把羊便宜地賣給你們。」

五十來歲的男人說，一頭羊羔賣 150 里亞爾，不到市場價格的一半。直覺告訴我，這個男人是得到沙烏地阿拉伯政府特殊培訓的人員，肯定與祕密警察有聯繫。我向他使了眼色讓他和我走到帳篷外，我把 100 里亞爾塞到他的手裡，他一笑收下了。

「我讓你看岩刻畫。你有金屬探測器嗎？」

他為了說明金屬探測器，伸出兩個食指，然後到處轉一下。我預料到他想要什麼，所以馬上答說沒有，他看來很失望。這附近所有游牧民族從祖先起就相信這裡埋藏著寶貝。我馬上哄他，我知道沒有人不想健康長壽，也知道阿拉伯人喜歡提高精力的產品。

「不過我這裡有很好的藥，這藥會讓你健康長壽、精力充沛，如果你想要，我倒可以給你一些……」

我故意不把話說完，他的眼睛發著光。

我從汽車裡拿出人蔘茶遞給他，然後讓我們探險隊的財務負責人許執事給這裡每個孩子 10 里亞爾，老人 50 里亞爾。如果不收買他們，我們自己進入山區的話很有可能

被告發。老人這才讓孩子們把他們喝的咖啡拿出來，遞給我們每人一杯。咖啡杯不知多長時間沒洗過，簡直無法想像，但我們裝作不介意，非常感激地接過，喝完後站了起來。老人開著小貨車，載著五十多歲的男人和三個青少年坐在車上，在前方給我們帶路。

🌳 尋找米利巴磐石

繞過山腳以後，那神聖的山清楚地展現在我們眼前。第一次隨著掘金的貝多因人過來時，神用雲柱呼召我們，今天又以晴朗的天氣向我們招手。

上面黑漆漆地沒有一棵樹，似乎被煙熏過的石山雄壯威嚴。曠野上除了皂莢木外看不到一株草，乾燥無比。因為是午後，比正午時分好一些，但氣溫少說也有 50 多度。

貝多因人的車已經揚著灰塵奔跑在我們前面一公里遠以外，後面跟過來的兩輛轎車車速幾乎跟步行差不多，這裡可能比我們經過的瓦迪穆薩河道還要乾燥。車輪陷得更深，空調只吹出熱風。

沿著曠野前進一會兒，出現一座大石山，在它旁邊繞過時向右一看，看到了非常眼熟的岩石。對，那的的確確是一座熟悉的岩石，我叫了下妻子和孩子，讓他們把錄影機拿出來。

（噢，神啊，您讓我們找到了上次沒看到的那座岩石。）

那分明就是在聖經考古學家羅恩 · 瓦特的錄影帶裡

看到的米利巴磐石。我們來到了利非訂，米利巴磐石高高地聳立在石山頂上，為什麼上次沒看到這位於高處的岩石呢？神故意為了讓我們今日看到，所以在當時遮擋了我們的眼睛吧？我心跳加速，用對講機呼叫朴牧師。

「你們過來時能看到右邊山頂上高聳的岩石嗎？」

「能，那是什麼？」

「那就是在裂開的岩石縫中流淌出水的米利巴磐石。」

幸好我們事先約定好，使用對講機時不用教會用語，不然我們可能已經幾次脫口高喊「哈利路亞」來讚美耶和華我們的神。

我們因偷偷拍照耽擱了時間，貝多因人的車在前面停下來等我們。看到我們出發，貝多因人又重新往前開車，在一個低矮的坡地上停下了車。

貝多因人驕傲地指著石頭上的畫。第一次探險時，畫有圖的石頭被堆成了幾個石堆，這次不知被誰弄亂了。

我們翻看著貝多因人指的石頭，一個個拍下了照片，認真地拍下鞋帶被解開的涼鞋、蛇形的手杖、獵鹿的人等經受幾千年風霜的圖畫。

我照了一會兒相，向何烈山的天空望去，剛剛還晴朗的天空被幾片大大的雲彩遮蓋著，這才發現雲彩在我們的頭上投下陰影。執事的小兒子現在才剛滿三歲，他還有五歲和十歲的女兒與我們同行。如果沒有雲彩為我們遮擋烈日，別說是孩子，就連大人也忍受不了這裡的熱氣。我們完完全全忘記了炎熱，在神的聖山下度過了充滿恩典的

時光。「他們拔營往前行，日間有耶和華的雲彩在他們以上。」（民數記十章34節）。

我們正忙著到處尋找以色列百姓的遺跡記錄下來，這時五十多歲的貝多因人拉起我的手。

他手指著我們所站之處的西面，遠遠地就可以看見我們過來時照過相的米利巴磐石。

我裝作不知道，問他：「那是什麼？」

「是摩西擊打磐石流出水的地方，這些石頭上刻著的圖，是以色列百姓跨過大海，停留在這裡時畫出來的。對面的山是阿拉神和摩西見面的地方。」

我向他道謝。

這時他認真地說：「朋友，如果你有金屬探測器，最好探查一下下面的地方。」

他所指的地方已經被其他人挖過，留下很多坑洞。他幾次提議去挖寶，但當他意識到不可能再從我們這裡得到什麼好處時，就和我們道別，朝著帳篷消失了。

我們走向米利巴磐石。米利巴磐石聳立在二百公尺左右高的山頂上，非常顯眼，為了讓將近三百萬名以色列百姓，在任何位置都能看到神的工作，神在這曠野中高聳的岩石上施行奇蹟。

它位於何烈山後方，往西南方向直行約五百公尺，岩石的高度估計有二十公尺以上，岩石從上到下裂開一條縫，那條縫隙足可讓一個成年人通過，並有非常明顯的水流痕跡，我們大家都無法掩飾心中的驚喜。「『我必在何烈的

磐石那裡，站在你面前。你要擊打磐石，從磐石裡必有水流出來，使百姓可以喝。』摩西就在以色列的長老眼前這樣行了。他給那地方起名叫瑪撒（就是試探的意思），又叫米利巴（就是爭鬧的意思）；因以色列人爭鬧，又因他們試探耶和華，說：『耶和華是在我們中間不是？』」（出埃及記十七章 6-7 節）。

以賽亞在聖經裡這樣記載，彷彿自己親自來到這裡看過一樣：「耶和華引導他們，經過沙漠。他們並不乾渴，他為他們使水從磐石而流，分裂磐石，水就湧出。」（以賽亞書四十八章 21 節）

利非訂曠野與何烈山後瓦迪穆薩中的最後一個河谷相連，曠野裡有幾座小山，一座是有米利巴磐石的小山，另外一座是山谷最後和何烈山相連的小山。那座山上也有幾處散落著以色列百姓畫的圖畫，但似乎已被政府軍隊消除淨盡了。登到那座山頂，整個利非訂曠野在眼前展開。我想，這裡是不是摩西為了指揮戰爭取得勝利，一邊獲得亞倫和戶珥的幫助，一邊祈禱的地方？在下面的曠野，古代的亞瑪力人和約書亞帶領的以色列百姓似乎正在展開激戰。

我很想登到米利巴磐石上，跟隨岩石裂縫中留下來的水痕走向曠野，尋找各種各樣的遺跡。可是給我們作嚮導的貝多因人已經離開，而且祕密警察和雷達基地管理局不一定什麼時候會發現我們，只好放棄。在相隔一段距離的地方，我們又照了幾張相作為紀錄資料，接著離開。

米利巴磐石——摩西用手杖擊打磐石後，水從磐石裡流出來。

原計畫在巴德吃午餐，但我們來時走錯路，浪費了很多時間。時針指向下午 5 點 35 分，飢餓感一下子襲來，孩子們吵著說肚子餓。

🌳 去了趟杜巴港的渡輪站

像第一次探險時一樣，我們看了葉忒羅的房子遺址和以琳，還有海邊摩西的祭壇後，夜間開車離開巴德來到杜巴。

一大早起來，我去了旅館對面的杜巴港渡輪站。杜巴是港口城市，來自沙烏地阿拉伯全國各地的人流，為乘坐往埃及的輪船而聚集在這裡，還有通過陸路交通，乘坐汽車往敘利亞、約旦或土耳其的旅客，也湧入這裡。道路塞滿了大巴士、小轎車，甚至大型貨櫃車。

雖然是大清早，候車室裡已經有相當多的人帶著行李坐著。我決定先了解一下從那裡往西奈半島的船班，以後有機會再來去看看西奈半島的穆薩山，和以色列百姓出埃及後跨過紅海的地點——努韋巴海岸。努韋巴海岸有所羅門王建立的跨越紅海紀念柱。

我向售票處職員諮詢，他熱情地請我進入辦公室。他是埃及人，一邊喝茶、一邊對我說：「你可以在杜巴港乘坐渡輪到達蘇伊士運河附近的港口，然後乘坐汽車到努韋巴。或者去約旦，在亞喀巴乘坐往努韋巴的直航渡輪更方便。」

我向他道謝後回到旅館。

第二天早餐，我們在土耳其餐館吃了三明治。洗車花費太多時間，幾乎到正午才離開杜巴。我們為了趕時間，簡單吃了點午餐，可是到延布之前，天就已經黑了。延布和吉達之間有一個叫拉比格的大港口城市，也許是因為波斯灣戰爭時期輸送到港的戰爭物資很多，道路損毀嚴重。

波斯灣戰爭最為激烈時，曾傳說伊拉克將展開細菌戰和化學戰，從葉門和蘇丹夾擊吉達。大型超市和一般商店的水和大米因此全部賣光，銀行裡大面額的貨幣和美元短缺，因為有錢的富翁和王子們，把存在銀行裡的錢兌換成美元匯往了國外，造成銀行流通的美元現鈔不足。

當時若聽到沙烏地阿拉伯國營廣播播出空襲警報聲，我們一家就把房門鎖上，所有房間的窗框都用塑膠封上後藏起來。

炸彈紛飛的戰爭中，也有幾個韓國人忙於向美軍銷售三明治和漢堡。突然有幾萬名美軍和多國軍隊到此參戰，糧食供應發生了問題，行動迅速的韓國人當然不會放過這賺錢的大好機會。好幾萬人一日三餐，一個漢堡賣五十美分，一天的純利潤也會超過十萬美元。

當時還發生過這種事情。因為是戰爭時期，各國為保護本國人民，包機接走本國人。那時韓國大使館也組成緊急聯絡網，下達指令做好危急時刻的逃離準備。僑民們迅速行動，通過宗教團體或商社協會組成聯絡網等候。

不久傳來消息，告訴大家飛機一過來就馬上預定座位，

可是要預定機票時，發現機票費用比平時高出很多，這哪裡是政府保護本國人，而是趁火打劫。

就在那段時間，王子對我說：「金醫生，你帶家人去韓國待一段時間，等平靜下來再回來怎麼樣？」

「我是在韓國軍隊服滿 36 個月兵役退伍的人。謝謝王子為我擔心，可是只要王子在這裡，我就不會送走我的家人。」

王子非常感激我。

「好，別擔心。如果發生意外，我們就乘坐在皇家專用機場準備好的飛機，一起藏身。」

那段時間，我曾到一位富翁家拜訪，他擁有四名妻子、三十八個兒女。剛從廠商那裡運過來的十四輛豐田吉普車，排著隊停在大庭院裡。

「怎麼有這麼多車？」

「為了海珊打過來時，我們一家乘車逃難而新買的。」

我在他家裡喝著茶，沒坐多久，有個四、五歲左右的小孩穿過客廳，族長突然皺著眉叫住那個孩子。

「你是誰？」

「穆罕穆德。」

「噢，你就是穆罕穆德？」

族長撫摸著孩子的腦袋，拍了幾下他的屁股，孩子馬上穿過客廳跑掉了。孩子多到連他們的名字都記不住。

幾十年前，阿拉伯居民大部分還是貝多因人，後來發現石油，美元如潮水般湧來。他們一夜暴富，建起豪華住

宅，妻子們用昂貴的珠寶打扮自己，室內的裝修也要求最貴、最華麗的樣式並鍍金。

有很多沙烏地阿拉伯人，不太了解自己確切的年齡，醫生為了給患者填寫病歷，問他們年齡時多半會說：「孟肯卡姆辛，孟肯錫低音？」（意指：可能五十歲？六十歲？）這樣模稜兩可地看待年紀的事，在我們看來荒唐可笑，但這是事實。在不久以前，他們還沒有生日的概念。

另外，還有發生過這樣的事情。沙烏地阿拉伯人因石油貿易富有起來，很多人到國外旅遊。但他們都不知道自己的生日，讓外務部護照局在製作護照時深感頭痛，所以就替他們大約估計了出生年，記不住生日的人乾脆都填上一月一日。

最近人們隆重地開起了生日派對。十幾年前，有位王子為了給自己的女兒辦生日派對，在王宮內的宴會廳投入約九十萬美元進行籌備，王妃看了後不滿意，重新做一次。之後王子請韓國某航空公司包機，特別邀請少年偶像團體「小天使」過來，為他八歲的公主舉行了相當隆重的生日派對。

我們經過漫長而艱險的道路，在夜晚十二點安全抵達吉達。時間那麼晚了，我們就在黑啦蘇格（黑啦購物中心）裡的麥當勞吃晚餐。這是長達 2,720 公里的遙遠距離，我們在神的恩典中並沒遇到多大困難，成功完成了旅行。

米甸曠野的皂莢木

努韋巴海岸尋奇

曠野裡的高速公路

2002. 8. 5 MON

　　昨天汽車送去維修，修到了深夜，因為我正將輪胎全部換新。第二次探險結束還沒過十八天就急著第三次探險，是因為孩子們的放假時間和我的休假時間正好吻合。

　　我們一家把錄下的影片和相片進行精準的確認後，規畫了第三次探險。這次我們將在埃及西奈半島的努韋巴海岸，尋找與沙烏地阿拉伯蘇珥曠野的跨越紅海紀念柱成對的另一個紀念柱，當然還要再看一下被普遍認為是西奈山的穆薩山。

　　努韋巴其實相當於巴力・洗分對面的比・哈希錄前面，「你吩咐以色列人轉回，安營在比・哈希錄前，密

奪和海的中間，對力‧洗分，靠近海邊安營。」（出埃
及記十四章 2 節）。它位於西奈半島東端海岸，寬廣得可
以容納幾百萬人。埃及為將這裡建成世界級的休閒名勝，
已建好旅館和娛樂設施。約旦的亞喀巴港和以色列埃拉特
（Elat）港又有往來的大型輪船，尤其對水肺潛水者（squba
diver）和浮潛者（snorkler）來說，這是最理想的遊玩地點。

　　一早，我們全家把準備好的行李整齊地放到吉普車裡。
出發前，我們圍坐一圈，手拉著手向神誠摯禱告：「親愛
的天父，請祢接受我們的讚美和榮耀。祢說：『無論在哪裡，
有兩、三個人奉我的名聚會，那裡就有我在他們中間。』
我們一家回應祢的呼召，即將開始長途旅行。我們知道，
途經幾千公里、穿越三個國家的路程，並不是那麼容易，
但只要主與我們同在，我們就毫無懼怕。這次探險，也懇
求主來掌握我的方向盤，每到一處都充滿恩典。我們不知
這次旅程將是幾日，但求祢阻擋撒但的做工，保護我們直
到回來。還有我們年幼的孩子們，求祢賜予他們旅途中心
靈與身體的健康。奉耶穌之名禱告。阿們。」

　　沙烏地阿拉伯的八月熱得像在烤箱裡，而且連續六年
沒有下一滴雨。我已生活在這樣的天氣裡十五年，有些適
應了，反而感謝神讓我在這樣晴朗的天氣開車，滿懷信心
地向延布出發。

　　我們唱著讚美詩歌，在深入一片無垠曠野的高速公路
上行駛，神看著我們這樣也會很高興吧……。

🌳 皂莢木與羅騰樹

在延布入口，皂莢木向著天空盡情伸展。已經幾年沒有下雨，土地非常貧瘠，但沙漠上的皂莢木卻茂盛得令人嘖嘖稱奇。皂莢木是羊和駱駝的食物，走近觀察就會發現，枝杈上都長有尖銳的刺，樹葉很小。那些駱駝和羊也真有本事，能避開刺、挑出小葉子吃，個頭高的駱駝吃高處的樹葉，個兒矮的羊吃下面的部分。

生長在曠野的樹不是皂莢木就是羅騰樹，所以摩西的手杖不是皂莢木就是羅騰木吧，因為能在曠野當中茁壯成長的只有這兩種樹。尤其皂莢木的重量比普通樹重兩倍，密度很高，可以當作錘子或斧頭的柄，多用作圈養牲畜時的圍欄或帳篷柱子。

查看聖經記錄，裝十誡石板的約櫃和亞倫發芽的手杖，還有嗎哪的法櫃、會幕的木板和柱子、焚香用的壇和焚祭壇，都是以皂莢木製成的。

我們奔馳了 358 公里到達延布。現在是上午 11 點 50 分，再過一會兒就是伊斯蘭教徒的晌禮（正午的薩拉）時間，我們趕緊找了一家印度餐館進去。雖然不是很乾淨，但我們聞著印度特有的咖哩和洋蔥味也吃了一頓美食。

下午 1 點 30 分，我們喝杯咖啡稍作休息後，感覺又充滿新的力量。接著沿途經過叫瓦吉（Wajh）的地方，我們在一家加油站看到一捆捆的木柴，我向店主尋問，他說貝多因人正在賣皂莢木，後面還有人賣羅騰樹燒成的炭。

羅騰樹（上）和皂莢木（下）——
以色列百姓用皂莢木建會幕等。

這個情景令人印象深刻，我遂拍下了照片。羅騰木炭在〈詩篇〉裡出現過（詩篇一百二十篇4節），是曠野中的生活必需品，比起其他任何木炭，這種炭火力較強、燃燒時間較長。

貝多因人依然像以利亞時代一樣，稱皂莢木為謝軋爾樹。羅騰樹一年四季呈淺綠色，葉子像針葉樹一樣細而長。人們常用羅騰樹來比喻疲倦靈魂的休憩之處。這

是因為〈列王紀上〉記載，以利亞消滅了亞哈王的 450 名巴力先知後被耶洗別追趕，逃到了別是巴的羅騰樹下，筋疲力盡之時，有天使給他炭火燒的餅和水，他就吃了、喝了，行走四十晝夜，到了神的山，就是何烈山。讓以利亞休息過的羅騰樹，並不是在沙漠中最適合遮陽的樹，因為羅騰樹葉是針葉，並不好遮陽。

我看到路標寫著離杜巴還有 137 公里。車窗外的山脈經過巴德，一直連到我們要去的勞茲山。阿拉伯人稱山脈為「栾巴希希拉」，意為山的項鍊，就像很多珠子串起來形成項鍊一樣，山脈也是由山巒相連而成，這種表達挺有趣的。

快到杜巴的時候，風沙把遠處的山塗得灰濛濛，像魔法城一樣，我拿出相機照了幾張相。在杜巴入口處的左邊，有塊大岩石形態很奇特，重新回頭再看，石塊重疊，根據角度不同，有時看起來像駱駝。

下午 6 點 30 分，我們到達了杜巴港。我們來來回回這裡好幾次，已經不會感到陌生了。我們直奔上次住過的旅館，放下行李，進入旅館旁邊的土耳其餐廳。看似店主的人問道：「你們是日本人嗎？」

「是韓國人。」

「南韓人還是北韓人？」

「南韓人。」

他突然緊握我的手說：「很高興見到你們，我爸爸在韓戰時死在戰場。」

我馬上行禮,然後祝他得神恩典。主人為調節氣氛立即改變話題。

「2002年世界盃時真是了不起啊,韓國人的友情真了不起,韓國和土耳其比賽結束後,看到隊員們手牽手在運動場奔跑的情景,觀眾席上出現大型土耳其國旗時,我的眼眶都濕潤了。今天晚上我來請客。」

他把我們領到了家庭席。

 **到達努韋巴**
2002. 8. 6 TUE

我們想像上次一樣到哈格勒之前,沿著瓦迪姆薩河道去勞茲山後面的利非訂,但在山頂上一直注視著我們車的祕密警察持長槍威脅,我們只好放棄了。

離開哈格勒到達杜拉的移民局,我拿出五本護照和汽車許可書、國際駕駛執照、汽車註冊證,通過了出國審查手續。通過沙烏地阿拉伯和約旦邊界左右兩邊設置鐵欄的通道,再沿著紅海海岸出來後,接受約旦入境審查。

終於,我們進入亞喀巴港,左面是紅海,對面有西奈半島和以色列、約旦、沙烏地阿拉伯相接壤。沙烏地阿拉伯稱這個地方為「杜拉」,埃及叫「塔巴」(Taba),以色列叫「埃拉特」(Elatht,舊名是「埃西翁格別」,Ezion Gebeer),約旦叫「亞喀巴」。這裡是軍事要地,攸關各國利益而相持不下的地方。

　　亞喀巴港相當繁忙，與杜拉和哈格勒不同。有很多經過印度洋進入紅海的大型船舶，通過蘇伊士運河進入的大型貨櫃堆積如山，另一邊的水泥工廠忙碌地運轉著。同時具備工業港和軍事港的功能。

　　孩子們不知何時在貨櫃堆裡發現「韓進」和「現代」的字樣，喊著：「我們國家！我們國家！」三個孩子都是在沙烏地阿拉伯出生的，卻知道自己的國家，讓我感到很是欣慰。

　　我計畫在這裡住一宿，第二天早晨乘坐渡輪往位於西奈半島東面的努韋巴港前進。為查看上午航班時間，我進入候機室，得知一個小時以後就有出發的輪船。我和家人商量了一下，覺得現在出發會更好，開始急急忙忙辦理手續。但跑完流程不是那麼簡單，汽車出境許可書、入境手續、汽車船載許可書、保險處理單等各項手續辦完後，支付稅金和船費也花了不少時間，最後才及時搭上船。

　　這艘船名叫聖凱薩琳號，也許是取了穆薩山的凱薩琳修道院的名字。大型拖車運載著貨櫃乘上渡輪的貨艙，小轎車也按著順序開進船裡。因為乘客正在辦理乘船手續，我也停下吉普車等待，他們竟然讓比我後來的車先上船，我提出抗議。他們說最後上船的，到了目的地後會最先下船，我的氣也就消了。

　　幾乎在最後一分鐘，我才倒車搭上了船。走到二樓時，一位看似船內職權較高的工作人員問我：「您是外交官嗎？」

「不是。」

「如果有人問起，您就說是外交官。」

然後我們一家被安排到一間特別艙室，是帶有客廳的寬敞房間，空調設施非常好。真是感謝為我們預備的神！

聖凱薩琳號比預定時間稍晚一點才發出幾聲汽笛聲，開始移動她沉重的身體。秩序井然的港口設施和豪華遊艇，還有後面的高樓大廈進入我的視野，在這裡同時可以看到埃及、以色列、約旦和沙烏地阿拉伯，全世界還有什麼地方可以找到這樣的風景呢！

下午 6 點 40 分，我們到達了努韋巴港。霎時間船上彷彿發生戰爭，一千一百多名乘客向著狹窄的出口湧出去，簡直就像逃難。男人爭吵，女人尖叫，完全沒辦法挪動身體。一位相貌穩重的中年紳士，用阿拉伯語以責備的語氣喊叫，讓大家維持秩序，但他的喊聲只是在空中迴旋了一下。我旅遊過很多地方，但如此沒有秩序的國家還是頭一次見到。最後我忍無可忍，也用阿拉伯語大聲喊了起來：

「各位，各位，你們都是埃及人嗎？我是韓國人。非常抱歉，但我不願意看到這樣的場面，這裡還有孩子和婦女，大家為什麼要這樣！」

埃及人好像這時才發現還有外國人在場，有幾處傳來「對，對」的聲音，秩序才稍微好了一些。

在乘務員的幫助下，我的車最後一個上船，所以我們也最先下輪船，但我們不知該往哪裡去，這時一位穿著白色制服，右胳膊袖子上戴著黃色袖標的海警，非常親切地

用英語詢問我們情況，雖然不是很流暢而且帶著埃及特有的口音。

「需要幫助嗎？」

「我們是從沙烏地阿拉伯來的，不知怎麼辦理手續。」

「先做汽車入境審查，把車牌換成外國遊客專用牌，檢查行李、加入保險、申報停留日程和住宿旅館，然後辦理護照手續。」

我按照員警的話去辦理手續，付了超乎想像昂貴的汽車搬入稅。每到一處都要小費，如果不給小費，他們就公然地偷懶拖延時間，甚至穿著制服的員警也伸出手來。檢查汽車時，又是記錄發動機號和其他各種配件號，程序太複雜了，我只好找到剛才對我們非常親切的警察，尋求他的幫助。他把我們請到自己的辦公室坐下，親自過去辦完了手續，我向他表示感謝，他讓我們出國的時候也找他，把自己的名字「帕洛克」寫給了我們。

雖然得到員警的幫助，還是花了三小時三十二分才通過入境審查。離開港口已是夜晚 10 點 12 分，飢餓和疲勞一併襲來。我沒有預定旅館，這裡也不是什麼大城市，我也是第一次來這種偏僻的地方，一時不知該怎麼辦，實在愧對妻子和孩子。外面已是漆黑一片，只有幾盞不太亮的路燈打著瞌睡，港口入口有幾輛舊計程車和巴士等待著去外地的乘客。一家小型簡易商店裡，主人看似坐在發舊的桌子旁、歪歪斜斜鋪著羊毯的椅子上，呼嚕呼嚕地吸著水煙。

孩子們叫喊著肚子餓。

「孩子們，向神祈禱給我們找一家好旅館、買好吃的吧！」

孩子們好像能夠理解，沒有發出怨言，齊聲回答：「是，爸爸。」

聽說離港口五、六公尺的地方有旅館，我們又在沒有路燈的道路上奔馳。在黑暗的道路上跑了七公里左右，才開始出現幾幢建築物。

正在走下坡路時，老么喊道：「韓國餐館！韓國餐館！」

「看錯了吧，這種地方怎麼會有韓國飯店？」我這樣說。

老么說他的的確確看到了，掉轉車頭回去一看，山下掛著「韓國餐館」字樣的牌子。我們歡呼著進入了停車場，這時五十歲左右的韓國人正要關門，我們簡單地自我介紹，餐館主人介紹自己名叫安吉秀，重新點亮了餐館的燈。

餐館非常整潔，有從韓國拿來的掛曆和編結手工藝品，屋頂掛著中國式紅燈籠，可以看出主人的用心。我們已經餓到了極點，早晨的雞蛋捲、三明治是今天吃過的全部東西。我們開心地吃著各種韓國食品，並以非常優惠的價格，住進了餐館主人住的別墅式旅館。

擁抱跨越紅海紀念柱

2002. 8. 7 WED

　　努韋巴黎明的晨曦從窗戶縫照射進來。我因長時間開車，以及在努韋巴港時繁瑣的手續筋疲力盡，可是一想到不知何處默默佇立的紀念柱，就如彈簧般跳了起來。我一定要找到所羅門為了紀念以色列百姓跨越紅海建立的柱子。妻子還在沉睡。

　　我祈禱今天也同樣得到主的帶領，然後獨自走出旅館。沒想到一走出旅館大門，我張開的嘴巴就闔不上了。昨夜沒有見到的新的景象展現眼前，我們入住的別墅前面是紅海，大海對面就是沙烏地阿拉伯的米甸土地。早晨的大海非常平靜，我深深吸入早晨清爽的空氣。

　　為了熟悉地形，我一個人開車走上山路。開到坡頂，一眼就可以清清楚楚看到山下努韋巴的紅海和遠處沙烏地阿拉伯的米甸地區。朝山下看，一面是以遊客為主要收入來源的小小貝多因村落，另一面的海邊則可以看到現代建築和樓房。

　　我最關心的是，努韋巴海岸果真有可以讓二百五十多萬名以色列百姓和其他閒雜人、牛群、羊群同時進入的地方嗎？在努韋巴中間地帶的瓦迪，有很多泥土從兩座巨大的山間流出填入大海，形成了寬廣的平地，看來比想像的大多了。努韋巴海岸有八公里長，呈半圓形狀，但從瓦迪瓦圖爾到大海距離 5.5 公里，足足可以容納二、三百萬人。

以色列百姓真的在這裡停留過。

在瓦迪的入口處，軍人設立了關卡進行檢查。我向著檢查站右邊，往以金礦而出名的杜哈（Dahab：黃金）又開了3.5公里的車。經過低矮的丘陵後，遠遠可以看到一根柱子，我直覺那就是所羅門王的柱子。我一口氣開到那裡，靠近它。

我按捺激動不已的心跳，反覆說著：「主啊，主啊，哈利路亞！」在柱子旁停下了車。

我還沒向任何人問路，只不過獨自一人清早出門晃晃，竟然這麼容易找到了柱子。滿懷著對神的感激，我跑過去展開雙臂擁抱了它。

（在過去悠久的歲月裡，你默默無聲佇立在這裡，望著以色列百姓如行走乾地般踩著海底穿過紅海，海水淹沒了對抗神的埃及軍隊。你望著跨過紅海的以色列百姓，在米甸曠野興高采烈跳起舞讚美神。你強忍著心痛，望著米甸曠野上曾經與你遙遙相望的柱子被連根拔起拋入紅海，佇立在此直到如今。距出埃及事件已經過了三千多年的今天，

所羅門建的跨越紅海紀念柱

我來了。為了告訴世人，你就是所羅門王建立的紀念柱，我回應神的呼召而來。）

紀念柱上沒有任何標記，顯然埃及政府也在盡可能地隱藏它。

我懷著興奮的心情回到別墅，家人還在房裡。昨晚入住時間太晚，我連別墅的名字都不知道，現在看到了招牌子，原來叫作「賈瑪律卡姆普」。我向經理打了招呼，這裡除了我們似乎沒有其他人入住。隨口問了一下經營情況時，經理開始發起牢騷：

「在以色列夏隆總理之前的納塔尼雅胡和巴拉克總理時代，也就是和巴勒斯坦關係比較穩定的時候，有很多以色列遊客，可是現在生意非常慘澹啊。」據說他的英語很流利，還會講希伯來語。

黑綠色的紅海已變成了淺綠色，大型貨櫃船正吐著黑色濃煙駛向亞喀巴港，一群海洋候鳥正排隊飛向地中海，天空一片晴朗，可已經開始升起熱氣了。

經理說：「前面的海非常適合浮潛，裝備可以免費借給你們用。」

「我們一家對浮潛都很熟練，還帶來個人裝備了。」

「下午如果有時間，我帶你們去好地方。」

進入房間，我把找到跨越紅海紀念柱的消息告訴家人，大家都無法掩飾地興奮起來。

簡單吃了早餐後，我們直奔所羅門的跨越紅海紀念柱。

我們用帶來的捲尺量了柱子的直徑和大致的高度。圓柱是由一塊花崗石構成的，刻有字跡的一面是 97 公分，後面是 160 公分，共 257 公分。一面磨得很光滑，另一面因為刻了字有幾個凹下去的地方。歷經長年的風化作用，字跡已經損壞到看不清楚了。

回來的路上，我們去了韓國餐館。建在山腳下的餐館前停著好幾輛觀光旅遊車。在餐館外的男人們，牽著被裝扮得花花綠綠的駱駝招呼客人，女人們正向遊客兜售各種貝多因人的手工藝品，是把貝殼或各種曬乾的果實同彩石串起來做成的項鍊或手鍊。向他們詢問後才知道，遊客大部分是巴勒斯坦系的基督徒，他們去西奈半島的西奈山和凱薩琳修道院觀光後就回巴勒斯坦。

我和餐廳主人聊了很長一段時間，他說自己曾經也是某建設企業的工人，到沙烏地阿拉伯工作過，一時沉浸在思鄉之情。他看到我家孩子，可能想起了韓國的家人，表現出很喜愛他們的樣子。

在吃可口的午餐之前，我們一家像平時一樣作飯前禱告。結束禱告時，老闆突然問：「你們信耶穌吧？」

我這才向他解釋，為什麼我們從沙烏地阿拉伯經過約旦來到西奈半島，問他知不知道立在路邊的所羅門跨越紅海紀念柱。

「真的嗎？我也是基督徒。我在這裡生活了十幾年，但從來不知道還有那個紀念柱呢。」

我把帶在身邊的聖經展開給他講解，他顯得非常吃驚。

「我抽出時間也去看看，不然我也一直在懷疑西奈山的位置。」

他說，他向從首爾來到西奈半島聖地巡禮的客人銷售便當，因為他的餐廳位置正好在埃及國境塔巴朝向以色列的路口。

🌳 努韋巴海底的奇特現象

我們回到賈瑪律卡姆普，全部換上泳裝後往海邊出發。正如經理所說，這裡非常適合浮潛。走了好長一段，水還沒深過肚臍，這樣下去似乎都能走到對面沙烏地阿拉伯米甸土地的書珥曠野。我和孩子們一起又走了一段。

我們一家經常和韓國僑民或德國、瑞士的朋友，一起在沙烏地阿拉伯淺海浮潛。紅海大部分剛進入時很淺，可是會突然變得深不見底，非常危險，而且海底都是珊瑚層。但是我們所走的努韋巴海底，雖然偶爾也有珊瑚礁，卻是與泥土或沙子摻合著，像沙灘一樣泥濘。再走一段，海水逐漸變深，直到不能再走，我們才開始浮潛，觀賞著珊瑚間的熱帶魚。

努韋巴中間地帶，在空曠的山間形成了一個大峽谷，人們稱之為「瓦迪瓦圖爾」。在悠長的歲月裡，被雨水沖刷下來的大量泥沙形成了努韋巴土地，然後又被推到大海形成平地，沙土被推到紅海的深處，形成了與紅海其他地區截然不同的地質形態。

　　看英國海軍衛星的海底地形圖，從海岸到海中央的形態是徐徐往下延伸的六度坡度，對面沙烏地阿拉伯米甸土地上的書珥曠野那兒，也是以六度角傾斜徐徐上升，寬度有幾公里。相反地，努韋巴以外其他地區的紅海海底都是深達一千二百公尺的陡坡。

　　根據羅恩・瓦特他們的調查，這樣緩緩深入的海底最深處只有二百公尺深。他們的潛水探勘隊在努韋巴海底珊瑚礁裡，成功地找到了大量看似埃及法老軍隊的兵車輪和馬掌，還有馬骨和人骨。

如人生旅途一樣的瓦迪瓦圖爾

2002. 8. 8 THU

　　早晨 5 點 30 分，我們全家都起床了。今天決定跟隨賈瑪律卡姆普的經理阿里，進入瓦迪瓦圖爾（Wadi Watur）的河谷，去看彩色峽谷。坐著他們準備的露營車，我們和從開羅來的韓國年輕人一起，在早晨六點到達瓦迪瓦圖爾入口。那是在努韋巴海岸分開的山間所形成的大峽谷。

　　山谷的入口有埃及軍人進行檢查，在檢查我們一行身分證的空檔，警衛室的一邊，有一名無精打采的軍人乾脆把槍放在一邊，坐在椅子上打起了瞌睡。

　　有一回，我經過約旦進入以色列國境時，感覺到以色列軍人和其他中東國家的軍人，不僅外表不同，精神狀態也截然不同。以色列軍人的那種銳利而剛強的目光，在其

努韋巴海──深知歷史祕密的努韋巴海甚是湛藍，在這海底深處，羅恩・瓦特團隊成功發現了大量破舊的埃及軍兵戰車的輪子、馬蹄，和人類的骨頭。

他中東國家軍人眼裡很難找到。

　　阿拉伯地區有很多像這裡一樣陡峭的山。就在這樣陡峭的山間，貝多因人非常熟練地驅趕羊群，仔細一看就可以發現，他們是踩著羊群經過後留下的小路跟隨過去的。聽說沙烏地阿拉伯在險山峻嶺建設道路時，在設計非常困難的區域時就把羊群帶來，然後選擇羊經過的路線進行設計。也許埃及人也是透過羊開拓出這條道路，但我覺得這條道路是從非常遙遠的過去就已經有了的曠野道路。據說是比法老二世時代還要久遠的西元前二千多年前，就已經採掘出金礦的杜哈地帶，需要把開採出的金子運往開羅，那時

經過瓦迪瓦圖爾應該就是最快的道路。事實上，現今從努韋巴通往開羅的高速公路，就是將古代貝多因人或者採礦人員的途徑加寬建成的。出埃及初期，神不是把以色列百姓帶領到這海岸道路的近路，而是帶領到紅海曠野。「所以神領百姓繞道而行，走紅海曠野的路。以色列人出埃及地，都帶著兵器上去。」（出埃及記十三章 18 節）

從伊坦曠野到比・哈希錄，除了彩色峽谷外沒有其他道路。所以三千年前以色列百姓可能也是沿著這個山谷，經過伊坦曠野到比・哈希錄的。奔馳在乾河道的山谷中，我發現了一個道理，巨大的山巒重重疊疊，光看山腳末端似乎再沒有道路了，一旦繞過山腳就會出現新的山

瓦圖爾山谷——從瓦圖爾山谷流出來的沙土，形成寬闊的努韋巴平地，就是以色列百姓在山與海之間，落在神的手中，動彈不得的地方。

谷，這樣反反覆覆好幾次。

我現在才了解出埃及的以色列百姓為什麼總是充滿抱怨，走在看不到盡頭的道路上，心情該有多麼焦慮。山與山之間的山谷是寬廣的河道，幅度最寬時大概有 1.5 公里，最窄時有四百公尺。阿里經理告訴我們，沿著這條路繼續走會通向開羅。

在我們的人生道路上也會有很多的山腳等待我們，原本認為已經繞過了一個山腳，這下該好了吧，但還會出現另外一個山腳。看起來無路可走了，但繞過山腳後又會出現道路。沿著那條路走下去，也有可能會出現比山還大的大海擋住去路，但是那裡仍然有道路。就像以色列百姓經歷了紅海分開的神蹟一樣，這是只有信靠耶穌的人才能經歷到的道路。

阿里經理開了好一段路後，右轉進入未經修建的道路。過一會兒又進入了另外一條乾河道，車身搖晃著翻越了幾個丘陵後開始往山上駛去。

雖然是大清早，卻感到已經開始有熱氣湧上來。登到山上後，出現寬廣的平地。快要到山頂時，我們跟著阿里下車，突然感覺非常涼爽，甚至有些寒氣，看看周圍，是各種彩色的光禿禿山頭。

我們隨著阿里的引導，順著山谷向下走去。各種砂岩被雨水沖刷又經歷了風化作用後，呈現出褐色、白色、深粉紅色等美麗的顏色，用手刮一下，就有細細的粉屑落下來。有的石頭顏色就像把各種顏色的水彩攪拌了灑在上面

一樣，呈現出如水彩般的美麗紋樣。經歷了風霜的岩石看起來非常奇妙，教人一輩子都難以忘懷。

沿著山谷，眼前各種障礙正等著我們。有時需要往下跳，有時需要擠過狹窄的岩石縫隙勉強穿過，有的地方高得如果沒有他人的幫助很難下去，有些地方需要像滑雪橇一樣滑下去。一家人在一起度過這樣有趣的時間真好，尤其孩子們非常高興。

在山谷走了四公里後，沿著另外一個山谷爬到山頂，在帳篷裡喝著紅茶休息了一會兒。再往上幾乎到山頂時，送我們的司機正在另外一個帳篷裡等著我們。我們稍稍休息後，就沿著寬敞、彎曲的乾河道回來了。

🌳 與其他遊客交談

為了躲避酷熱，我們大清早去看彩色峽谷回來，所以時間還早。簡單吃了午飯後，再一次奔向跨越紅海紀念柱。昨日看到的紀念柱今天還會照樣挺立在那裡，但我們還想再看一下。

下午我們一家玩了浮潛。從大海出來時，看到旁邊的別墅前一個平房裡，有個以色列年輕人頭戴著格紋的包巾，一隻手拿著律法書，向著遠處米甸方向前後晃動上身。他不是向著耶路撒冷方向，而是向著米甸方向祈禱，那麼是不是向著米甸的何烈山呢？

晚上換了衣服正往韓國餐館去時，見到剛才看到的那

個以色列青年和其他幾個人，坐在道路旁的茶屋裡。我向他們打了招呼，茶屋主人迎接了我們，把我們安排和他們同一桌。

以色列青年的名字叫押沙龍，說自己正在蜜月旅行，然後把自己的妻子介紹給我們。恰巧押沙龍的妻子正在專業學習東洋醫學，我們熱切討論了東洋醫學的深奧，從陰陽的調和、陰陽五行，和人體與宇宙的關係，一直到中藥材。

另外一個年輕男子是從荷蘭來跳水的。他問我是否知道「古實」，我問他「古實」是誰？他說，是我國足球教練。我告訴他不是「古實」，是「古斯希丁克」，大家都笑起來了。就著一杯紅茶，我們談論著世界上發生的事情，談以色列與巴勒斯坦的關係，然後開始談到了西奈山。

「押沙龍，剛才你面對大海那邊的沙烏地阿拉伯敬拜，但那是伊斯蘭聖地麥加所在地，有什麼特殊緣由嗎？」

他拍掌大笑好一陣。

「方向沒什麼特殊意義，只是心想著神，面向大海祈禱，讀摩西五經而已。」

「那你去過西奈半島的穆薩山嗎？」

「大部分的以色列人不都以為那座山就是西奈山嗎，所以沒什麼興趣。」

他才剛說完，我馬上問：「那麼聖山，真正的西奈山在哪裡呢？」

「我覺得神把它隱藏在什麼地方了。」

　　我心想：你說對了。西奈山被隱藏在幾千年的歷史背後，深深的曠野之中，如今神願意透過祂所揀選的人公諸於世。

 凱薩琳修道院
2002. 8. 9 FRI

　　今天是主日。中東國家的例假日是星期五，所以我們僑民在星期五過主日。我和家人一起進行了禮拜。

　　今天，我們決定離開住處，去位於西奈半島南端、被大部分基督徒認為是「西奈山」的穆薩山。

　　沿著努韋巴建有跨越紅海紀念柱的道路，開上坡路後29 公里處右轉，就會出現去往穆薩山的道路。沿著里程碑經過幾個檢查站後，在去穆薩山之前，看了下聖經學家們至今主張是西奈曠野的地方，那裡看來連一萬人都容納不了。

　　停車後走向凱薩琳修道院。天熱得如同烤箱一樣，前面有一群看似阿拉伯基督徒的學生們。修道院方面說星期五是不開門的，只好和一名修士商量，告訴他我們是從沙烏地阿拉伯遠道而來的，他便允許我們進入修道院。

　　這個修士是希臘人，但阿拉伯語講得非常流暢。他見韓國人能說阿拉伯語而感到非常新奇，將紀念明信片作為禮物送給了我們。他把我們帶到摩西的水井和荊棘旁，輕鬆地看到了這些，卻沒什麼特別的感觸，因為我們知道這

凱薩琳修道院

些都不是真的。

據說西元 300 年後，貝多因人向這裡的修士指著荊棘
說，這就是摩西的荊棘。但是貝多因人知道，摩西這位先
知，應該是在伊斯蘭教開始以後。伊斯蘭教最早也是在西
元七世紀以後才開始傳播的，所以這些只不過是他們編造
的而已。

幾個接待人員說，荊棘唯獨在這裡才能生長，但荊棘
在阿拉伯半島和米甸是非常容易找到的植物。

從凱薩琳修道院往北，向穆薩山走的道路上有修士建
的 3,750 個臺階。雖然登上去很累，但在清早登上臺階，
可以看到時時刻刻都有變化的岩石山，非常壯觀。

距離穆薩山直徑四十公里內，除了斯啦比特埃爾卡丁（Serabit el-Khadim）外還有烏姆布哥馬（Umm Bugma）和格別馬格哈拉（Gebel Maghara）礦山，而且周圍總有軍隊把守。以埃及王子的身分生活了四十年的摩西不可能不知道這些情況，所以摩西根本不可能帶領出埃及的以色列百姓逃到穆薩山。

我們決定看看修道院後面，尋找穆薩山附近的舊礦山。從阿布紮尼瑪（Abu Zanima）進入沙漠，再走 40 公里，有古代土耳其式礦山斯啦比特埃爾卡丁（Serabit el-Khadim），在那裡可以找到崇拜哈索爾神的遺跡。

查閱吉米‧頓（Jimm Dunn）的論文《斯拉比特埃爾卡丁的修道院和礦山》（The Temple and Mines at Serbit el Khadim in Sinai），其中 1905 年弗林德斯‧比崔（Flinders Petrie）的調查記錄非常有趣。

土耳其式礦山的採掘，最初是由沙拉克特王（Sarakht：第 3 王朝的第一位國王，西元前 2686-2667 年）從瓦蒂馬加拉（W. Mahrara）開始的。為了保護此礦山，建立了六千平方公尺的要塞。岩石上刻的畫中，有法老王抓著奴隸的頭髮，用木棍狠打的場面，它被收藏於羅浮宮博物館。根據學者的研究，奴隸被稱為「哈夫比路」或「哈比路」，也許是指希伯來人。刻有初期迦南人語言的岩刻畫上也刻有古代希伯來語，證明了這一點。而且從這些岩刻畫上，還發現了刻有哈索爾（埃及母牛神）的圖，尤其埃及新王朝時代，哈特謝普蘇特和圖特摩斯三世時礦山得到了擴

張。

哈特謝普蘇特公主是圖特摩斯一世的女兒，她與父親的妾（愛伊西斯）生的同父異母兄弟圖特摩斯二世結婚，卻不能生養。圖特摩斯二世又娶一妾，生下圖特摩斯三世。沒有生養的哈特謝普蘇特在尼羅河邊撿到蒲草籃裡的摩西，她明明知道那是希伯來人的孩子，卻把他收作養子。摩西在埃及王宮以王子的身分成長，但從親生母親約基別了解到自己是希伯來人，並牢記在心。

受到哈特謝普蘇特權勢蔭庇的希伯來人摩西，和圖特摩斯三世的關係是非常微妙的。那時摩西介入埃及人和希伯來人的爭鬥中，打死了埃及人，本來他就身處在權力之爭的矛盾中，卻幫助希伯來人打死了埃及人，他的行為怎麼可能被周邊的人接受呢？背負殺人者烙印的他，逃到了遠方米甸之地。當他在四十年後，為帶領自己的百姓重返埃及時，圖特摩斯三世已成為號令整個埃及的法老。

在阿布軋尼瑪一個不算小的鎮上，有土耳其式工廠，我們在鎮口餐廳前，找到可以為我們作礦山嚮導的人。我叫了幾個孩子，讓他們坐上我們的車，但車裡有很多行李，座位也不多。

當我們正不知所措時，有一位年輕人從一輛吉普車上下來，用流利的英語說由他來給我們作嚮導，他的名字叫拉比亞・巴拉卡特，目光銳利，與他同來的幾個朋友看起來也不太尋常。在暮色已開始降臨的下午六點，跟著這些年輕人進入沙漠總感覺有些不妥，所以就買了幾塊土耳其

原石，掉轉車頭尋找旅館。但尋找住處時也不太如意，客運站裡擁擠著很多遊客。

雖然夜已深，但我們決定開車去往西奈半島末端的圖爾，覺得那裡應該有旅館，晚上 8 點 35 分才到達了圖爾的德爾夢旅館。

西奈半島最南端，沙姆沙伊赫
2002. 8. 10 SAT

早晨 9 點從圖爾出發，決定前去相當於西奈半島最南端、世界著名度假勝地——沙姆沙伊赫——看看。

筆直的海邊道路上，旅遊車排列成隊，來來往往，大型油罐車一輛接連一輛向北開去。

我們在上午 10 點 35 分到達了沙姆沙伊赫。天空沒有一片雲彩，非常晴朗，大海蔚藍。現代高級飯店一家連著一家，這是中東的富人和歐洲人的度假城市。在中東戰爭後，以色列占領西奈半島時，以色列把這座城市建成了度假區。「大衛營協議」後，以色列官兵撤回，埃及繼續開發此地。現在這裡不僅是中東領導人，更是世界各國領導人喜歡造訪的度假勝地。（1978 年，美國總統卡特邀請埃及總統和以色列首相，在總統山莊大衛營舉行會議簽署的協定，在此協定的基礎上，1979 年埃及與以色列簽署了和平條約。）

美國柯林頓總統在位時，為了解決巴勒斯坦紛爭，與埃及、以色列、巴勒斯坦領導人共同簽署和平協議，就在

此處。

　　我們在沙姆沙伊赫旅館停下了車，走向離旅館很近的海邊平房。遊客們在海邊，有的穿著比基尼享受日光浴，有的玩著帆板。只有我們一家是陌生的東洋人，很多人的視線都集中到我們這裡來。

　　我們坐在視野良好的太陽傘下，這時旅館經理走過來，把他的名片遞給我，相互禮貌性地寒暄後，他問我是不是日本人，我用阿拉伯語告訴他我們是韓國人，他驚訝地笑起來。

　　旅館經理說自己是埃及人，而他的妻子是菲律賓人，很願意給我們免費提供飲料。我們付了錢，因為埃及人熱情過度，很多時候反而會給人帶來不安。過一會兒，我們一家坐上了遊覽拉斯穆罕默德國家海洋公園的遊船。遊船的設計很精緻，通過底部地面鋪上的大片玻璃板，可以看到海裡。現在正好是白天，可以看到海裡各種熱帶魚和珊瑚。

　　旅館附近有傳統市場，我們在市場欣賞了各種手工藝品和旅遊商品。展臺上各種土耳其式用品特別引人矚目。我們買了在西奈半島附近礦山開採出的「拉維斯朱利」藍色原石。打磨精細的拉維斯朱利顯出深藍墨水顏色，偶爾還混雜著金色，因其閃爍的光彩常被用作高級寶石或裝飾品。

　　穆斯林之間曾相傳，摩西在西奈山接受的十誡就是刻在拉維斯朱利石板上的，但天主教認為是刻在藍寶石上的，

所以羅馬教皇廳大部分的紅衣主教，至今還帶著藍寶石戒指。

中午在市場吃了希希烤肉串（把羊肉攪碎後，混上各種調料弄成長長的形狀，插在棍上在炭火燻烤的食物）。

我們在下午三點離開了沙姆沙伊赫旅館，從西奈半島頂端，順著相當於紅海右臂的亞喀巴灣沿岸，向努韋巴駛去。這條歷史悠久的道路，在 1971 年建成後，至今幾乎是閒置狀態，所以非常危險。我們看著車窗外掠過的貝多因人帳篷、駱駝群、羊群，感受著午後的清閒和貝多因人的情趣。

下午 5 點 20 分，我們進入了努韋巴，又去看了一次所羅門跨越紅海紀念柱後，回到了賈瑪律卡姆普。

離開努韋巴

2002. 8. 11 SUN

十二點有艘從努韋巴港往亞喀巴的渡輪，所以我們在早晨七點就向港口出發。為了避免手續繁瑣花費了太多時間而錯過船班，我們提前了五個小時出發。雖是早晨，港口的入口已經因貨物包裹和汽車行列亂成一片，售票口前也因小偷和打架的人亂成一團。都到這種程度了，埃及政府應該出面管管秩序了，那麼手續也會辦得快一些，彼此更加方便。場面如此混亂，實在令人懷疑我們還能否順利通過港口呢？

買票的事交給了妻子來辦，因為女人擁有優先權。汽車花費 152 美元，兒童 20 美元、成人 32 美元，我們用美元買了票。

正在港口入口排隊等待時，幫助過我們的員警發現了我們的車，向我們揮手，我高興地趕過去和他打招呼，他打開了緊閉的鐵大門鎖頭，直接讓我們通過，然後指派他下面的人員幫我們辦手續，從更換車牌號到行李檢查等所有手續都給了我們方便。

原定十二點出發的渡輪，到下午 3 點 10 分才出發，卻連個廣播通知都沒有。先坐上船的乘客，已經筋疲力盡，在蒸籠般的酷熱裡，離港時間延遲了三個多小時，卻沒有一個人發出抱怨或者提出抗議，因為人們把一切都轉為神的旨意（因薩拉）。

普通艙裡連椅子都沒有，有人鋪上席子躺下，有人坐著，所以連落腳之處都沒有。正好經過的船長發現我們，向我們打招呼。他問我們是不是日本人，我告訴他我們是韓國人，在沙烏地阿拉伯工作，他就把我們帶到船室，讓我們住臥鋪間和客廳，我感激得送給了他一盒紅蔘茶。船長說，這艘渡輪裡有二十噸的卡車 28 輛、轎車 124 輛、乘客一千五百多名。

在大海上看到的努韋巴，就像神創造天地時，按已有的計畫建成的要塞一樣，左右包圍的山形成了特殊的地形，使眾多的人口不可能同時隨處移動。那條道路，如同信靠耶和華的人們走過的人生路一樣，不論在什麼狀況下，

都會有想像不到的、神周到而細緻的、早有預備的、仁慈的手保護著你。

看著漸漸遠去的努韋巴，我們回到了約旦的亞喀巴港。

佩特拉的卡茲尼神殿
2002. 8. 12 MON

我把手放在床緣簡短的禱告。

「求神引導我們今天的道路。」

早晨八點半，檢修了汽車後，我們奔向了原以掃的後裔以東族的首都佩特拉，汽車儀錶板顯示我們至今已經奔跑了 2,115 公里的路程。

雖是早晨，中東的太陽以非比尋常的熱氣烤著汽車，在寸草不生的禿山間，來回的道路卻修建得很好。一輛輛大卡車把進入亞喀巴港的工業產品貨櫃運往安曼和敘利亞，我們的車冒險穿梭在這些大車的縫隙之間。

往佩特拉的道路有兩條，一條從安曼南下 230 公里，另外一條從亞喀巴北上。以前從安曼去過一次，這次選擇了從亞喀巴北上的道路，經過沙漠公路（Desert Highway）後，進入了拉絲安那葛布（Ras an negeve），從那裡經過了平原，遇到了國王公路（Kings Highway）。〈民數記〉裡記載，摩西在在以東的邊界加低斯請求以東王，允許他們經過王道，卻遭到拒絕（民數記二十章 17 節）。現在那條道路成了高速公路，我們沿著幾千年卡拉班門經過的道

佩特拉的卡茲尼神殿

路奔向了佩特拉。

國王公路附近有寬闊的乾河道，我們在佩特拉入口的默本比飯店短暫休息後，直接坐上馬車進入佩特拉山谷。

在佩特拉最高的哈倫山（Jabal Harun：此山以色列首任大祭司、摩西的哥哥亞倫命名，阿拉伯譯作哈倫。）海拔 1,500 公尺，絕頂上建有白色的清真寺，裡面有亞倫的墳墓（民數記三十三章 39 節）

貝多因人稱為「希克」（意指：峽谷）的這道峽谷周圍的山，低處有三、四十公尺，高處超過上百公尺，地質為紅色的砂岩。我們坐上搖搖晃晃的馬車，奔跑在長二公里、從峽谷裂開的岩石縫中，天空時隱時現。奇特的是，他們把和峽谷相連的山谷稱作瓦迪穆薩。

我們經過曲曲彎彎的峽谷，來到了納巴泰人華麗的首都卡茲尼神殿前，看著威嚴聳立的神殿，我們讚嘆幾千年前工匠們精湛的手藝，建築樣式好像融合希臘和埃及的風

格。坐在前面馬車而率先到達的日本女孩們，正忙於擺姿勢照相。

這時，一陣淒涼的笛聲傳來。過了一會兒，一位貝多因少年吹著用兩根蘆葦編成的笛子，邁著沉重的步伐走了過來，他後面牽著一頭驢，驢頭和鞍子纏著染上各種顏色的繩線，少年悠揚的笛聲撥動人們的心弦，平穩了浮躁的情緒。

貝多因少年告訴我們，圓頂型的大罐裡有「卡茲尼」（Kajne），這個詞源於貝多因人，是寶物的意思。這座華麗壯觀的建築物主人是來自哪裡，又去向何方？

雖沒有什麼明確的相關資料，一部分學者認為在西元前六至七世紀左右，阿拉伯半島西北部的納巴泰人後裔，趕走了生活在此處的以東族，在此建立國家，他們保護連接非洲、亞洲、示巴王國及大馬士革的卡拉班商路，收取稅金而得享榮華。

西元 106 年，這裡被羅馬圖拉真皇帝佔領後，納巴泰人的榮華消失在歷史背後。從此，這裡變成野獸與老鷹建穴築巢的廢墟。直到 1812 年，瑞士探險家布克哈特（J. L. Burckhardt）裝扮成貝多因人到此進行考察後，才被世人知曉。

新約時代稱此處為「以土買」（Idumae，參馬可福音三章 8 節），就是指以東。根據考古資料，以土買創建於西元前十三世紀，被以掃的後裔稱為西珥山（《CLP 聖經辭典》，基督教文化社，938 頁）。

　　我讓孩子們坐上貝多因人的驢，來到圓形競技場附近看一圈，在回來的路上也看了假的米利巴水井。下午 4 點 50 分出發，下午 6 點 40 分經過約旦國境，現在我們來到了沙烏地阿拉伯邊境移民局。結束了繁瑣的行李檢查後，我在杜拉看汽車儀表板，正顯示 2,458 公里。

🌳 拼圖遊戲

　　下午兩點我們到達巴德，進了一家印度人經營的餐廳，當時正好停電，室內像火爐一般酷熱。餐廳裡如果沒有特設的家庭席，女人就不能進入，但我向他們解釋，我們一家正在長途旅行，飯店主人網開一面，允許我們在此用餐。我們在餐廳的一個角落裡入座，終於吃到幾天來頭一頓米飯，吃得津津有味極了。

　　我問餐廳老闆如何能看到考古區葉忒羅的房子遺址，他說連本地人都很難看到，何況我們是外國人，根本不可能。這樣一來，我問了他社區辦公室在哪兒，他親切地告訴了我。

　　社區辦公室建築上飄揚著沙烏地阿拉伯國旗，進入之後就能看見建築物裡有幾間辦公室。我覺得最靠裡面的，應該是地位最高者的房間，於是敲了那間房門，屋裡的人下巴拖著長長的鬍鬚，看到外國人來訪，表情很吃驚。

　　「您好！」

　　我大方打招呼，向他說明情況，告訴他我非常想看看

葉忒羅的房子遺址。他說社區辦公室沒辦法，可以去伊瑪拉（當地主管王子）辦公室講講情，他告訴我那裡的位置。

到了當地主管王子辦公室入口，看到穿著制服的軍人扛著槍站在那裡。

「阿米爾莫族？」（意指：王子在嗎？）

我這樣問，他立即反問：「你是誰？」

我把隨身攜帶的王子書函拿出來讓他看，並說想見一見此地王子，當他看到書函，態度立刻一百八十度大轉變。

「請您稍等一會兒。」

過了一會兒，帶著貝多因人特有的氣質、身材高大、五十來歲的一名男子，穿著長長的黑色袍子出現，他看了書函後把我請進去。當然我的家人都還在車裡。

他領我走進寬敞的院子，一句話也不說。我們來到一間大辦公室，他一邊開著門，一邊說：「這位是巴德地方副主管。」

坐在寬大桌子前的人，立刻站起來伸出手。

「歡迎您，醫生。」

副主管給人的印象並不壞，我把名片遞給他，和他客氣地說了幾句話。除了副主管，包括帶我進來的那位，共四個人在觀察我的一舉一動。這時我心裡默默向神祈禱：主啊，求祢打動他們一直以來總是想掩藏祕密的心。

巴德葉忒羅的房子，到底只是一個納巴泰人的墳墓，還是葉忒羅的房子遺址？這一直都是考古學家和聖經地理學家爭論的題目，重要的是，他們當中沒有任何一個人來

到現場看過。

可是當地居民貝多因人都異口同聲地稱此處為葉忒羅的房子遺址。葉忒羅的房子遺址用阿拉伯語叫作「貝特肖哈」,《可蘭經》中記錄摩西的丈人名字為肖哈,光看名字就足以成為明確的證據。沙烏地阿拉伯政府明知道有關此處的爭論,但他們卻迴避公開發表觀點。

(今天,我一定要進裡面親眼看一看,然後拍出照片向世界公佈。)

副主管看起來有五十六、七歲左右,他嚴肅地坐著請我喝紅茶,我喝著紅茶,慢慢觀察他的臉,他的臉比一般人顯得更黃一些,並有些浮腫。為了感動他們的心,我決定使用神賜給我的專業。

「我看您好像腎不太好是吧?」

他聽了我的話大吃一驚。我仔細觀察他的臉,根據臉上顯示的現象,做了診斷臟腑功能的視診。

「副主管,您是不是腎虛、小便無力?臉和手腳經常浮腫,後背和兩肋偶爾感覺疼痛,也覺得身體功能衰退,早晨起床後手腳感到發麻?」

副主管眼睛瞪得越來越大,連嘴巴都張開了,他讓屋裡其他人都出去,只有我倆單獨說話:「您怎麼連檢查都沒做,就知道得這麼準確呢?」

他打開抽屜,拿出四個藥瓶放在桌子上,「我正在吃這些藥治療腎病,不久前還住了三天醫院。」

我給副主管提出一些建議:「你最重要的是要注意飲

食。例如要禁止濃咖啡或辛辣食物等刺激性食物，多喝水或吃西瓜對身體比較好。」

「先生，感謝您，您怎麼知道得這麼準確啊？」

「這就是東洋醫學的奧祕。造物主創造人類時，讓他們的身體一旦出現問題就在臉上顯示出來。」

「阿爾漢姆渡里拉！」（意指：這是神的恩寵。）

他把榮耀歸於阿拉神。

「您如果想得到更詳細的診斷就躺下來。」

「當然，這是多麼好的機會啊！」

他叫人把他們敬拜時用的洋毯鋪在地上躺下。我做了把脈（診察脈搏的方法）、診腹（用手按摸腹部診察臟器的方法）、視診、問診（向患者詢問各種情況進行診察的方法）、聞診（聽患者身體反應診察的方法）。他對診斷結果非常好奇，吞了一口口水。

「您有幾位妻子？」

「三個。」

「很累吧？」

「幫幫我吧。」

「您放心。但是……。」

「您儘管說，我都會盡力，不，您要怎樣就怎樣。」

「我什麼都不想要，可是……。」

「需要多少？」

阿拉伯人就是阿拉伯人，任何人都抵不過阿拉伯人的商術，討價還價時很容易達成協議，但真正開始交易就會

發揮你退我進的韌勁。

在沒有汽車的時代，他們騎著駱駝或驢，馱著香料或土特產，長途跋涉幾個月到別的部族出售。到了每年都會去的村莊，生活在那個部族的人嘴裡會說著「歡迎」，與他們熱情相擁，或者貼上臉和鼻尖，或者親吻對方的額頭握手，他們彼此向從來都沒見過面的對方家人問好，長時間殷勤地向對方表達問候，然後主人就會把他們迎進屋裡。

「您在這兒就當是自己家，好好休息。」

然後從第二天起，血腥的討價還價開始了，經過幾個月來到這裡賣東西的商人當然要提高售價，部族人等了一年但想要低價購買這些物品。

阿拉伯人的歷史就是這種經商的歷史，他們的商術沒有其他民族能比得上。

現在，副主管也要開始和我進行討價還價了。

「我一直隨身帶藥品，現在就可以從車裡拿出來。」

「您想要多少？」

「我不要錢，但想拜託一件事。」

「您請講，儘管吩咐。」

我讓他稍等一會兒，跑向車，取出了中國產壯陽藥和一盒人蔘茶。人有食欲、性欲、榮譽欲這三種欲望，這位副主管有三位夫人，不可能不對我的話洗耳恭聽，我向他說明服用方法時，他一邊點頭，一邊詳細記在紙上。現在輪到他來聽我的要求了。

「主管王子現在不在嗎？」

「是，他住在泰布克，偶爾來一下。由我代理行使他的權力。」

我裝作自然地問了一下：「我們剛去看了約旦的佩特拉回來，入口有考古地區禁止出入的地方，那是什麼地方？」

「您是穆斯林嗎？」

「不，是基督徒。」

「那麼，讀過聖經嗎？」

「經常讀。」

他問：「您知道有關摩西先知的情況嗎？」

然後，他對摩西作了長長的介紹，摩西從埃及逃出後，在此處的曠野生活了四十年，圍著鐵柵欄的地方就是他的岳父生活過的房子遺址。他還說，摩西的岳父曾是米甸的祭司。

他的話一結束，我就用反對的口氣說：

「我不知道《可蘭經》是怎麼記載的，但基督徒，不，世人都認為埃及西奈半島的穆薩山是摩西得到十誡的西奈山。」

他大大搖頭。

「絕不是那樣的。以色列百姓安營接受十誡的地方就在這裡。」

我心想，就是這個時候：「我對那座山沒什麼興趣，能看看那個叫摩西還是穆薩的岳父生活過的房子就好了。」

他猶豫了好一會兒說：「如果你不跟任何人說你去過

那裡，就讓你看看。只能看，照相、錄影絕對不行。」

我心裡大大高興，感謝神軟化他的心。

他在公文紙上，用阿拉伯語寫上一些字並簽上名字，遞給我說：「我會給警衛員鑰匙，下午 4 點 30 分您到那拿出這個書函，他會接待您的。」

他這才告訴我他的名字叫阿爾・馬蘇迪，我站起來向他表示感謝並告辭，所有人都跟隨我來到門口送我，並歡迎再次來訪。我拿著在風中飄動的綠色許可函，哼著曲子來到大門，站崗的警衛不知在說著什麼，向我舉手敬禮。

我趕緊將這個令人高興的消息告訴已經在車裡待了很長時間的家人，孩子們興高采烈地喊：「太棒了！太棒了！」

離 4 點 30 分還有一個多小時，我們決定去此地前方的乾河道，沿著這條河道再向北就與瓦迪穆薩接壤，我慢慢往反方向行駛，因為現在是炎熱的晌午，大家都在享受午睡。

往前行駛一會兒，我看到很多倒塌的舊房子，停下車來看，難以斷定年代。歲月悠久的房子遺址分散在各處，也許這是古代城市的遺跡，我從那裡取出一塊磚頭包在塑膠袋裡。周圍有很多枯乾的棕樹立在那兒，山腳下又有一些古代房子遺跡。我們在旁邊農場的棕樹下，鋪上洋毯，做好特工作戰方案。

🌳 乾咳的特工戰略

「好好聽爸爸講話！首先進入葉忒羅的房子遺址，這件事似乎成功了，可是如果沒有證據資料誰會信呢？副主管說絕對禁止照相，所以我們現在要制訂作戰計畫。」

第一個問題是把照相機藏在哪裡帶進去？大家認為女性經常攜帶手提包，放在手提包裡應該不會引起懷疑。把妻子手提包裡所有隨身物品取出後，放入八釐米攝影機和一個小數位相機。

妻子負責照相，警衛由我來負責，孩子在爸爸和媽媽之間，爸爸乾咳一下，就是表示叫媽媽立即停止照相，把相機藏起來。我們甚至還做了演練。

沿著山谷再向下，有好幾處用鐵網圍著，各處都有考古區域警示牌，鐵網裡有像剛剛看到的土房子一樣的房子遺跡，看來這是個擁有幾百戶人家的村莊。兩邊的鐵網之間有一條汽車勉強可以通過的道路，一邊拍攝、一邊開車通過後，一片綠地展現眼前，農場裡種植著綠色蔬菜，很多棗椰樹成排站立，附近有幾戶農家聚在一塊兒。

因為沒有什麼人跡，我把車停在寺院前觀察了一會兒，這時看到有個五、六歲、衣衫襤褸的孩子跑了出來，看到我們後又回去了。

我對孩子們說：「等著瞧，會有好消息的。」

說完話還不到一分鐘，一位身材矮小的老人走了出來。我走過去向他熱情地打招呼說：「薩拉馬拉伊辜姆。」老

人回答我後問：「需要什麼說明嗎？」

「我是王子的主治醫師，正在和家人到處觀光。」

「王子很優秀，我很尊敬他。屋裡雖簡陋，可是有空調，進來喝杯紅茶，休息一會兒再走吧。」

我們跟隨他進去，經過了雖說是大門，可是低著頭才能進去的木門，穿過木門後出現小小的院子，旁邊有個小小的客廳，地上鋪著舊得起灰的地毯，橫七豎八地躺著幾個木枕。

我們圍坐在地上，我把家人一個個介紹給老人。他雖說自己六十三歲，我們看起來覺得他好像有八十多歲了，也許記到六十來歲後就忘記歲月了吧。其實大部分阿拉伯人並不記得自己的年齡。

一、兩個孩子探出腦袋看我們，不一會兒一大堆孩子們湧了進來。老人有三個妻子，十二個兒子，四個女兒，相當於村子的族長。

族長讓孩子們準備紅茶，這時我把一盒人蔘茶、綜合營養品送給他，還把事先準備好的三條項鍊遞給他，這是給他夫人的，他感激得不知所措。

「這座村莊好像歷史很久了，這附近怎麼有這麼多的遺址？您還記得什麼嗎？」

「哎呦，當然歷史久遠了，能有四、五千年呢，有族長葉忒羅的房子，有摩西先知生活過，還有葉忒羅的水井……。」

我大感震驚：「您說是葉忒羅的水井？」

　　「當然，就在這旁邊，這是歷史非常悠久的古代城市，自古就有綠洲，水源豐富。古代摩西先知從埃及逃出來，遇見葉忒羅族長女兒的水井，叫葉忒羅水井，也叫摩西水井。」

　　老人嘴裡講出的話那麼符合聖經又充滿真實感，讓我們都驚呆了。

🌳 葉忒羅水井

　　由此開始，我所有的興趣都集中到葉忒羅水井上。妻子的眼睛也閃著亮光，雖然她沒說話，但我知道她的心情和我是一樣的。

　　（神啊，感謝祢。祢那麼愛我們，讓我們順利遇到需要的人，成就寶貴的事情。上次透過孩子的口中，讓我們得知西奈山的位置；透過釣魚的高中生，讓我們聽到跨越紅海紀念柱的事情；今天透過村裡的老年人，告訴我們另外一個不曾被世界知曉的祕密。主的愛多麼偉大啊！）

　　我在短短的時間裡把榮耀歸於神。

　　「族長，我們可以去看看嗎？聽您說是非常久遠的事情，就很想去看一看。」

　　「那裡被鐵網圍著，是考古區域不能進去，就在鐵網外面看看吧。」

　　待在旁邊的妻子用遺憾的口氣說：「光在鐵網外面能看到什麼呢？」

　　一直在一旁默默伺候的十七、八歲的兒子聽到我們的對話，說：「先生，我給您們帶路，我們知道進去的路。」

　　族長抬頭看他的兒子，族長的兒子說村裡的孩子們把鐵網的一邊給弄破了，以前就進去看過。我們的心已經飛向了摩西的井邊，但忍著繼續喝茶。過一會兒向老人道謝後，隨著他的那個兒子離開，他帶上了兩個弟弟，開著輛舊小貨車在前面給我們帶路，我們緊隨其後。

　　來到村莊後頭，到處圍著鐵網，寫著考古區域的藍色牌子幾乎全都倒在地上。爬上低矮的小坡往鐵網裡面一看，有一些古老的小水井，似乎都乾涸了。再往上前進一會兒，前面的車停了下來。

　　我也跟著從車裡出來，對妻子說：「天氣太熱了，你在車裡拍攝吧。」

　　再往前走了一會兒，老人的兒子看了看周圍說：「警察看到就糟了，趕快行動。」

　　我點頭表示明白，那個孩子邁開快步，把鐵網的下端往上撩起來說：「快點，往下。」

　　我藉著那個孩子撩起的鐵網爬進去，然後我又撩起鐵網讓那些孩子們跟進來，我幾乎是跑著向裡看，岩石下有一處挖得寬寬的古老水井。

　　目測直徑有四公尺，深十公尺左右，但水井已經乾涸。各種髒東西隨風飄來填到井底，水井周邊挖出一圈一圈的臺階螺旋而下，其中一邊，可以看到兩個帶角的裝置物。不知是用什麼裝備挖得這麼深，這是相當大的水井。

葉忒羅的水井

　　「法老聽見這事，就想殺摩西，但摩西躲避法老，逃往米甸地居住。一日，他在井旁坐下。米甸的祭司有七個女兒；她們來打水，打滿了槽，要飲父親的群羊。」（出埃及記二章 15-16 節）。水井上面的一塊磐石肯定是摩西坐過的地方。看了一下四周，村莊在下面，對面是葉忒羅的房子遺址，這與聖經的話太相符了，看到如此事實我不得不張開嘴巴發出讚嘆。

　　正在照相時，村裡的年輕人不知何時過來了，年齡看來比族長的兒子大兩歲左右。他們對我急切地說：「不能照相，被警察發現會關進禁閉室，這可是葉忒羅的水井。」

　　「放心，我是馬吉德王子的主治醫師。」

我這麼說著，快步離開，和跟過來的村裡年輕人一一握了手，向族長的兒子道謝。在水井旁看一下汽車儀表板，然後趕往葉忒羅的房子遺址，從葉忒羅水井到葉忒羅房子入口正好是一公里距離。

🌳 在巴德葉忒羅的房子前

我們比約定的時間稍微晚點到達，考古區域警衛室裡卻沒有任何人，大鐵門被大鎖頭和鍊子緊鎖著。超過約定時間一個小時的 5 點 30 分還不見人出現。太陽快下山了，熱氣卻毫無消減。

在車裡我們再一次複習作戰方案，等待警衛到來。又等了三十分鐘還是沒消息，我用手機給副主管打了電話，他說了解下情況給我回覆。

太陽已經往西漸漸下落，心想丟了此次機會，可能就再也看不到了，在我心情焦慮地走來走去時電話打了過來。

「對不起，我在三十分鐘內拿著鑰匙親自過去，請稍等一會兒。」

「大家過來。聽好，現在開始是實戰。副主管說他要親自拿鑰匙過來給我們介紹，也許這是更好的機會。你再檢查一下手提包，你們不能流露出緊張的神色，要非常泰然自若地行動，神會幫助我們的。聽懂了嗎？」

這時哲雄突然問：「泰然自若是什麼？」

孩子們從小在外國學校聽英語授課，稍難一些的韓語

就聽不懂了。

　　「嗯，是從中文翻譯過來的話，意思是完全鎮定，聽懂了嗎？」

　　妻子一邊檢查放在手提包裡的八釐米錄影機和數位相機，一邊說：「老公，手已經發抖啦。」

　　「別擔心，神與我們同在。要加油啊！」

　　到了 6 點 40 分，副主管的土黃色豐田吉普車才到達。

　　「唉喲，先生，讓您等這麼久，實在抱歉！正好警衛不知去哪，為找鑰匙我來晚了。」

　　他打開鐵門讓我們開車進去。說好開著各自的車停到中間的葉忒羅房子前，然後步行參觀。

摩西的丈人葉忒羅的房子遺址

　　副主管和我一起走著，當然帶著珍貴物品的妻子背著手提包跟隨在我們後面。低矮的坡底下有幾個窯洞。我跟他一起走著，回頭看了落在後頭的家人，妻子眨眼表示會意。

　　葉忒羅的房子是在小山三分之二處的窯洞型房子，在鑿開石山往裡進二、三公尺左右處，附近的岩石自然產生很好的防風作用，正面有各種各樣的紋飾。多處的磨損似乎正在述說歲月的悠久，入口挖成鐘型，成人要彎下腰才能進去。

　　走進裡面有長寬各三、四公尺的起居室，正面靠裡有可以躺臥五名成人的隔間，左邊有比正面稍小的三個空間，牆上有可以放上油燈等物品的壁櫥形的間隔，屋頂和牆壁被燻黑了，不管誰看了都會明白曾有人在此生活過。

　　副主管說：「根據我們的調查，這裡的確曾是族長葉忒羅的房子遺址。」

　　副主管開始走下臺階。我一邊跟隨副主管，向妻子和孩子打手勢暗示他們在房址裡多待一會兒。我跟著副主管往下走，那裡有比葉忒羅的房址小一些的窯洞，大小雖然不一，結構卻相似，到處有很多的塗鴉。

　　也許因為結構相似，副主管很快就要出去。我需要拖延時間，因此馬上指著那些塗鴉問：「這裡寫著什麼呢？」

　　「大部分是圍上鐵網之前，人們亂寫著玩的。」

　　他又面向葉忒羅的房址方向，所以我大大咳嗽一聲，恩知暗中放哨，跟著我也大大地咳嗽了一聲，妻子好像正

在錄影。

我們又經過葉忒羅的房子前面，往右邊拐過去，右面也有窯洞房子，看看周圍，那裡就有二十個左右的窯洞。我們站著的小山對面河道旁邊有綠洲，所以一片綠。那裡可以看見我們在幾個小時前去過的，圍著摩西水井的鐵網。

這個考古區除了我們之外，沒有一點人跡。太陽已經下山了，但天還沒黑，相片應該可以照得出來，但還是有些遺憾。

🌳 活著的木乃伊

我和副主管又往上走了一會兒。那裡也有一些窯洞，窯洞裡已經有些黑了。正要一起往裡進的瞬間，突然從窯洞裡走出一個衣衫襤褸的青年，我們大吃一驚，差點喊出聲來。

他先說：「薩拉馬拉伊辜姆。」和我們打招呼，我們這才知道他不是鬼而是人。副主管這才回過神來，雷鳴般喊道：「你是誰？在這幹什麼？怎麼進來的？誰允許的？」

副主管快速抓緊了他的衣領。這是突發事件，不用問，他肯定是個盜墓賊。很難說將要發生什麼狀況，我想萬一出現情況我要和副主管通力合作。我靠近他，堅定地擋在前面。

（你試著逃跑啊，我穿著便利的褲子和運動鞋，而且為了開車還戴著不帶手指的皮手套。）

出乎意料之外，他非常謙卑地道歉並祈求原諒。副主管搜他的身，要了他的身分證後叫他立即出去。盜墓賊幾次祈求原諒，但副主管吆喝著命令他明天來王子辦公室，把他攆了出去。盜墓賊幾次回頭看著我們，拖著步走下去了。

副主管「呼」一聲嘆出氣來，我的家人們聽到剛才的聲音後，吃驚地趕了過來。

我們又要往窯洞裡進，又一次吃驚地向後退了幾步。窯洞裡還有一個傢伙，如果在埃及可能被認為是木乃伊復活了，在沙特的窯洞裡冒出活人來，不得不讓人驚訝。他藏在窯洞裡，原來想趁我們往別處去的時候逃出來，但事情不像他想像的，他只好自己走出來。副主管抓住他再一次搜身，奪走身分證。他們是生活在附近村莊的人。

天暗下來了。對面的山坡上有形狀稍稍不同的窯洞，有一些已經破損。副主管往窯洞裡看一看說，那裡是墳墓。看了幾處，和剛才看到的房子完全不同，墳墓的入口有擋風用的岩石，裡面只是為了安放棺材深深地挖下去了而已，牆上沒有任何裝飾，也沒有煙燻的痕跡。

四處看看後，我們下來了。副主管說以後保持聯繫，不捨地道別。坐上車以後妻子的手還在發抖。我們的乾咳作戰計畫成功結束了。感謝神，得到這麼珍貴的資料。

有些學者認為巴德的葉忒羅房址是納巴泰人的墓穴，但我們查看的結果，的確是葉忒羅的房址。總結其理由如下：

1. 當地人的傳說很有可信度。

2. 一千四百年前寫的伊斯蘭經典裡有記載。

3. 葉忒羅房址的石頭比納巴泰人墳墓磨損更嚴重。

4. 往裡進的入口和納巴泰人有邊角的墳墓入口完全不同，呈鐘形。

5. 墳墓裡的壁面裝飾證明是人居住的房子。

6. 屋棚有煙燻痕跡。

7. 有起居室。

8. 墳墓裡有為安放棺材深挖下去的坑，納巴泰人的墳墓會挖到二、三公尺深。葉忒羅的房子只有三十公分左右，像是為了阻擋從石頭傳上來的寒氣而鋪上東西用的。

9. 從葉忒羅的房子往對面看下去有一口水井，如〈出埃及記〉二章20節的經文一樣，是葉忒羅可以打發他的女兒到水井請摩西過來的距離。

10. 納巴泰人的墳墓前沒有擋風物。

　　不知何時路燈已經亮了，夜幕降臨，但當地沒有旅館。

　　夜晚 9 點 30 分，我們到達了杜巴港。晚餐吃了海產品做的食品，入住了紅海旅館。我們靜靜地圍坐在一起，讚美神大大的恩典，敬拜祂。哦，主啊！請接受我們的頌讚！

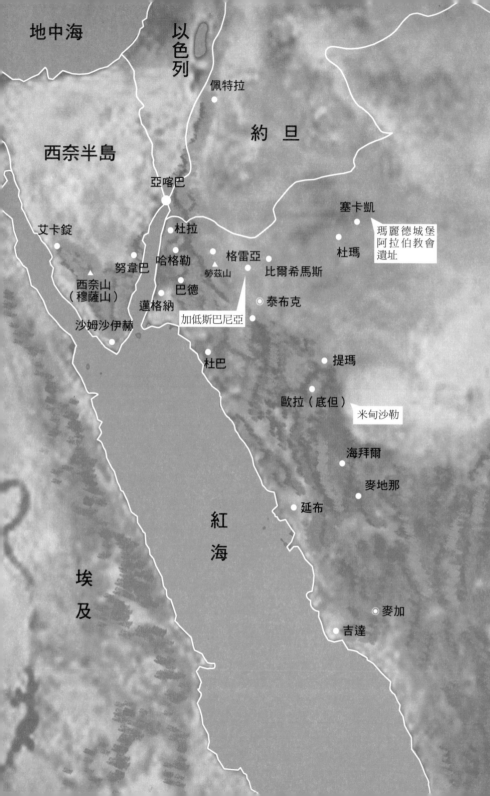

地中海

以色列

西奈半島

約旦

佩特拉

塞卡凱

亞喀巴

杜拉

瑪麗德城堡
阿拉伯教會
遺址

艾卡錠

格雷亞

杜瑪

努韋巴

哈格勒

比爾希馬斯

西奈山
（穆薩山）

勞茲山

巴德

加低斯巴尼亞

泰布克

邁格納

沙姆沙伊赫

杜巴

提瑪

歐拉（底但）

米甸沙勒

海拜爾

麥地那

延布

紅海

埃及

麥加

吉達

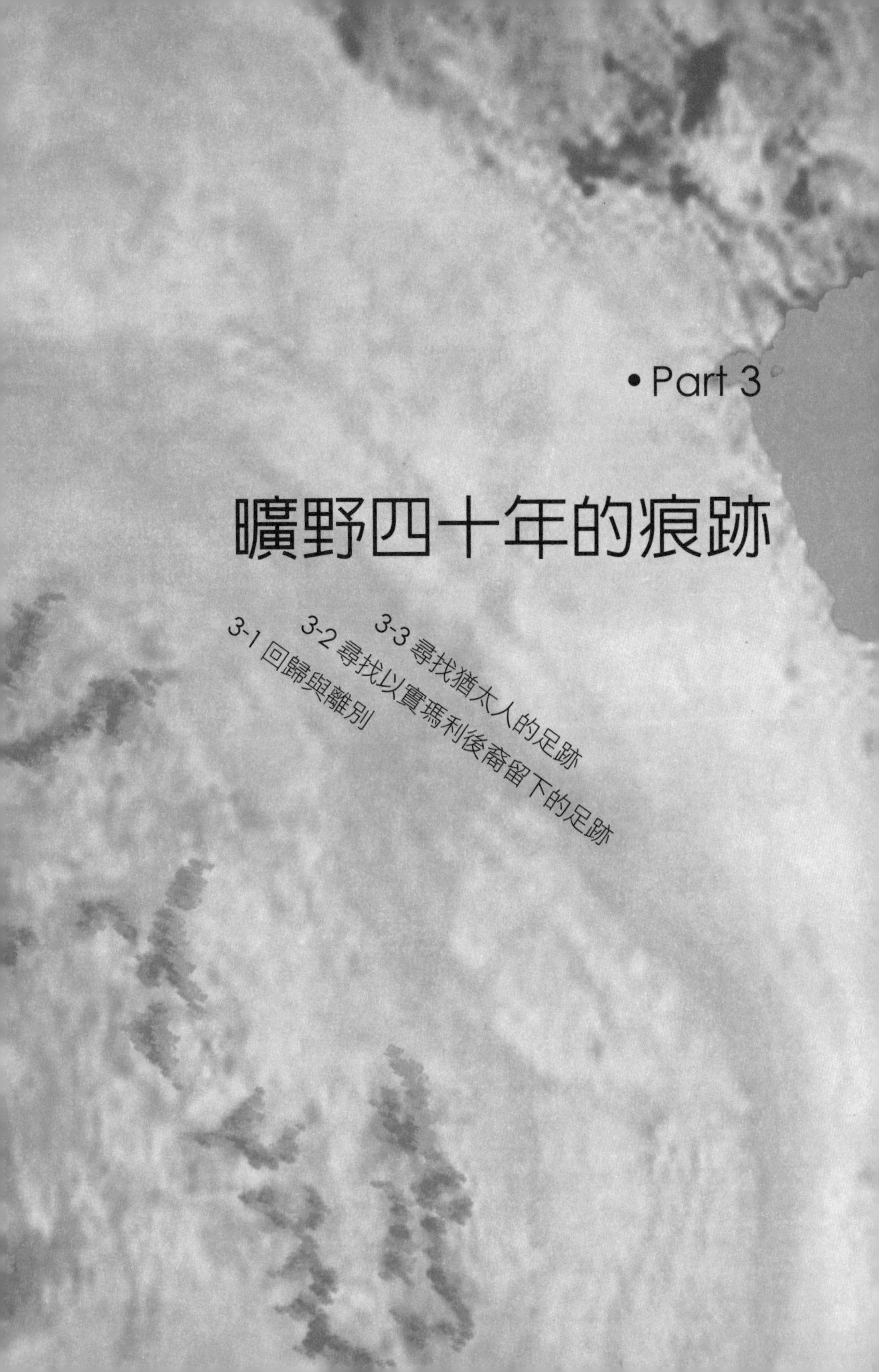

• Part 3

曠野四十年的痕跡

回歸與離別

 ## 王子歸來
2002.9.12 THU

「如果和家人度完了假就馬上回奧地利。」

王子打電話來。

六月一日前，我一直和王子待在法國，之後王子去了奧地利，我為和家人度假去了吉達。他的聲音聽起來很好，感覺健康狀態不錯。我立即飛往王子身邊。

有一天，我和王子滑完雪下山途中，王子突然握住我的手說：「金醫師，我給你買一幢你喜歡的房子，乾脆把家人帶過來，在這定居怎麼樣？」然後，長嘆了一口氣。

我知道王子有很大的壓力，同父異母的兄弟間錯綜複

雜的政治關係時時令他憂愁。王子和我定期一星期洗一次桑拿，祕密談論相關問題。

　　同父異母的兄弟，尤其內務部長奈夫・本・阿卜杜勒・阿濟茲王子與他的矛盾公開化時，麥加區長的左右手拉比亞發生事件成了導火線。絕世美人摩洛哥女子與拉比亞的性醜聞，不只影響拉比亞本人，幾乎震盪了整個麥加區長辦公室。原本公開的祕密頓時傳遍了整個沙烏地阿拉伯，甚至整個中東地區。

　　我現在拿著三次聖山探險收集到的所有資料，經過瑞士蘇黎士到達奧地利。抵達王子別墅後，一邊照顧王子，一邊抽空寫第二次和第三次的探險記。在安靜而美麗的山莊，我寫文章時向神訴說：「主啊，求祢成就祢的旨意。」

　　王子曾在沙烏地阿拉伯王位序列中排前，是全世界十六億伊斯蘭教徒的屬靈領袖，擔任伊斯蘭教發源地聖地麥加的省長二十年。在手術後也許預感自己的不幸，幾次說不想回到沙烏地阿拉伯。

　　「我不喜歡沙烏地阿拉伯，只想在海外生活。」

　　現在這個願望也不允許了。2003年4月，家人勸說他不要再推延，他從奧地利別墅回到了吉達。斜倚在輪椅上的王子無力地進入皇家機場大廳。那是他一年兩、三次，來來回回接受幾百人歡迎和歡送的場所。那一天，看來更加寬大的大廳裡只有一些家人和幾名僕人攙扶著他。遠遠看到的軍人，似乎故意不想看到他疲倦的身影而背過臉去。

　　王子直接住進了斐首國王醫院（King Facial Specialist Hospital）分院。本來這家醫院是同時經營 NCB（National Commercial Bank）銀行的葉門系沙烏地阿拉伯族長塞克・卡利德・本・穆哈夫茲所經營的頂級醫院，但因與 2001 年九一一恐怖事件的核心人物奧薩馬・賓拉登的資金有關聯，被沒入國有。

　　王子入住的分院為國王和副王專用，擁有最高級醫療設備、歐洲和美國的特別醫療組。王子在嚴密控制下入住重症室，接著就開始了腎臟透析，家人探病都受限制。從他的親弟弟——利雅德地區副區長薩達姆・本・阿卜杜勒・阿濟茲・本・阿爾・薩伍德——開始，副王兼總理阿布達拉・本・阿卜杜勒・阿濟茲（現任國王）、副王兼國防部部長蘇爾坦・本・阿卜杜勒・阿濟茲、內務部長奈夫・本・阿卜杜勒・阿濟茲、阿卜杜勒・拉赫曼等，兄弟們陸續來看望他。

　　候客室裡，不能親眼看他的高層人士、各部部長及上流社會人士湧來等候。他們每次看到我都向我問候王子的情況。

　　從那以後的一個星期裡，他的病情越來越重，死亡的陰影向他步步逼近。有時握握他的手，他會努力把眼睛睜開一條縫向我微笑。他的微笑讓我更加心痛。我無論如何也要拯救他的靈魂，就算最後的瞬間，我也想讓他知道耶穌是誰，可是他的家人還有很多人都守在他的身邊，不肯離開。我還沒有向王子傳講耶穌，時間就這麼飛快地逝去

了，我陷入深深的自責中。

王子和我有非比尋常的緣分。我看到了他的內心深處，他時而像朋友，時而像兄長，時而像慈父一樣愛著我。

王子身邊的所有人都是穆斯林，非穆斯林只有我一個。不管是吃飯時間還是茶點時間，只要涉及宗教相關的話題，很多人就會明顯地把我放到檯面上進行攻擊，可是王子一直偏袒我。

王子曾經想讓我改信伊斯蘭教。他把門鎖上，屋裡只有我們兩個人，他向我說：「我想收你為養子，可是你必須成為伊斯蘭教徒。」

我靜靜地拒絕：「尊敬的王子，如果我讓您改信基督教，您會是什麼心情呢？」

他因我的答覆嘆服：「你是真正的基督徒！」

然後，他把一件讓我畢生難忘的珍貴禮物送給了我。那是在一種特殊的絲綢布料上，用一公斤左右的純金絲線繡上精美的圖案，用來遮蓋麥加聖殿的帷帳，也就是有《可蘭經》經文的神殿蓋子。不說它的價格，這對於伊斯蘭教徒的確是件珍貴的物品。有一次我把布拿給一位平民看，他竟然親吻這布又貼在胸前，表現出無比的羨慕。曾有富翁提出高價購買，但我堅決不賣。

王子，信靠耶穌吧！

2003. 4. 11 FRI

　　王子已經連續四天昏迷不醒。王子昏迷後第二天，他的姐姐坐著輪椅來到病床前。王子很早就失去母親，一直把這位唯一的年老姐姐當成母親般對待，不管在國外還是在國內，早晚都要向她問安。他們的感情很深，有時談話中還會流出淚來。

　　她握著弟弟的手搖晃著、呼叫著，可是王子毫無反應。姐姐開始啜泣，眼睛裡淚水不斷，那時我們發現令人驚訝的現象。王子的低血壓、低脈搏、低體溫症狀突然恢復到幾乎正常的程度，周圍的醫務人員也都表示驚奇。雖然在昏迷狀態，但聽到姐姐的聲音後，他作出短暫的反應。

　　在沙烏地阿拉伯星期五是例假日。比起平日，他們更加重視星期五的禮拜。稍過正午時間後，提醒午禮的阿贊聲隱隱傳來。

　　「阿拉～呼阿克～巴爾，阿拉～呼阿～克～巴爾，拉～伊拉伊拉拉。」

　　聽到阿贊聲，在病房裡探病的幾位王子的家人都離開往寺院去了。空蕩蕩的重症室裡只有已昏睡幾日的王子從吸氧器傳來的聲音，醫療裝備上的生命數據資料不停閃動。

　　王子的身旁只有我一人。王子那樣愛護我，我卻不能為他做什麼。不管他信不信，我該做的是向他傳講耶穌基

督。

　　我開始在他的耳邊說：「王子殿下，我是金。」

　　他那比石頭還沉重的身體全無反應。

　　「信靠耶穌吧，沒時間了。就信靠耶穌為您的救主吧！耶穌不是先知，是真理，是永活神的兒子。除了耶穌，沒有任何人能救贖我們，祂會原諒我們所有的罪，祂在死後三日復活。雖然這是最後的時間，只要您信靠祂是神的兒子，祂會救贖您。奉耶穌的名求，阿們。」

　　我不能繼續祈禱，因為這時有人開門進來了。他的大女婿曼秀爾王子（西部地區空軍參謀總長）和隨行人員突然進來。

　　「金醫師，情況怎麼樣？」

　　「王子的臉看起來很安詳。」我無法再說什麼。

王子逝世
2003. 4. 12 SAT

　　大清早，王子的姐姐就斜倚在輪椅，臉全蒙著趕來。被菲律賓僕人攙扶著進入病房，握著王子的手，無聲地流淚。她把手帕塞進面紗裡擦拭流下的淚水。

　　「阿米爾馬吉德……啊，阿米爾馬吉德。啊，哈比比！」（意指：馬吉德王子……啊，馬吉德王子。啊，我的愛！）

　　不管怎麼呼喚，王子鐵塊一般僵硬的身體毫無動靜。

可是奇特的現象又發生了，像上次一樣，血壓和脈搏幾乎達到正常值。王子的姐姐幾次回頭，啜泣著離開王子的身邊。

短暫回到正常的數值又跌落了。一點點下降的數字，把王子身體的重心移向另外一個世界。面對此生的死亡、力量的有無、權力的高低、貧富的差異，都只有同樣的分量。如果神要我們去，就必須得離開。我強忍著心痛，靜靜地離開了病房。我無法眼睜睜看他離開。

經過候客室，走到對面的窗前。窗前的道路上，不知人們為了什麼而忙碌，要去往哪裡，車輛依然穿梭著。明天，這條道路同樣還會這樣繁忙。一個人離開了，另外一個出生，生老病死等待著每一個生命。太多人相信這種生命的結束就是永遠的結束，可是有信仰的人需要做的太多了。

不知誰在背後擁抱了我。是王子的好朋友，同時提供諮詢的義大利人羅納爾多里齊，濃濃的香奈兒香水味並不讓人討厭。

「金，王子怎樣？」

「沒有多少時間了。」

就在這時緊急通知廣播傳來，是到重症加護病房集合的通知。王子殞命了，他沒有留下一句話，斷絕了此生的因緣，走向永遠的不歸路。病房前因他的家人和醫療人員鬧哄哄的，我乾脆來到樓下的大廳。

（從大地邊緣的韓國來到這遙遠的國家，我得到

Prince Majed will be remembered for serving gues

BY SAUDI GAZETTE STAFF

JEDDAH

The late Prince Majed is seen in this file photo with Prince Naif Bin Abdul Aziz, Minister of Interior (Right) Prince Majed with his son Prince Misha'l, Governor of Jeddah.

公佈王子訃聞和對我進行採訪的新聞
（《阿拉伯新聞》2003 年 4 月 12 日），
我與王子快樂的時光。

王子太多的關照與幫助……。）

　　王子的死訊傳得很快，無數悼念王子的人民、各新聞報刊社和電臺人員湧了過來。

　　有人在找我，是《阿拉伯英文公報》的新聞記者。他要求採訪我，問我和王子的關係，並問我有沒有特別想說的話等。我只表達了惜別的感情。

　　我就這樣在大廳裡

徘徊了幾個小時。

「金醫師，請到病房來一下。」

王子的入殮結束，馬上要纏裹他的臉部時，他的家人當中可能有人建議讓我見一下他的最後一面。王子的家人已經聚集在加護病房，我站在他的家人哽咽哭泣的聲音中，感覺自己變得強大了。看著他白紙一樣蒼白的臉，我再一次祈禱：「主啊，請憐憫他的靈魂。」

我們曾在奧地利因斯布魯克滑雪場的白色雪地上滑雪；在邁阿密海邊的快艇上，他像戀人一樣搭著我的肩膀欣賞美麗的景色；在法國比亞利茨海邊脫下鞋拿在手上，我們一起走在海水裡；並肩走在德國慕尼黑購物街上；在瑞士蘇黎士飯店的咖啡廳，面對面坐著喝蔬菜汁；在維也納的大街上，一起坐上馬車在城區裡穿梭；在警衛的護衛下，我們坐著閃亮的豪華巴士，奔馳在法蘭克福和紐約的街道；在法國巴黎艾麗樹宮購物街閒逛後，在一家幽靜的咖啡館喝著咖啡，感受巴黎的風情；在因斯布魯克得到施華洛世奇會長的邀請參觀工廠，我自己猶如王子一般……。

這樣每到一處，王子都給我留下美好的回憶。但王子卻默默無言地奔赴前方遙遠的路。

尋找以實瑪利後裔
留下的足跡

 在他們的城市
2003. 11. 22 SAT

　　王子去世已經七個多月，我依然無法忘記他。在這段時間，我想如果能在沙烏地阿拉伯找到亞伯拉罕肉身的長子以實瑪利的後裔生活過的遺跡，將會成為證明聖經歷史真實性的機會。因此我著手收集相關的資料。

　　聖經上只用很少的篇幅來記錄以實瑪利和他的後裔。「撒拉的使女埃及人夏甲給亞伯拉罕所生的兒子是以實瑪利。以實瑪利兒子們的名字，按著他們的家譜記在下面。以實瑪利的長子是尼拜約，又有基達、亞德別、米比衫、米施瑪、度瑪、瑪撒、哈大、提瑪、伊突、拿非施、基底

瑪。這是以實瑪利眾子的名字,照著他們的村莊、營寨,作了十二族的族長。」(創世記二十五章 12-16 節)這段經文裡記錄以實瑪利有十二個兒子,至今沙烏地阿拉伯北部地方依然像幾千年前一樣,根據他們的名字稱呼地名。(創世記二十五章;約書亞記十五章 52 節;歷代志上一章 29-31 節;以賽亞書二十一章 11 節)。

我根據聖經經文,著手收集以實瑪利兒子中尼拜約、基達、亞德別、米比衫、米施瑪、度瑪、瑪撒、哈大、提瑪等九部族,即九個地方的相關材料。

這時,我從被派往沙烏地阿拉伯國防部工作,隸屬羅爾斯羅伊斯公司的瑞士朋友那裡得到重要資料。

「有叫瓦迪巴嘎爾的地方,因山谷裡無數的岩石上畫有牛圖而得名。據說那是埃及法老王時代的神像公牛阿比斯圖。」

我聽了兩眼發光,那兒肯定有以色列百姓停留過的痕跡。順便可以尋找一下之前我一直準備想要執行的以實瑪利後裔遺跡。我決定在萊麥丹節日探索阿拉伯。

十一月,南部地區的天氣正適合旅行。但北方卻因為氣溫太低必須準備厚重的衣服。

我們經過擁有世界最大煉油廠的延布時,已是午飯時間。但整個城市的餐廳都關門,因為這是齋戒期間。

我們離開延布市區,在一間沒人的庫房吃事先準備好的午餐,然後在下午六點左右,在杜巴港口的韓亞旅館安頓行囊。

瓦迪巴嘎爾（牛谷）

2003. 11. 23 SUN

今天，我們要去看看位於泰布克入口某一處的瓦迪巴嘎爾（牛谷）。如果時間允許，還要經過泰布克城區，探險一下推測為位於巴蘭曠野加低斯巴尼亞的古里亞（Qurrayh）地區。昨天開了將近850公里的車，感覺非常疲倦，但我向賜給我們嶄新一天的神感恩禱告後，握住方向盤。

離開杜巴城區後立即出現陡峭的山路。里程牌表示，從杜巴到泰布克有180公里。

快到了瓦迪巴嘎爾的入口，這時我發現正往舊車上裝羅騰樹的老人。

「您知道瓦迪巴嘎爾嗎？」

「再過一會兒就有警察檢查站，您在那問一下吧。」

就像他所說的，沒過一會兒出現了檢查站。我向警察說明身分，請求幫助。

「我們是從外地來的，不太了解狀況。我跟本部聯繫幫您確認一下。」

他沒檢查我們的車就向本部打電話。可能得到的答覆也不太清楚，他乾脆向每一輛過往車輛詢問瓦迪巴嘎爾在哪，恰好從當地人口中得到答案。

「從這往右面的山谷進去，那兒就是巴迪巴嘎爾。」

我乾脆拜託員警給我們帶路，因為我們多次在人跡稀

少的山谷經歷未曾預想到的危險情況。兩名員警向本部聯繫，報告將為我們引導。警察坐著裝有機關槍的小貨車，每個人腰邊配帶手槍，在前面給我們帶路。

我們在灰塵飛揚的道路上跟隨，妻子問：「你相信他們嗎？他們不時往這裡偷看，眼神有些奇怪。」

經歷過上次的危險後，妻子可能有些害怕了。我雖然耐心安慰，但並不是沒有意識到他們陰險的目光。往前開二十多分鐘後，員警突然停下車。

「現在開始要換四輪驅動。」

但我們的車馬上陷到沙土裡。挖出沙子，搬出沉重的行李，讓家人也下車後，勉強從沙堆裡爬出來。再往前走的念頭消失了。若是跟著帶槍的警察，就算到了那裡，他們是否會允許我們拍照？想到這些還是決定放棄。

與員警分開後，我們進入泰布克城區。向幾個人打聽瓦迪巴嘎爾，大部分都說不知道，只有一位老人告訴我們：「那裡是考古地區，不能進去，政府不允許。」

老人不想多說。聽了他的話，我們的興趣更濃了。我和同行的人商量，他們說要聽從我的想法。我決定拜託貝多因人，再次向瓦迪巴嘎爾出發。

為了尋找嚮導，我們進入貧民村。帳篷前燃著柴火，正在烤麵包的婦女看到有外國人，馬上用面紗遮住臉。過了一會兒，像是剛剛睡醒的一個男人，用充滿狐疑的眼光看著我們打招呼。他說自己的名字叫阿夫阿哈馬德。

「請您接受這件禮物，作為您的辛苦費，我們想看看

瓦迪巴嘎爾，能帶我們去嗎？」

「噢，當然。那裡有畫有牛圖的岩石。還有用石頭築成的祭壇呢。」

他帶他六、七歲左右的兒子，在前面開著自己的小貨車，自豪地說著。我們心裡歡呼著，穿過廢棄建材，跟在他的後面。大約十五分鐘後他突然停下車。

「不能再往前走了。」

「為什麼？」

「那個地方很難開車去，這樣走下去汽車輪子都會陷進去。而且政府禁止出入。」

也許他想要更多的錢，所以跟他幾次討價還價，但最後他還是回去了。

「執事，怎麼辦才好？」

「你說怎麼辦，我們就跟著你。」

從小就在信仰家庭裡長大的執事總是很謙虛。旁邊的妻子這時說：「我們既然都已經來到這兒了，如果現在徒手回去，什麼時候還能來呢？能走到哪兒就算哪兒，免得將來後悔。」

是的，出發！我們再一次避開乾燥的沙地，沿著乾河道往裡前進。看著遠處的石山，我們奔向前方，可是沙子越來越細軟，車身左右晃動，最後陷進沙地裡。踩了幾次油門，車輪卻往沙土裡陷得越來越深，車輪裡傳來濃烈的橡皮燒焦氣味。兩輛吉普車都無法前進，也沒法後退。雖然是冬天，白晝的熱氣卻很囂張，已經喝了幾瓶水，還是

又渴又熱，全身濕透。用帶過來的鐵鏟挖出了沙子，用周圍的石頭和樹枝墊在輪子下面，但車還是一動不動。

步行到河道入口不是那麼容易的，而且也不能把家人放在這樣杳無人煙的地方。時間一點一滴過去，心情越來越焦慮。為了把車輪從沙堆裡拔出來，我們連吃奶的力氣都用盡了，但情況還是沒有改變。

"My God！" 筋疲力盡的我不禁喊了出來。

（對啊，我們怎麼忘記神了。我們要做的事情還有很多，怎麼能這樣耽誤時間？）

我上車叫妻子：「老婆，我們祈禱吧。」

手握方向盤祈禱之後，心情放鬆下來。走出車看了看四周，依然找不到人跡。望著我們來時的路還有想要去的山谷，都是一片荒涼。

（現在該怎麼辦？）

不過五分鐘，河道入口方向揚起了手掌大的灰塵。沙漠旅行中往往會遇到冷熱氣流捲起的旋風，我心想那可能也是旋風，但另一方面卻懷著小小的期待。

這時，先知以利亞在迦密山與亞哈王的 450 名巴力先知對決的故事，像電影畫面一樣出現在我的腦海裡。以利亞屈身在地，將臉伏在兩膝之間祈禱之後，他叫僕人去看遠處的大海。只有人手掌一般大一小片雲飄上來，結果卻降下大雨，向外邦人顯現了神的存在。

是的，也許那手掌大的灰塵會救我們。霎時間，一切就如作夢一般，灰塵越來越大，向我們靠近，那不是旋風。

我簡直懷疑自己的眼睛，那真的是汽車。我高興得大叫：
「哈利路亞！」

但開近我們的車突然來個大迴轉改變了方向。

「喂，朋友！」

我心急地喊，明知他們不可能回頭。但就在那時，那
輛吉普車在前方工地的推土機前停了下來，隨後有個人從
車上下來。我們又一次喊叫，他作出手勢表示明白。吉普
車立即開到我們旁邊。

我們鬆了口氣。車上下來個約莫五十五歲的男子，我
們向他求援。他向站在遠處工地上的人招手，那個人乾脆
開著推土機往我們這裡過來。他好像已經知道我們的車輪
陷進去了。

（神垂聽我們的禱告，在這荒涼的沙漠中，竟然給我
們預備了推土機嗎？）

我對神如此細微的關懷感動得滿心澎湃，說不出任何
話來。我拿出車裡的繩子，將汽車和推土機連起來，推土
機一動，汽車也輕鬆地從沙堆裡出來了。真是感謝神！

🌳 古里亞和巴蘭曠野

我們重新回到瓦迪巴嘎爾入口，把車開向剛才答應給
我們帶路，中途卻折返的阿夫阿哈馬德家。我們重新不斷
求他，他猶豫了好一會兒之後說，如果明天我們過來，他
會準備大車和我們一起走。我們問他肯定不會變卦吧？他

只回答：「如果是神的旨意。」

我們跟他約定明天一定會來，然後經過泰布克城區駛向古里亞。因為在瓦迪巴嘎爾耽誤太多時間，已經到了下午，但我們還是把方向盤轉向約旦國境。

在約旦國境線 20 公里處左轉，再往西走會出現阿伊那（Ayynah），從那裡再沿著曠野路進去，就會出現古里亞。

今天是萊麥丹節日的最後一天，是穆斯林大慶典的日子。各公司給雇傭人員發放獎金。為了慶賀一個月的禁食，全家人穿上新衣，圍坐在一起吃羊肉，尤其羊頭上的腦髓和臉肉、還有眼珠和舌，是給最年長者或貴賓的珍饈。

到了阿伊那見不到人影。太陽已經西斜，我們東張西望時，看見一個年輕人。

「那個，請問要怎麼去古里亞？」

「那是一條土路，而且是曠野，沒法去。」

我們一再懇求，他這才答應帶我們到路口。我們跟隨他進入曠野。在前面帶路的年輕人，約走了十多分鐘後停下來。

「看見那棵樹了吧？往那後面進去就可以了。因為是萊麥丹期間，我一整天都沒喝水。馬上就是薩拉時間，我該回去了。」

送他走後，我們接著往前走。夜幕已經開始垂下，遠處傳來清真寺隱隱的阿贊聲。

再往裡進，荒涼的沙漠當中有一個綠色的小麥農場。灑水器正在噴水，原來這裡是綠洲。我們往四周看的時候，

正好有人路過，我們叫住他。

「請問古里亞在哪？」

「從這還要走幾十公里，現在太黑了沒法去。」

我們只好又回到泰布克。下午 6 點 20 分左右，我們借用了泰布克入口處平房式土耳其餐廳，用帶來的火爐做了大醬 (味噌) 湯，飽餐一頓，並在街上的阿爾阿德旅館解下了行囊。今天行程實在有些遺憾。

 ## 父親不在
2003. 11. 24 MON

依照昨天約好的時間，我們到達位於瓦迪巴嘎爾入口的阿夫阿哈馬德的帳篷。整個村裡看不到什麼人，也許因為昨天是萊麥丹的最後一天，都在睡懶覺呢。在帳篷入口，我們大喊阿夫阿哈馬德，但沒有人應答。過了好一會兒，帳篷門打開，似乎剛剛睡醒的七、八歲小孩揉著眼睛走了出來。

「爸爸不在。」他說。

（啊，阿拉伯人可真是……。昨天我們反覆確定過。他們把約定看得比玩笑還輕。）

我很傷心，急切地問孩子。

「爸爸去哪了？」

「爸爸去城裡了。」

我知道這根本是假話。

「孩子，看著我，爸爸是不是在睡覺？你現在叫他出來。」

天真的孩子回答：「是。」然後就走進帳篷。五分鐘後，阿夫阿哈馬德揉著眼睛從帳篷裡出來了。他不耐煩地說：「朋友，沒借到車，去不了。」

我們氣壞了，但也沒其他辦法。昨天再三確認時，他始終回答的「因薩拉」（意指：如果是神的旨意）已經在潛移默化中訓練了他們的良心，讓他們即便不守約定也不會感覺內疚，沒有歉意。所以與阿拉伯人協議時，心裡往往會憋得幾乎瘋掉。如果討論在什麼時間之前支付契約金，阿拉伯人只用「因薩拉」來回答你。跟他們強調如果不在指定日期前支付契約金，合同將無效，一定要遵守約定，但阿拉伯人仍然除了「因薩拉」沒有其他答覆。因為誰也無法預知未來的事，所以「如果是神的旨意」看來就是正確答覆，但這其實是在阿拉伯迴避責任的假面具。

沒辦法，我們只好決定放棄尋找瓦迪巴嘎爾，再去看看昨天中途放棄的古里亞。

途徑阿伊那，沿著曠野路駛去，看到了看來有幾顆樹齡相當大的深綠色皂莢木。靠近一看，皂莢木周圍有用羅騰樹圍成的圍欄，圍欄裡有幾頭駱駝在樹蔭下乘涼，倒嚼食物。

我們繞到圍欄後面時，有幾個孩子一邊向上梳理著亂蓬蓬的頭髮，一邊跑進帳篷。過一會兒，有個五十七、八歲的男子走出來。我們向他問安，然後問：「古里亞怎麼

走？」

「還要多跑卅五公里沙漠路。但就算到了，也有警察把守，沒法進去。」

「就算那樣也好，可以帶我們到那兒嗎？我們付酬勞。」

他開著破舊的小貨車在前面給我們帶路。

在滿是灰塵的道路上奔跑了四十多分鐘後，連一棵草都看不到的沙漠上出現了稀稀落落的大規模小麥農場。這裡比其他地方看起來低一些，應該是抽地下水種植。再往裡行進十多分鐘，看到了鐵網圍繞的山。他把車停了下來。

「從這開始沒法再進去。沿著前面的鐵網繼續往裡會有入口，入口有警察看守。我要在這裡回去了。」

我給了他酬勞和小禮物，然後沿著看不到盡頭的鐵網奔馳。鐵網裡是廣闊的曠野，到處有石墳。再走二公里左右才看到一扇大鐵門，上著門鎖。我們正在徘徊時，鐵網裡有輛吉普車朝我們開了過來。

告訴家人遮上臉後，我和同行的執事一起走近大鐵門和他打招呼，他也從車裡下來回應我們。我從鐵網縫隙伸出手和他握手，問：「這裡是古里亞對嗎？」

「為什麼來到這麼遠的地方？」

「我們正在旅行。聽說這裡有考古學遺址就找到這裡來了。希望能看一看。」

「這裡沒什麼可看的。這是根據泰布克市長命令，絕對不允許進入的地方。」

　　泰布克市長是副王兼國防部長蘇爾坦‧本‧阿卜杜勒‧阿濟茲的兒子，我曾服侍的王子的姪子。我一邊把汽車註冊證上王子的名字給他看，一邊說：「我曾是他的主治醫師。我給您藥品作為禮物，先把門打開再說話吧。」

　　他馬上改變態度，把大門打開。大門打開後我立刻走進去，雖然他沒請我們進去，但有時需要果斷行動。

　　「我看您肚子凸出來很多，是不是常常感覺腸子裡有很多氣，吃一點東西都感覺腹脹啊？看你年紀輕輕的，身體這麼弱，怎麼讓妻子高興啊？」

　　他有些不好意思。我轉移話題問他：「可是為什麼在這麼大的地方圍上鐵網看守呢？」

　　他沒有回答，反而要我的身分證。

　　「不是穆斯林啊，怎麼和王子在一起？」

　　「都十五年了呢。我三個孩子都在車裡，都是沙烏地阿拉伯製造的。」

　　我們笑了一陣子。讓他稍等一會兒後，我從車裡拿出事先準備好的女式項鍊兩條和中國的壯陽藥，放在他的手裡。我向他介紹服用方法，他高興得合不攏嘴。

　　「這是由泰布克市長命令禁止出入的地方。如果您保證不向別人講曾經進來過，也可以讓您看一看。」

　　他說自己名叫侯賽因，主動提出要在前面給我們帶路。但我想，如果跟著他就照不了相，便以家人為藉口說：「因為有家裡人，我們自己看一會兒更好一些。」

　　成功甩掉他後，我們感謝神軟化了他的心，進入廣闊

的曠野。

從入口往右有二十多層樓高的石山，呈長方形狀聳立。據肉眼估算，一面的長度大約一公里，另一面約三、四百公尺左右。似乎屹立了幾千年歲月的石牆，雖有部分倒塌，卻像防護牆一樣長長地圍住了整座山。

1968 年，倫敦大學挖掘隊曾考察過該地區部分地方。他們單單依據那裡的幾幢房居形態，與以色列南部銅礦地區提姆納的遺址相比較，判斷古里亞為西元前十三世紀左右的遺址。因為僅僅根據曠野石山上的防護牆和幾幢土牆是得不出什麼結論的。

沿著山腳再走七、八十公尺，左邊有幾幢毀損頗多的住房。在那裡找不到房址，因為以色列百姓像遊牧民族一樣，過的是帳篷生活。

過一會兒，繞過有屋的小山，我們停下車往周圍看了一下。已經看不見警衛侯賽因了。我拍攝幾張照片，孩子們撿來一些破碎的陶器。因為恰好剛剛下過雨，陶器的紋理更加鮮明，與其他陶器不同，紋理更加奇特而粗糙。

轉過山腳，看到小山上面有與其他房屋形態不同的倒塌房子。我們在小山上面停下車，觀察周圍。入口處可見侯賽因的車正在等著我們。

🌳 曠野裡的墳墓

聖經考古學家主張，西奈半島下方三分之二處的中央地帶為巴蘭曠野，從那往上 45 度的東北方向地方為加低斯巴尼亞。但聽他們的主張時需要注意的是，他們是根據把西奈半島的穆薩山假定為西奈山的前提下，把所有地名給套上去的。

聖經考古學家協成大學金成教授，在猶太主義概述中寫道：「加低斯巴尼亞是位於西奈半島東北地區、貝多因人的中心地帶，酷賽馬東南方向 4 公里處的古代遺址。遺址上游一公里處，有加低斯巴尼亞的水源酷待拉特泉。在 1956 年和 1976 至 1982 年間，他們透過有組織的挖掘，確認此要塞是所羅門在西元前十世紀，為守衛以色列王國南方邊界而建立的。此要塞於西元前八世紀由歐希亞重建，西元前七世紀再由約西亞重建，由此可以推測加低斯巴尼亞的重要性。因此，加低斯巴尼亞無法與《聖經》上的出埃及聯繫起來。」

如果位於沙烏地阿拉伯漢志地區米甸曠野的勞茲山是真正的西奈山，就需要畫出全新的地圖了。「神保佑童子，他就漸長，住在曠野，成了弓箭手。他住在巴蘭的曠野；他母親從埃及地給他娶了一個妻子。」（創世記二十一章 20-21 節）「以實瑪利享壽一百三十七歲，氣絕而死，歸到他列祖（原文作本民）那裡。他子孫的住處在他眾弟兄東邊，從哈腓拉直到埃及前的蘇珥，正在亞述的道上。」（創

世記二十五章 17-18 節）。

　　這裡的童子就是以實瑪利。以實瑪利是阿拉伯人的祖先，他不是埃及人。更加分明的是：「他母親從埃及地給他娶了一個妻子。」這句經文表示，在摩西時代，埃及和阿拉伯的界線就已經明顯地區分開來。從經文我們可以了解到，哈腓拉是阿拉伯的土地，蘇珥位於埃及前。不要忘記埃及與阿拉伯的國界，以旬迦別（即亞喀巴）是分開阿拉伯和埃及的界線。

　　所羅門王晚年沉迷於外邦女子，犯下默許她們建築別神邱壇的罪。神曾兩次警告他，他卻不悔改。神為給他的後代以色列樹敵，預備了以東人哈達。哈達在他的父親死於大衛軍隊元帥約押刀下以後，帶著父親的兩個心腹屬下逃到米甸曠野，再從那裡經過巴蘭曠野來到埃及王宮躲藏起來。根據哈達的逃跑途徑，可以清楚地了解巴蘭曠野的位置。「他們從米甸起行，到了巴蘭；從巴蘭帶著幾個人來到埃及見埃及王法老；法老為他派定糧食，又給他房屋田地。」（列王紀上十一章 18 節）如此看來，巴蘭曠野是位於阿拉伯境內。

　　我們調轉方向，來到侯賽因等著我們的正門與他再度見面。我們向他表示感謝，希望和他合照，他說照相是不允許的，但是機靈的妻子已經按下了數位相機的快門。再一次向他道謝後，我們離開了。

　　在鐵網結束的地方右轉，出現了廣闊的曠野。隨著曠野路再開了會兒車後，我們停下來。有條溪谷擋在前面，

曠野當中的墳墓——到底該怎麼解釋這幾千、幾萬……不，也許遠超過這些數目的古代墳墓？

河寬約十五公尺，周邊的岩石和河底有河水流淌過的清晰痕跡。略翻弄周邊的磐石，發現了很多乾枯的貝殼和各種水螺，還發現了研磨貝殼做成的裝飾品。那麼在遙遠的過去，這裡曾有水流淌，人們曾聚居生活在水的周邊。附近雖然有少許居住的痕跡，但都是空蕩蕩的。

我再往遠一點深入，觀察周圍，這時執事喊我：

「這裡有點奇怪。」

執事正在用腳踩著地面，感到地下是空的。我們用鐵鍬挖看看，竟是墳墓。這下才知道，周圍是一片墳墓。

剛開始，我們以為這只是沙漠中經常見到的沙灘。但

挖出一些沙子後，挖到堅硬的長方形東西。可以判斷那是把屍體安放後，用沙子填埋在上面，再用幾塊扁扁的石頭蓋上去的。看來已經有幾個墳墓被盜墓賊挖掘過。我們到處查看時，撿到了一件用石頭做的裝飾品。

這裡沒有幾個房屋遺跡，而且周邊看不到任何人影。那麼在這片廣闊的曠野當中，怎麼會有這幾千座的墳墓呢？就算是阿伊那人們的，現在也只不過是二十多戶的小小村莊，是無論何處都找不到一點古代痕跡的偏僻鄉村。那麼從那兒遠離卅五公里的沙漠當中，幾千、幾萬……不，也許遠超過這些數目的這些古代墳墓到底該怎麼解釋呢？

我的頭腦飛速旋轉。突然，我拍了一下膝蓋，突然有所頓悟。

（這些肯定是無法進入迦南地的，以色列第一代人的墳墓！）

加低斯巴尼亞是什麼樣的地方啊？那是超過二百萬的以色列百姓，過了約三十八年六個月（民數記三十三章19-37節）帳篷生活的地方。而且那不是因為不能完全信靠神，無法進入迦南的以色列第一代人葬身之處嗎？我確確實實感覺到，古里亞就是聖經裡的加低斯巴尼亞這件事實。

現在恰好是萊麥丹節日剛剛結束的第二天，看不到牧民。我們查看著周圍，忘記了時間，想要回頭時，竟分不清東西南北了。來時是靠牧民的嚮導進來的，現在完全迷失了方向。

我們徘徊在加低斯巴尼亞，然後見到更多墳墓。我向

神詢問：「神啊，為什麼？為什麼總是讓我們看這沙漠當中的墳墓呢？」

我們在沙漠中徘徊兩個多小時後，才得到麥田農場一位農夫的幫助，勉強找到歸路。然後我們明白了為什麼神讓我們迷路。神帶領我們來到那裡，是為了讓我們清清楚楚地看到，以色列百姓死亡的加低斯巴尼亞。

萊恩・伍德（Leon J.Wood）博士寫的《以色列歷史》裡，作了這樣的統計：如果 14,508 日（卅八年六個月）裡死亡了120萬人（男女各60萬人），一天等於有85人死亡。

以色列百姓不停地死亡。在他備拉（民數記十一章 3 節）和基博羅哈他瓦（貪欲之人的墳墓），人們因抱怨沒有肉吃而遭災死亡（民數記十一章 33-34 節），可拉、大坍、亞比蘭和安合起來對抗摩西和亞倫時，大地開口吞下全黨，又有火燒滅 250 名首領（民數記十六章 35 節），因可拉黨叛逆，瘟疫蔓延，共死亡 14,700 人（民數記十六章 49 節）。他們的墳墓在哪裡呢？也許今天我們就有看到他們的墳墓。

已經是下午 3 點 25 分，午飯時間早就過了。阿伊那村莊太小，連個簡單的餐館都沒有，只好用備用的巧克力派和巧克力充飢，然後經過泰布克城區，再往阿拉伯半島東北部的度瑪（Dumah）出發。

🌳 度瑪和塞卡凱

度瑪在行政區劃分屬於焦夫區，現在名為度瑪阿贊達（Dawmat al Jandal）。亞伯拉罕和妾夏甲生下以實瑪利，以實瑪利十二個兒子中第六子名字叫度瑪（創世記二十五章 14 節）。當地從古代就水源豐富，成為卡拉班主要的交通要道。葉門、埃及、敘利亞、約旦、美索布達米亞（現今伊拉克）等地生產的香料、調味料、金子等礦物，及其他各地特產都集中到此地交易，使居民變得富裕起來。（參：*Historical Dictionary of Saudi Arabia*）。從西元前 854 年亞述人的記載可以發現，度瑪是阿拉伯王國的首都。

從阿伊那來到與約旦國境線相鄰的比爾伊文西馬斯（Bir Ibn Hirmas），再往南直線奔跑 57 公里。現在開始是從未造訪過的路，即使認真查看地圖後，還是會擔心能否通過複雜的城區道路，尋找到我們的目的地。但我們相信神一直都在幫助我們，還有什麼可擔憂的呢？

快要到達泰布克的出入口時，有兩輛汽車閃燈停在路邊。我減慢速度靠過去，心想是不是發生車通事故。還好，有幾個年輕人坐在車裡。我跟他們打招呼後，問：「你們知道去度瑪的路嗎？」

「我們也往那個方向走，跟我們來吧。」

得到他們的幫助，我們可以毫無困難地去度瑪了。顯然這也是神所預備的。

下午 5 點 34 分，天空突然烏雲密佈，過一會兒驟雨滂

沱而下，能見度很低。從泰布克城區到我們的目的地度瑪還有 450 公里，看不清前路，但附近沒有飯店，氣溫急速降到 13˚C，沒辦法只好繼續往前開。車行一個小時左右後，我們在路邊的加油站停下車，煮了拉麵加涼飯充當晚餐。

附近要是有旅館多好啊，我們沒其他辦法，只能再開車前往度瑪。夜路加上下雨的確很危險，但相信神在掌管我們的探險，我們決定鼓起勇氣來。

（途中遇到連夢裡都未曾想到過的情況，可見這是神帶領的旅程。把我們特意呼召到這片土地的神，揀選我來到王子宮中工作的神，等待我十幾年直到我的阿拉伯語流利的神，時候到了。我單單仰賴祢，把我引向這趟旅途的神！）

我用力握緊方向盤，唱著讚美歌，奔馳在雨夜的道路上。大型車輛幾次把泥水濺向我的車，幾次偏離道路，但我們還是安全到達目的地。

看到輝煌絢麗的度瑪夜景，行駛在雨夜道路的艱困情景頓時忘得精光。

夜晚 9 點 45 分我們進入城市，開始找旅館。這裡是古代遺址卻沒有旅館，真是叫人難以理解。沙烏地阿拉伯就是這樣的國家，旅館營業許可不易取得，就算取得許可也很難做生意。沒有夫妻證明書的異性不許進出旅館；如果不是夫妻或親戚，異性根本不允許走在一起。

這是我從生活在利雅德的韓國僑民那裡聽到的故事。有個離家獨自生活的人，邀請了平時對他非常照顧的一對

夫妻到餐廳吃飯。席間宗教警察突然闖進來，要他們出示
身分證。有夫妻證明書的那對夫妻被允許留在那裡吃飯，
邀請人卻被當場轟了出去，結果那天的餐費由那對夫妻自
行支付。這件事情後來經常被人們提及。連餐廳都這樣，
飯店就更不用說了。

　　我向當地人打聽得知，再走四十五公里就是塞卡凱，
那裡有旅館。離開度瑪後雨勢更大。現在用傾盆大雨來描
述更加貼切。

　　道路已經有好幾個地方被雨水毀損。深坑灌滿雨水，
差點釀成大型交通事故。但神引我們走安全的道路，讓我
們平安到達。

　　勉強來到塞卡凱，整個地方讓人聯想起大海。沙烏地
阿拉伯是沙漠國家，全國幾乎沒有排水設施。像現在這樣
的大雨，人們才深刻感受到排水設施的重要性。但這是隔
幾年才會經歷的大雨，過幾天就被遺忘了。

　　夜晚十二點我們才找到阿爾瑪麗德飯店。

 2003. 11. 25 TUE

　　上午9點25分，昨夜雖經歷艱難旅途，但神與我們同
在，讓我們在塞卡凱度過平安的夜晚。

　　陣陣甩過來的雨滴，並不受我們旅人歡迎。節日氛圍
無比濃烈，因為正逢萊麥丹節日長假第二天。隔幾年才下
一次的雨把整座城市變成了大海。人們拜訪親友的情形如

同我國的中秋節一樣。

檢修好汽車以後繞出轉盤車道。我擔心著如何尋找遺址，今天還會遇到能把我們帶到考古地區的人嗎？

恰好此時，停在道路右面的一輛黑色吉普車裡走下一家人。我向他們打招呼，他們也熱情回應。我介紹了我們的身分和情況，請他們幫忙。

「我是這個地方的祕密警察迪雅布 • 特琦，執行在考古地區盜墓人或攝影者的搜捕任務。」

他欣然答應給我們作嚮導，我不知多麼感激。我切身感覺這看似偶然的相遇其實並不偶然。就像平時一樣，神把他預備好的人送給我們。我的心除了感激還是感激。警察從小店裡買來水、飲料及簡單的零食後，立即開始給我們帶路。

塞卡凱一帶與內夫得沙漠相連，考古學家相傳，那裡是以實瑪利的次子基達生活過的地方。基達代表阿拉伯民族當中的遊牧民族，是擅長射箭的住棚民族，聖經裡曾多處談及。（創世記二十五 13 節；歷代志上一章 29 節；詩篇一百二十篇 5 節；雅歌一章 5 節；以賽亞書二十一章 16-17 節，四十二章 11 節，六十章 7 節；耶利米書二章 10 節，四十九章 28 節；以西結書二十七章 21 節）

這個民族似乎已經被歷史拋棄了，但神透過先知預言，有一天祂會重尋這個民族：「基達的羊群，都必聚集到你這裡，尼拜約的公羊要供你使用，在我壇上必蒙悅納；我必榮耀我榮耀的殿。」（以賽亞書六十章 7 節）

阿里紮──從遠處看就像是幾個男子，這兒一撮、那兒一撮
地站在一起，更因為看起來像男子的陽器，所以這樣稱呼。

　　離開城區向北行進約二十分鐘，爬向右邊的小山。因
為昨天的大雨，道路非常泥濘，但沿著路再往上一點就出
現了掛著警告牌的鐵柵欄。鐵柵欄裡有我們在出發之前準
備的資料裡曾看到的奇特石柱，聚在各處。這種石柱被稱
為「阿里紮」（Al Razajil），因為從遠處看，就像是幾個
男子這兒一撮、那兒一撮地站在一起，更因為看起來像男
子的陽器，所以這樣稱呼。石柱少則一株，多則五株聚一
起，分散站立在廣闊地帶，高度看來二至四公尺。

　　考古學家說，這些石柱是在西元前 4000 ～ 2000 年建
立的，猜測是向神獻祭時的祭壇，把水果、蔬菜等農產品

作為祭物，有時也把活生生的家畜或幼兒獻上去。生活在
這裡的部族因為引起神的憤怒，被全數消滅。

鐵柵欄附近有不知名的墳墓散在各處。給我們作嚮導
的迪雅布得知我的身分後說：「隨便照相考察吧。」

但不能輕易相信他們的話。他帶我們到自己農場附近
的另外一個考古地。那裡有刻著我們至今從未看過之樣式
的圖和古代文字的石祭壇，附近還有一些墳墓。這樣的古
代遺址沒有任何保護措施，也沒人理會。

「迪雅布，這些小石墓的用途是什麼？」

「我看這些看了幾十年，但實在不了解。政府方面也
沒有任何調查研究或防護措施。」

也許不光是因為節日，遼
闊的曠野沒有任何人影。這
裡一些、那裡一些分
散在曠野當中的墳
墓，總是在誘惑
著我。我和同
來的執事說
挖看看，

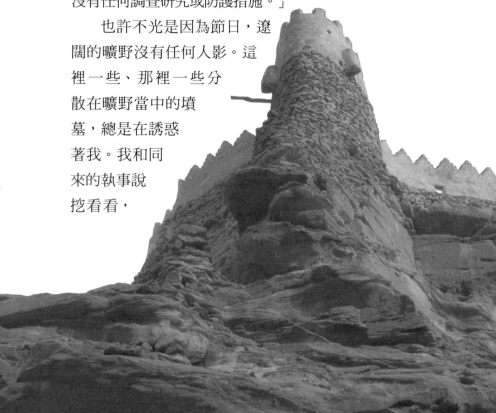

他慌忙反對；於是我跟迪雅布說，他讓我挖挖看。

去除幾塊石頭，用鐵鍬挖出土後，出現了用幾塊修整過的石頭做成的石棺。大小約 1×1.2 公尺左右，沒有蓋子。石棺四面刻有一些文字，不是阿拉伯文、亞蘭文或者塔姆迪克文（Thamudic：在曠野中使用過一段後，消失的古語。塔姆迪克被使用的時代與出埃及時代相同），而是迄今從未看過的文字。

石棺裡的土挖出來後，看到有一層石灰和瀝青鋪在上面，下面的白骨已經成了粉狀，只剩下一些小塊，沒有陪葬品。我們又挖了幾個看來像墳墓的，每具石棺上只有刻著可能是故人名字的奇特古文。

下午 2 點 30 分，迪雅布親切地送我們到最開始見面的塞卡凱，然後又把我們帶到離城區很近的小山。如刀削般陡峭的山峰上，瑪麗德城堡（Marid Castle）顯示它的威嚴。幾位歐洲人聚精會神地在城堡前拍照。這座古城堡建在四、五層樓高的砂岩岩盤上，由泥土和草混合的泥磚和石頭建成，據說建於三世紀。

我們把準備好的小禮物送給迪雅布並表示感謝。他像老朋友一樣擁抱我，貼著臉道別。

🌳 阿拉伯教會遺址

在回來的路上，我們去了位於此地中心的奧瑪爾寺院（Omar Mosque）。

瑪麗德城堡──建於三世紀的這座古城堡，建在四、五層樓高的砂岩岩盤上，由泥土和草料混合的泥磚和石頭建成。

沙烏地阿拉伯最後一座教堂遺址

之前我從一些政府官員那兒，聽到了有關發生在沙烏地阿拉伯的「瓦哈比斯」（Wahhabis）運動情況。這是嚴守《可蘭經》的穆斯林所發起的復興運動，1943 年 5 月 31 日發行的《生活》雜誌可證明此事。封面刊登了沙烏地阿拉伯初期國王阿卜杜勒・本・阿爾・薩烏德（Abdulaziz Bin Al Saud）的照片，並刊載專文。

其中還刊登位於吉達地區、因瓦哈比斯運動被水葬於紅海之基督徒們的公共墓地。從那之後，基督徒和教會消失了。但那位官員說，只有一個地方還留有教會的遺跡。我回憶著那位官員給我看的照片，尋找奧瑪爾寺院。

奧瑪爾寺院的建築是由泥土、草料和碎石調混而建

的。左邊有形似望樓、氣勢沖天的另外一座城寨。我們先
進入奧瑪爾寺院。根據沙烏地阿拉伯文獻記載，這是中
東歷史最悠久的寺院，由伊斯蘭教創始者的繼承人卡利
夫・奧瑪爾・本・阿爾・卡塔布（Caliph Omar Bin Al
Khattab）重建。我們所關心的是，可能在沙烏地阿拉伯某
一處留有遺跡的最後一座教堂建築。

　　奧瑪爾寺院雖經歷了悠長的歲月，卻依然保存著九成
的原始原樣。寺院內部污穢不堪，沒有房頂，形態特異。
在裡面的通道稍過一會兒，看到寺院下面有很大面積的椰
棗園。寺院牆壁下方有像同一時代的舊村落和向上高聳的
尖塔及破碎的建築。突然，一陣心酸湧上心頭。我發現了
過去那個政府官員給我看過的教堂遺址。

　　這片土地已經完全伊斯蘭化。這是離祭司國度最近的
國家；有聖經提及的古代近東考古學遺跡；居民擁有神的
聖山卻沒有尋找神；還有很多亞伯拉罕肉身的子孫（以實
瑪利的十二個兒子）居住在此，卻都沒有靈魂。我的心充
滿遺憾。有眼卻看不到，有耳卻聽不到的可憐民族，正在
統管這片土地。

　　也許卡利夫是故意要壓制教會，在教會的遺址旁建立
了規模大幾十倍的奧瑪爾寺院。經過了一千幾百年的現
今，看著淒涼的寺院，我懷著懇切的心情禱告，求神的聲
音如雷鳴般傳播出去，基達民族也能向神奉獻自己。

　　下午五點，我們向提瑪出發，中途留宿一夜，第二天
到達。遇到一位熱情的警察要給我們領路，但博物館的門

關著，不能聽到介紹。心中牢記著下次探險時一定要來提瑪，然後經由麥地那回到家。3,496 公里的旅行到此結束。晚上 9 點 22 分，我向神獻上感恩的禱告。

尋找猶太人的足跡

在提瑪博物館
2004. 2. 2-4 MON~WED

　　我迎來短暫的休假。這次決定只有我們一家去探險。集中考察北部阿拉伯提瑪地區，如果有時間就考察海拜爾地區。這算是第五次探險。

　　從吉達出發，經過麥地那和海拜爾，我們奔馳 828 公里，到達提瑪的馬德哈爾飯店。

　　第二天清早，我們在此地轉了一圈。過去幾次路過提瑪，但沒遇到可以給我們作嚮導的合適人選。我懷著一顆祈禱的心，在街區裡徘徊，盼望能夠遇到有知識或者與考古學有關的人。這時路邊的幾個造型物吸引了我們的目光，

那是提瑪博物館的指標。

提瑪博物館雖然小卻頗感親切。擺放整齊的玻璃展示櫃中，放著幾個陶片和陶偶，而且還有述說著悠久歷史的農作器具，卻看不到什麼人來參觀。

「過來呀，過來呀，這兒沒人嗎？」

我用韓語大聲叫喊。看到我的突發舉動，妻子和大孩子們緊張起來，老么卻拽著我的胳膊咯咯笑。我們故意違反沙烏地阿拉伯的法律，連續幾年尋找他們禁止出入的考古地區，孩子們跟著每到一處都察言觀色，情緒緊張。看著他們心感愧疚的我，故意想讓他們笑一笑。

聽到我們的聲音，一位老人和一位大約十五、六歲的青年從通道另一頭出現。

「願神賜福您。我們是過路人，博物館開著門就進來了，想看一看。」

「阿赫蘭瓦阿赫蘭。」（意指：歡迎。）老人舉起雙手，高興地表示歡迎。

他用手勢示意讓我們坐下。年輕人可能因為有我們的女兒們在場，臉都紅了。老人讓我拿出身分證，在黑色的本子上用阿拉伯語作記錄，寫到一半說：「您和王族在一起啊！」然後拿著我的身分證，急忙站起來進入起初出來時的通道。過了好一會兒他才再次出現。

「館長正在裡面，請到辦公室。」我們跟著老人走向館長辦公室。

寬敞的屋子裡，有一位中年男人笑著迎接我們。

　　我向他自我介紹，然後介紹我的家人。他也作了自我介紹。

　　「我是考古學家兼博物館館長，兼任利雅德國家博物館的理事，還到大學講課，有幾本著作。這個年輕人是我的兒子。」

　　他把親筆簽名的一本書作為禮物送給我。那麼，有關這個地區誰能比他講得更好呢。果然，神就是我們的神，祂早有預備。

　　我把人蔘茶作為禮物送給館長。這份禮物太適合他了。

　　「從人蔘茶包裝盒可以看到，人蔘的『人』就是人類的意思，人蔘根部長得就像女性的胴體，吃了這個對男性不知有多麼好呢。」

　　我用阿拉伯語流利地向他解釋。他幾次打開又闔上人蔘茶盒。

　　「中午一起在我們家吃飯吧。上午看看城市周邊的考古地區，下午讓您看曠野裡的岩刻畫。」

　　絕好的機會來了。他也向我們介紹博物館，起初不讓我們拍照，後來也允許了。

　　提瑪是古代城市，被稱作「Taima」、「Tema」或「Teima」。巴比倫最後一位國王那波尼德（Nabonidus，西元前 553 ～ 543 年）登基後第三年，開始讓他的兒子伯沙撒攝政。有幾部遺留下來的文獻和遺物記載，他為了供奉稱作「辛」（Sin）的新月神，在這裡生活了十年。歷史學家說，巴比倫最後一位國王是那波尼德，而聖經記載為

推測是那波尼德王供奉月神
時放在祭壇上的。

伯沙撒，據此反駁聖經。

1924年，西德尼・史密斯解讀出在英國大英博物館裡發現的黏土文獻，著有《有關那波尼德的故事》。書中記載，那波尼德在即位後第三年，把王權轉交給長子伯沙撒，自己來到提瑪供奉月神。表明波斯攻陷巴比倫時是伯沙撒坐擁王位。這也再一次證明了聖經記載多麼準確。

提瑪是以實瑪利第九個兒子的名字，出現在聖經舊約中（約伯記六章19節、以賽亞書二十一章13-14節、耶利米書二十五章23節）。「論亞拉伯的默示：底但結伴的客旅阿，你們必在亞拉伯的樹林中住宿。提瑪地的居民拿水來，送給口渴的，拿餅來迎接逃避的。」（以賽亞書二十一章13-14節）從經文可以了解，提瑪與其他地方交界，尤其和底但很接近。

博物館中心展示著奇特的正方體石頭。據說原件展示在利雅德國家博物館裡，館藏是按照原件仿製的，稱為「卡薩爾阿哈姆拉正方體」（Qasr-Al Hmra Cube）。這塊石頭據說是西元前六世紀左右，那波尼德為了供奉新月神，在阿拉伯北部提瑪隱居生活時用的。正方體石頭的用途還不

清楚，但推測是那波尼德王供奉月神時放在祭壇上的。

　　自然石塊上雕刻出的圖是月神（公牛）和海神（雙翅鷹太陽圓盤）、金星或者伊斯特（星星），另一面畫著穿著古代巴比倫服裝的祭司和香料，還有公牛頭上的圓盤。這塊石頭可以和在法國羅浮宮博物館展示的著名提瑪石頭媲美，其考古價值非常高。提瑪石頭是 1988 年在深約 65公尺，直徑 18 公尺的埃因哈傑（Ain Haddaji：那波尼德水井）發現的。這塊石頭上有很多亞蘭文，對研究當時的宗教貢獻很大。

　　博物館長像最親密的朋友一樣，拉著我的手熱心地講解。他帶我們到老城區，對那波尼德水井作了詳盡的介紹。水井裡的水現在也被水泵引上來使用於農耕。

　　兩千七百多年前的那波尼德時代，也是用六十多頭駱駝從井裡抽出水，倒在水道上，讓水隨著水道流淌到各農田。推測那波尼德居住的卡斯爾阿拉德姆，距離那個水井西北方 1.5 公里，明白了那裡也用地下隧道，連通到水井取水。

　　我 們 跟 著 博 物 館 長 來 到了 卡 斯 爾 阿 拉 德 姆（Qasre Al Radum），牢固的鐵柵圍繞著城寨。看到考古地區警示牌一時湧起寒意，但這次有博物館長帶路，

埃因哈傑——那波尼德水井
（上）卡斯爾阿拉德姆（下）

卡薩爾阿哈姆拉——推測那波尼德王在這裡供奉月神

和其他時候不一樣。

不知他什麼時候準備好的，從一大串鑰匙中抽出一把，打開鐵大門。

我們跟著他盡情地觀看那波尼德城寨。外牆保存得相當完整。

城寨一邊看起來較長，但其實是長寬三十公尺左右的正方形地區。裡面有水井和推測是打水時使用、約兩公尺左右的石頭柱子。上面有明顯的繩索摩擦痕跡，還有一些居住遺跡。

從那波尼德城寨北上二公里，出現另外一個由一公里長的鐵柵圍起來的考古區域。

「這裡叫卡薩爾阿哈姆拉。」

我們跟著博物館長走進去。曠野上有人工砌成的、十餘公尺高、三百公尺長的東西向堤壩，上面有城寨式的居

住地。

博物館長說：「陳列在利雅德博物館的卡薩爾阿哈姆拉正方體，就是在這裡發現的。人們推測那波尼德王在這裡供奉月神。」

周邊都是平原。今天很特別，在大白天，東北方向的天空上竟然還掛著圓圓的銀色月亮。只要在考古地區附近閒晃，就會遭警察或當地居民詢問，今天卻有人為我們導覽，讓我們考察考古地區，還獲允許可拍照，收集了幾個陶片。

以卡薩爾阿哈姆拉為中心，從北向東三、四公尺遠的地方，有自然隆起的小坡，上面有按一定間隔分開的七座望樓，但多已被毀損。從卡薩爾阿哈姆拉看，西北向東南有城牆，時而筆直、時而彎曲地伸展。被稱作「提瑪萬里

提瑪萬里長城

長城」（Taima Great Wall）的城牆，把新城和老城區分開來。以泥土堆砌十餘公尺後，上面再用打碎的自然石堆砌了約二公尺。這座城牆就像中國的萬里長城一樣，圍繞著超過幾十公里的村莊。

我們在博物館長親切而詳細的介紹下得到各種考古資料。

我們還被邀請到館長家裡，吃了一頓只有在鄉村才能品嚐到的美味午餐。從這裡盛產的椰棗到新鮮的蔬菜、麵包和乳酪，還有各種醬料，充分感受到當地的鄉土人情。

午餐結束後，在離村口向北約五公里處，沿著右邊未經修建的道路前進一公里，那裡也出現用鐵柵欄圍著整座山的考古區域。我們和館長一起開門走進去。

乾燥的曠野上有已經倒塌的磐石凌亂地散在地上。和其他野山一樣找不到一棵樹，但幾處岩石畫讓我們吃驚，尤其月神的母牛圖非常獨特。我們再一次從提瑪舊城往新城移動，上了低矮的山坡，看見了眾多的墳墓。這些應該怎麼解釋？這片看不到盡頭、至今還不知什麼時代、屬於何人的墳墓群。

在 3×7 公里的面積範圍內，有八千多個密集的墳墓，那附近又有四處分散的墳墓。據博物館長說，墳墓大小根據主人身分地位高低而有所不同，有用修整好的石頭封墳的，也有孩子和大人合葬的。偶爾也有金器和陪葬品出土，所以有很多盜墓賊來到這裡。我親眼看到了已經考察過的幾座墳墓，了解幾千年前的墳墓形態。

1883 年胡博（C. Huber）發現提瑪石頭，送到羅浮宮

博物館後，有幾組考古學家來過提瑪地區，但無法得出任何結論。提瑪有很多的遺址，說整個地區都是考古區域也不為過。

博物館長可能覺得看得差不多了，讓隨同的兒子收拾好飲料。然後帶我們去沙漠，說那裡有非常珍貴的資料。

博物館長帶著他的兒子和我們，從村子轉往南 9.45 公里處的孤南（Gunam）山右轉，進入沙漠。雖然偶爾能看到綠洲和麥田，但這是荒漠的曠野。

我們在沙塵中行駛 6.2 公里後左轉，從那之後的 16.8 公里沒有道路，有時還要經過岩石縫和帶刺草藤的艱險途徑。經過的路口都能看到墳墓，令我十分吃驚。幾乎快到山崗時，汽車才停了下來。

像往常一樣，我們一家五口有行動指南。下車時，照相機和錄影機一定要攜帶，經常查看周圍，不管是多麼要好的沙烏地阿拉伯人，在完成最終目的之前，在任何地方都不能隨便說話或行動。還有在考古區域就算很小的陶片也要採集起來。在人們看得見的時候不作任何筆記，在休息時間才可以拿出筆記，按照時間次序作記錄。我們跟在博物館長的後頭，眼睛閃爍著光亮。

我們暫時停留在磐石上，眼前看到的情景讓我們不得不驚愕：那裡有無數的岩刻畫。我按捺心中的興奮，觀察博物館長的神情。他同樣觀察著我，表情好像有點後悔帶我們過來。看來我們必須謹慎一些。

「孩子們，這位叔叔好像有些懷疑我們，所以不要

提瑪岩刻畫——月神的母牛圖非常獨特

顯得太興奮，行動小心一些。記得偶爾一邊淘氣，一邊照相。」

我叮囑孩子後走近館長，開著一些無聊的玩笑以試圖緩解他的情緒。他比想像容易上鉤，拉著我的手，再往下去。這次見到平坦的磐石上有更加珍貴的另外一些岩刻畫。

我們看到人體形態的大型岩刻畫，圖畫得非常精心，就連細微的部位都傾注了畫家的心。奇特的是頭部，人的身體上畫著老鷹或山羊的臉。那與埃及國家博物館收藏的，還有羅浮宮博物館收藏的古埃及畫一致。下面可以看到花斑牛圖和古代希伯來文、塔姆迪克文、還有亞蘭文摻雜在一起。這畫肯定是以色列百姓在埃及為奴時，埃及人供奉的母牛神哈索爾和公牛神阿匹斯。不光這些，還有伊西斯女神（Irisis）和荷魯斯（Horus：隼頭人身守護神）。

「哇！哇！」

我故意裝出非常吃驚的樣子，孩子氣地拉著他。他得意洋洋地看著我，吃驚又高興的樣子。

「朋友，在這樣的曠野深處怎麼會有這樣的圖？而且

你是怎麼發現的呀？」

「這是我在幾年前，和利雅德考古學系的大學生，作全區考察時發現的。」

「朋友，這幅圖太棒了，我要照張相。」

我全家在岩刻畫上面照了張紀念照。

我沒向博物館長說什麼，只是懷著興奮的心情收集材料。正好博物館長和一位騎著駱駝的貝多因人說話。趁此機會我急忙跑到坡上，那裡全部都被岩刻畫覆蓋著。我叫來大女兒，讓大女兒拿小石頭，我拿著一塊大石碑開始往車上跑。

我的一隻手上有相機，另一隻手抬著石碑，喘著粗氣跑到坡下，博物館長被擋著。一想到他看不到我，就覺得石碑更沉了。不只是偷盜破碎的石碑，我希望把丟棄在這片曠野上的所有東西都轉移到外面的世界。結果我們有了兩塊殘破的碑石。（後來發現，我們奇蹟般帶回的碑石當中，有一塊竟然重達十三公斤。）

我裝作若無其事，處之泰然地和博物館長搭話，他卻非常冷淡。回來的路上他也沒看我一眼。回到提瑪後我們不冷不熱地告別。雖然得到了珍貴的資料，但進一步交流已沒指望。（後來才知道，我們搬動碑石的場景被他的兒子看到了。）

午後的夕陽把天空渲染得通紅，駱駝成群排著長長的隊伍回家。在那裡拖延下去不知會發生什麼狀況，雖然是很晚的下午，我們還是奔向了距離 239 公里的海拜爾。

猶太人的遺跡，海拜爾的卡丁奇拉

2004. 2. 5 THU

　　清早的雞鳴叫醒了新的一天，東方已經泛白。我們已經多次來過海拜爾，這裡對外來車輛監視很嚴，是不容易接近的地方。

　　從海拜爾中心街向西北方向走三公里左右，有叫作卡丁奇拉（Kadim Kila）的古城。西元六世紀左右，穆罕默德創立伊斯蘭教之前，已經形成了無數猶太人定居的村落。但因為與伊斯蘭教徒的關係惡化，他們沒留下一人，全數離開了。這裡是現今在沙烏地阿拉伯生活過的猶太人，唯一被完整留下的遺跡。關於猶太人是從什麼時候開始、怎樣到達那裡生活的資料並不多，只是傳說從兩千五百多年前，猶太人就在這裡定居了。

　　因為政府對於跟猶太人有關的地方，都顯出極為敏感

的反應，所以這裡的人也許是被集中管理的。這兒位於麥地那西北方約 112 公里地方，也許是由麥地那區直接管轄的，而且還可能受到海拜爾市的監視。

　　第一次旅行時我們曾經路過，看過猶太人的村落，但因為太大了無法看完。這裡是我若有機會還想考察的地方。

　　看到卡丁奇拉的指標，左轉以後就進入了古城。從入口再前進180公尺後，出現了寬幅60×50公尺左右的廣場。以此廣場為中心，可以看到古代的房子，用石頭砌的牆，柱子和椽子使用了椰子樹幹和樹木枝子做成，並以泥土填縫。仔細觀察椰子樹柱子，發現細線般的纖維非常密集，看來比一般木頭柱子硬度高。

　　沿著這些古房子上小山，看到幾千年、沒有頂部的牆壁遺跡。猶太人留下太多的痕跡。

　　各處仍然有一些棕樹和留下火燒痕跡的房子。這裡就

麥加奇特的石牆

海拜爾大壩

像座幽靈城一樣，沒有什麼人影。這裡有豐富的綠洲，椰
棗樹生長茂盛，但政府禁止在這裡居住及耕作，甚至不允
許靠近。

　　我們暫時停下車，爬向陡坡，在好幾處看到了鹿的岩
刻畫。我和家人在陡坡上下來回約二十多分鐘，不知從哪
裡傳來了汽車聲，是員警的巡邏車進入村口。我馬上把相
機藏起來，又把孩子們的相機都藏起來。

　　發現我們的員警揮著手，叫我們馬上過去。我向他們
打招呼，但他們的眼神充滿敵意。

　　「把證明函拿出來，你們到底為什麼來這裡？」

　　「我們路過，發現椰棗農場太漂亮了。」

　　他們不會聽我那不合理的辯解。如果不想招致什麼不
利的狀況，只能馬上離開。他把我的車牌號碼和身分記錄
下來後，幾乎撐著推我出去。

如果用 Google Earth 軟體從高空觀看此地，會發現站在地面根本看不到、也想像不到的幾何圖形，就像在地面畫上了巨型圖一樣，隨著河道用石頭建築形態奇特的幾十幅圖。被列為世界七大不可思議之一的秘魯納斯卡線條圖的長度是一百至三百公尺，但這裡的巨型圖將近兩公里長。海拜爾的石牆畫在廣闊的曠野中，在沙烏地阿拉伯政府的冷漠注視下摒住呼吸，默默呈現。

我心想再挑戰一次，把車開向海拜爾城區。警車保持著一百多公尺的距離跟隨我們。我們進入市內店鋪也一樣，進入加油站也是一直監視著我們。最後還是叫住了我們威脅說：「現在不立即離開這座城市就把你們抓起來。」

懷著遺憾，我們不得不離開海拜爾。

離開海拜爾往麥地那方向 25 公里處，左轉行駛約 1.8 公里，就會出現海拜爾大壩。這個大壩原來是雨季蓄水的河道，還是古代的江河，我不得而知。

這個大壩非常大，寬約 135 公尺，高約 20 公尺，簡直讓人無法相信這是幾千年前的人所建。有人主張此壩是示巴女王時代建造的，也有人主張是二千五百年前猶太人建造的。壩的終端部分產生龜裂，有一部分破損，但原形還算保存得不錯，所以不僅作為考古資料非常重要，作為建築學研究資料也有一定的重要性。

看著大壩，想起了幾年前出差到葉門時見到的那幅二千年前的一幅古畫。

2003 年 3 月 6 日，我和 D 建設公司的人員到葉門出差

在葉門偶然得到的摩西圖

三天兩夜。

　　與王子事務長和交通部部長的會談結束以後，我們站在飯店大廳。這時事務長和當地人正在進行看來很重要的談話，我以為是業務上的事情，但他們傳遞辦公用檔案袋的神情有些異常。

　　回到飯店房間，我讓事務長給我看一下檔案袋，他竟然緊張起來。

　　我大聲說：「你若是不給我看，我可不會善罷甘休。你知道我會跆拳道吧？」

　　我握緊了拳頭，他擺著手說：「斯天娜，斯天娜！」（意指：等一下，等一下！）

他讓我安靜下來，小聲說：「就你自己看，絕對不要說出去。」

然後小心翼翼地把一幅畫放到我前面，是一幅很舊、很舊的圖，似乎在訴說自己經歷了多悠長的歲月。雖然有部分的毀損，但圖上的形象卻很清楚。仔細觀察圖的周圍，上頭竟寫著希伯來文字，我僵住了。

（這是摩西！這是十誡！）

摩西的頭部畫的不是光環而是兩個角，但這分明是拿著十誡石版的摩西。

摩西手上拿著的兩塊十誡石版非常真實，頭上長的兩個角似乎象徵著力量，顯得非常勇猛。背景圖意味著天國又想表現聖殿。圖周圍的希伯來文字需要專家的解釋。這幅畫是目前為止從未公布於眾的珍貴資料。

（啊，這麼珍貴的圖怎麼會在葉門呢？）

我覺得不能在這傢伙面前表現出太吃驚的神情，鎮定情緒說：「這是什麼畫？」

「我也不知道。葉門的一位族長讓我賣給沙烏地阿拉伯的富翁，所以就帶來了。看來至少也有二千年。」

其實葉門從非常遠古以前，就曾有猶太人到此生活。聖經記載所羅門王時代，葉門地帶的示巴女王帶著很多的黃金、寶石和香料訪問所羅門，看他建造的宮殿，聽他的智慧言談（參：列王紀上十章 10 節）。聽說阿拉伯現在也有 850 多名猶太人掩藏著身分過生活。那麼也許這幅畫就是猶太人代代相傳保存下來的。

更讓人吃驚的是另外一張畫。畫的是最初的大祭司——摩西的哥哥亞倫。圖上亞倫的服裝和聖經裡所描繪大祭司的服裝一模一樣,所以我馬上認出畫中的人物就是亞倫。袍子上放有烏陵和土明的胸牌和腰帶,袍子的底邊交叉掛著石榴和金鈴,畫得那樣寫實而精巧。

竟然看到這樣珍貴的資料,那一天我不知有多麼驚訝!我把那幅畫掃描保存了下來,等待著被解讀的那一天。

我們經過麥地那回到吉達。感謝神讓我們安全歸來。

🌳 在英國大英博物館的埃及館

2004年初,我收到一份絕妙的邀請。我當時正要作媒,給一位沙烏地阿拉伯著名的富翁介紹另一位富翁的女兒。新郎那邊把我邀請到了英國倫敦,我決定在倫敦停留三、四天,隨同新郎一起坐火車經過多佛爾海峽,到法國後介紹他與新娘見面。

我充滿期待。之前,我為了收集資料曾十多次訪問過法國羅浮宮博物館的伊斯蘭展館和埃及展館,可是大英博物館連一次都沒去過。

一到英國倫敦,我立即奔向大英博物館。埃及展館在二樓,那裡展示著埃及人的涼鞋,上面記載,學者推測此為以色列百姓在埃及為奴時穿的。看到這,我拍下了照片。

(那帶子被解開的涼鞋和我們在勞茲山附近看到的岩刻畫上的涼鞋太像了!)

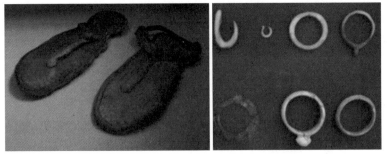

展示在大英博物館埃及展館的涼鞋（左）貝殼遺物（右）

看了一會兒後，我又大吃一驚。是法老王時代用骨頭做的魚鈎，那和我在古里亞山谷採集到的貝殼裝飾品一樣。

我看到了巴比倫供奉的馬杜克、月神及伊斯塔爾等相關的資料。除此之外，因為在沙烏地阿拉伯與基督教有關的電話和郵件會受到嚴密調查，我每次出差到國外就會與考古學家以電話聯繫。我想和他們一起研究我探險得到的資料。

我在英國的一家飯店，打電話給加拿大溫哥華的舊約學教授。他對此表示出高度興趣，讓我把所有材料帶去加拿大作訪問。我和他約定了時間。

我又鼓起勇氣給美國田納西州納什維爾（Nashville, Tennessee, United States）的德瓦特博物館館長打電話，館長理查（Richard）希望能夠早日見到我。我們約定帶著所有資料儘快見面。

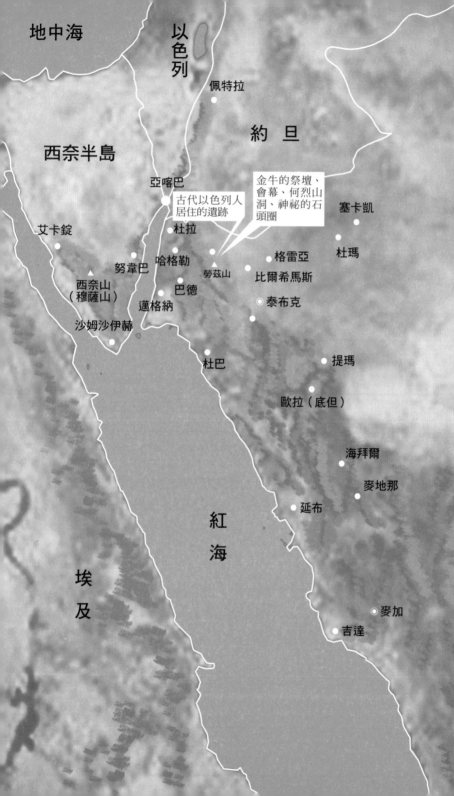

地中海

以色列

西奈半島

約　旦

佩特拉

亞喀巴

古代以色列人
居住的遺跡

金牛的祭壇、
會幕、何烈山
洞、神祕的石
頭圈

塞卡凱

杜拉

杜瑪

艾卡錠

努韋巴

哈格勒

勞茲山

格雷亞

比爾希馬斯

西奈山
（穆薩山）

巴德

沙姆沙伊赫

蓮格納

泰布克

杜巴

提瑪

歐拉（底但）

海拜爾

麥地那

延布

紅海

埃
及

麥加

吉達

阿拉伯，阿拉伯！

岩刻畫與文字

現代版
摩西的探險

 現代版摩西

在加拿大多倫多機場面對審問員時，我繼續說。

「那座山的所在地是軍事地區，一般人難以接近。您知道那是什麼山嗎？就是出現在聖經舊約的西奈山，摩西接受神的十誡的西奈山。穆罕默德在四十歲的時候（西元610年），也就是至今1,400年前，在希拉（Hira）山洞中靜思後得到啟示，始創伊斯蘭教。此後伊斯蘭教徒把阿拉伯所有與基督教有關的聖地和考古地區掩藏起來。

當了解到這些事情以後，我抽出時間、隱瞞著政府、冒著生命危險，調查這些地區。這次我就是帶著證明勞茲山就是真正西奈山的資料，為了見聖三一大學（Holy

Trinity University）考古學教授而來到加拿大的。見到這位
教授以後，我還要去見美國田納西州的羅恩‧瓦特博物館
館長。」

在加拿大移民局，移民局警察和內務部官員桑德拉聽
完我的話後，眼睛睜得又圓又大。

「如果你們想看，可以給你們看一下資料。但是在基
督教不被認可的沙烏地阿拉伯，我的身分一旦被公開，我
和家人將永遠離不開沙烏地阿拉伯了。」

他們沒有回答，而是用充滿擔憂的神情點了點頭。

我拿出包含了幾千年前以色列百姓足跡的相片給他們
看，一邊舉出聖經經文向他們說明。他們對於聖經的話語
記錄是那麼真實而驚呆了。我把被貝多因人誘騙到深遠的
山谷，差點丟掉性命，拿出玩具手槍脫險的故事，像小說
一般講給他們聽時，他們的眼角掛上淚珠。

「對不起，我們錯了。我們沒看出現代版的摩西來。」

聽完了我的解釋，他們反過來握著我的手，幾次請求
原諒。聖靈撫摸了他們的心靈。

移民局女警用無線對講機，給我安排飛往溫哥華的日
程，定下第二天早班的飛機。她們給我蓋上入境印章，送
我到機場大廳的門口，還要把我送到飯店，我謝絕了。

已經過了晚上 10 點 50 分。幾天以來，我頭一次呼吸
到外面的空氣，感覺舒服多了，疲倦隨之襲捲而來。我入
住機場對面的飯店，進入房間，向神獻上感恩禱告後，給
妻子打了電話。妻子的第一句話是這樣的：

「老公！你沒事吧？是吧？」

妻子說她一直在作噩夢，看到我非常憔悴、痛苦不堪。夢醒之後，她整天禱告，等待我的消息。

「老婆！我沒事。我是十架精兵啊。雖然碰到點難處，但現在沒事了……。」

第二天，我飛往溫哥華與聖三一大學的幾位考古學教授，還有凱瑞神學院（Carey Theological College）的校長進行會談。我們商量等我們一家離開沙烏地阿拉伯後，共同研究所有的資料。

為前往美國田納西州，我到達加拿大機場，但是又一次被移民局扣下來。我從加拿大移民局移到美國移民局，美國移民局的員警把我帶到了立著星條旗，設有 CCTV 裝置的屋裡開始審問我。美國移民局的職員，同樣把護照上記載的阿拉伯地區出入簽證當成問題。身為韓國人的我尚且如此，真正阿拉伯人的苦衷可想而知。

我像上次對加拿大移民局職員講的一樣，講了我為什麼要去美國，然後講了神在這件事情上的奇妙工作。員警拿著無線對講機，親切地安排我乘坐馬上將要起飛前往美國田納西的航班。

兩個小時三十分鐘後，我到達了田納西州納什維爾。羅恩瓦特博物館長理查和他的家人，還有羅恩・瓦特夫人，已經在機場等候著我。我後來才知道，羅恩・瓦特已故，基督徒不會忘記他生前的事蹟。

哈大和亞伯拉罕山

2005. 3. 25 FRI

在這段時間，我們又去探險了兩次。因為在不久前，我們聽到驚人的消息。

我的朋友阿卜杜拉·阿馬里奇在世界最大的煉油公司沙烏地阿拉伯阿美公司工作。在他的身上幾乎看不到任何貝多因人的習慣。據說他在美國留過學，可能那時，他養成西式的生活方式，並受到文化的薰陶。

我們偶爾會熱切討論宗教有關的話題，他偶爾列舉出幾句聖經經文，說那是錯誤的，尤其他最無法相信耶穌怎麼能成為神。而且他很有耐心地不斷重複伊斯蘭教化的主張，表示聖經裡說的另外一位保惠師就是穆罕默德先知。我們經常喝著濃濃的茉莉花茶，毫無芥蒂地討論，直到深夜。

有一天，他送我一盒鄉土蜂蜜作為禮物。

「我這次休假時從老家拿來的。在家鄉最高的山，亞伯拉罕山採集的蜂蜜。啊，對了。那座山頂上有叫勞斯特希替的古代人居住遺跡，聽說那兒好像有亞伯拉罕獻祭的祭壇。」

「什麼？」我無法相信這位朋友的話。

「山太高、太險不容易上去。聽說那裡人到那座山上的亞伯拉罕祭壇作薩拉德（伊斯蘭禮拜）後，管轄宗教局的官員坐直升飛機上去，把祭壇都給摧毀了。有位印度考古學家考察那個地方時，從岩石上摔了下來，到現在都沒

找到遺體呢。」

　　和他分開已經很長時間，但這些話總是縈繞在我的腦海裡。我查找古代文獻和大學圖書館，可是根本沒有與亞伯拉罕祭壇有關的資料。

　　（為什麼沙烏地阿拉伯政府要破壞這樣珍貴的資料呢？）

　　我總是無法釋然。

　　從那以後又過了六個月。有一天，那位朋友的老鄉來找我治病。我和他東一句、西一句地閒聊，他也說出和我那位朋友相同的話。

　　「我很想知道真的有亞伯拉罕祭壇嗎？大概在什麼位置？」

　　「是嗎？那我可以為您帶路。」

　　我們現在正在前往亞伯拉罕祭壇的道路上。期盼著今後三天兩夜的旅途裡能找到一些證據，我們開始了阿拉伯北部第八次的探險。

　　從麥加經過曠野路後，登上海拔一千六百公尺的阿哈大（Al Hada），道路太陡峭令人感到暈眩。

　　繞著一圈又一圈從平地突然高聳的山路，周圍有無數的狒狒成群遊蕩。據說生活在整個沙烏地阿拉伯高山地帶的狒狒大約有卅五萬隻，尤其生活在麥加和塔伊夫之間的狒狒，依賴遊客餵食生存，所以一旦有汽車聲音傳來，他們就會成群地圍過來。報紙上偶爾登出發生在這裡的奇事。尤其發生在 2000 年初的兩件事情，最令人印象深刻。

有一對沙烏地阿拉伯年輕夫婦到了塔伊夫阿哈大去看狒狒。就在他們把麵包放在剛滿一週歲的嬰兒手裡，試圖誘惑狒狒一起拍照的瞬間，狒狒群突然連孩子都搶走了。人們動用了直升機尋找，但至今都沒找到。

還有一回，貝多因人乘著白色的三菱小貨車經過這裡的時候，把一隻狒狒壓死了。貝多因人根本沒當回事，繼續趕他的路。三天以後，當他重返這條路時，發現被自己車撞死的狒狒還在那裡。這時狒狒群突然怪聲大叫，朝著他扔石頭，汽車玻璃被打碎了，貝多因人拚命逃了出來。狒狒似乎留在那裡等貝多因人的車，一連等待了三天。

我們離開了塔伊夫城區，經過猴群出沒的阿哈大。再跑約九十公里、右拐 32 公里處，就會出現叫哈大巴尼馬里克（Hada Bani Malik）的小古城。那就是我朋友的故鄉。這裡處處可見的土爾克族望樓，在幾百年後的今天，仍顯示著威容。據說村子附近有亞伯拉罕山，山頂有古城。

我首先打開聖經，尋找亞伯拉罕獻祭的內容。創世記二十五章講以實瑪利的第八個兒子名叫哈大，除此之外就沒有什麼聖經依據了。亞伯拉罕把以實瑪利和夏甲趕去別是巴後，有關以實瑪利的內容就不再出現了。後來出現以撒和以實瑪利為了給亞伯拉罕送葬，在麥比拉相遇的場面（創世記二十五章 9 節）。由此來看，聖經當中雖然沒有記載，但亞伯拉罕和以撒、以實瑪利父子之間一直是有交流的。

到哈大後，我打電話給曾經答應作嚮導，經由我治病

阿哈大山的石棚

後成為朋友的阿哈馬德，約好第二天見面。

第二天，我們往阿巴哈走十多分鐘後，左拐進入一條未經修建又非常陡峭的道路。穿過半山腰又下往山谷，在一塊大岩石上面停下車。山谷後面，一座巨大的石山迎天高聳。這麼高、這麼陡峭的山，我們要怎麼登上去，簡直不敢想像。

我們小心翼翼地往山谷下去，眼前竟出現在沙烏地阿拉伯連想都不可能想像到的美麗花園。不過花朵沒有香氣，枝上卻有很多刺。

剛過山谷，我就看到被草叢和樹木遮擋的居住遺跡。上坡時有幾個被刺藤遮擋的石柱，我把刺藤撩開，一看是石棚。這種巨石墳墓，是在沙烏地阿拉伯其他地方都未曾

看到過的墳墓形態。阿哈馬德雖然來過這裡幾次，但他說頭一次看到這些。（後來諮詢過沙烏地阿拉伯的考古學家，但大部分人連有亞伯拉罕山這樣的遺跡都不知道。根據維基百科（Wikipedia）解釋，大部分的石棚是西元前四千至三千年，新石器時代的石墳形式，40% 以上分佈在韓國，中東地區偶有出現，也有部分建於敘利亞的戈蘭高原、約旦，還有以色列。）

我們爬上險峻的山。大大的岩石似乎就要滾下來。沒有道路，也沒有人影。我們一家人手拉著手相互牽引，攀登上山。道路艱險，我們幾次喊：「主啊，主啊！」爬了一會兒，在可以看到山下。這是視線很好的地方，一塊 10×10 公尺左右的寬大岩石上面，有一座經過雕鑿的祭壇。但是找不到任何可以證明這就是亞伯拉罕祭壇的根據。

攀登了四個小時左右，我們到了幾乎可以看到山頂的地方。岩石陡峭高達幾十公尺，衝向天空。我們已經登到雲霧上面，山下一片雲海，溫度急劇下降，甚至下起雨來，再加上路面溼滑，實在很難繼續往上爬。

「很難再往上爬了，還是下去吧。」

孩子們非常疲倦，我們通過家庭會議決定放棄。一想到要走下去，心裡非常擔憂。這種懸崖路怎麼下去？道路這樣艱險，會不會迷路？只能求告主來幫助我們。

我們手抓著滑滑的岩石，靠著樹枝艱難地下了山。就算有可以用手抓住的草根，心裡都不知有多麼感激。我們

安然無事地下了山，看手錶，下山整整花了六個半小時。
不想再爬亞伯拉罕山了。

　　第二天我們離開村莊，在回家路上，發現用石頭砌的
城寨式房屋，決定去看一看。生活在那裡的七十三歲老人
熱情接待我們，他看起來比實際年齡健康許多，據說非常
喜歡吃野蜜。

　　「你看我雖然這樣，卻帶著四個妻子生活呢。生養了
十四名兒子和十三名女兒。」

　　老人拉著我的手帶到了旁邊的房間裡。那裡躺著才剛
出生兩週的嬰兒，他炫耀著說這是他的孩子。光是這樣就
夠令人吃驚的，老人還說：「第三個妻子現在懷孕六個月。」

　　我們都驚呆了。老人把我們帶到客廳讓我們上座。然
後膝蓋著地，把精心準備的種子和紅茶遞上來。我看著他
想，這位真是典型的貝多因人。阿拉伯人，尤其是貝多因
人，至今還記著亞伯拉罕偶然在幔利橡樹下遇到三個人，
熱情接待他們而遇到神的事情（創世記十八章）。所以他
們非常慎重接待突然來訪的陌生客人。

　　「我要宰殺一隻羊，請你們一定要在這裡吃了午餐再
走。」

　　老人這樣說完，竟然真的準備要宰殺羊。我勉強勸阻
他，送給他一件小禮物，他非常高興。

　　我們分別時，他擁抱著我，雙眼噙滿淚珠，說不知道
什麼時候還能見面，真是充滿愛心的老人。愛可以涵蓋很
多，讓人久久難忘。

　　我想起在沙烏地阿拉伯生活期間，聽到的一則最美麗的故事。

　　一位美國男子和一位韓國女子結下跨國婚姻，相親相愛地過日子。有一天夫妻倆去購物，在回來的路上，看到家門前停車場的一輛車下有受傷的幼貓。

　　救出那隻貓後，發現牠的傷勢比想像中嚴重多了。不知是受到其他貓的襲擊還是怎麼搞的，身上有多處傷痕，看來還有骨折，甚至兩眼都凸出來了。他們把貓帶到家裡，採取一些急救措施後，急忙去找獸醫。經過連續幾天的治療，小命終於撿回來了。雖然小貓因為失明和骨折幾乎無法動彈，但經過治療後恢復很多。

　　從那以後過了幾個月，夫妻倆為了給貓作定期檢查，一起去動物醫院。獸醫看到這對夫妻時非常高興。

　　「有個沙烏地阿拉伯人來過我家動物醫院尋找失明的貓，所以我想起了兩位，正愁沒有你們的聯繫方式。為了尋找貓，他們連自己女兒的手術日期都往後推遲了。我給他聯繫一下，請你們稍等。」

　　打完電話，那位沙烏地阿拉伯人馬上趕了過來。

　　「如果能買下這隻貓，開價多少我都可以付。」

　　夫妻倆無法理解這個人說的話。

　　「哎呀，這隻貓看不見，腿也有殘疾，我們怎麼好意思賣？」

　　但他說必須買這隻貓，然後說了以下這些話：

　　「我們是伺候公主的人。公主現在十六歲，可惜是位

盲人，非常喜歡貓。她自己一個人的時候，總想抱著貓，可是貓不老實呀，所以我們想到，如果有一隻失明的貓，肯定會成為公主的好朋友。我們聯繫了所有的動物醫院，已經等了好幾個月。」

聽到這些，夫妻倆把已經付出感情的這隻貓，毫無代價地送給了他們。那天晚上，夫妻倆接到電話，是公主的父親王子親自打來的。王子希望親自與這對夫妻見面。

在約好的日子，王子和警衛一起拜訪這對夫妻。

「謝謝！公主懇切的心願實現了。那隻貓也像公主一樣看不見東西，所以躺在公主的懷裡不離開呢，公主非常高興。可以把你們的生日和存摺帳號告訴我們嗎？你們把貓送給我們，所以想送你們特殊的禮物。」

夫妻倆極力推辭，但王子終於還是取得了他們的存摺帳號和各自的生日，還有結婚紀念日。不久後，公主和貓乘坐專機飛往英國。公主和貓各自做了一隻眼睛的移植手術。他們把手術成功的感人消息告訴了這對夫妻。

那年，在這對夫妻的結婚紀念日，他倆大吃一驚。存摺上被存入三千美元。從那以後，每年這對夫妻的生日、結婚紀念日，還有聖誕節，他們都會準確無誤地收到三千美元。

考察阿拉伯西北部
2005. 8. 7 SUN

我們開始了第九次探險。

每次探險阿拉伯北部回來的時候，我總會有一些遺憾，因為當時一同前往的考察人員人數多，不能如願以償地充分考察。所以這次決定只有我們一家人出發，打算運用更加寬裕的時間、考察更加廣闊的地區。

這次安排了六天五夜的行程，為我們帶路的是泰布克地區的阿夫阿哈馬德，我和他已經密交多年。我們到阿拉伯北部旅遊時，他主動連續幾日為我們導覽，還邀請我們到他家吃晚餐。

這次考察旅行的主要目的是，看看推測是以色列百姓曠野生活的阿拉伯西北部，並收集相關證據。也同時去查看據推測是巴蘭曠野的泰布克周邊地區的墳墓型態，如果可以採集一些盜墓賊偷來的陪葬品更好。

我從吉達到泰布克開了一整天的車，共九百五十公里。廣闊的曠野和險峻的石山無邊無際，如果沒有嚮導很難想像會怎麼樣。我已經經歷了多次這樣的道路，在曠野中間保持方向感實在不是件容易的事，而且車輪動不動就會陷進沙子裡，弄不好的話，永遠都無法從沙坑裡離開。

妻子遇險

2005. 8. 8 MON

　　我們和阿夫阿哈馬德約好，早晨從泰布克去往約旦道路上的第一個加油站見面。我們比約定時間早一點到達，就在加油站裡的小商店裡買了些零食。我正從小店開門出來，恩知臉色蒼白地跑了過來。

　　「媽媽被鋼筋絆倒了。臉撞上車，鼻子可能受傷，流了很多的鼻血。」

　　真的，黑紅的鼻血隨著妻子蒼白的臉流淌下來。雖然做了急救措施，但還是覺得應該去趟醫院。我正要掉轉車頭，妻子說：「稍等一會兒看看吧。」

　　我決定聽妻子的。正好這時阿夫阿哈馬德到了。我們猶豫了好一會兒，決定先出發再說。出發後沒多長時間，我感到妻子好像很難受。她臉色更加蒼白，甚至出現了嘔吐症狀。我把車停在路邊，妻子閉著眼睛艱難地說：「老公，我愛你……還有孩子們……我，為我祈禱，我太累了……。」

　　聽著妻子艱難的呼吸聲，我感到全身的力量盡失。想到自己傻乎乎地只盼望她馬上會好起來，不顧一切地出發，簡直就是瘋了。她的鼻樑周圍和眼皮都紅腫了。我握著妻子的手萬分揪心，可她的手卻一點點變涼，臉上的血色也在消失。我握著妻子的手向主呼喊。

　　「主啊，求祢紀念我們所做的事情，並不單單是為了

個人的榮耀。我們願意得祢使用，成為祢的工具，冒著生命的危險來到了這裡。我們不怕死亡，但是為了完成祢交託的使命，還要做非常重要的事情。求祢醫治祢的女兒，奉耶穌之名禱告。阿們。」

耶穌肯定聽到了我懇切的禱告，禱告結束時，妻子的手開始暖和了！我還想掉轉車頭去醫院，但妻子說：「再等五分鐘，讓我安靜一會兒看看。」

稍過一會兒後，妻子吐出黑黑的血。我用涼水給妻子洗了額頭，慌忙尋找頭後部的啞門穴、頭頂部的百會穴和手上的合谷穴輪番按壓。妻子這下好像清醒過來了。我突然眼眶濕潤，情緒激動到幾乎難以向救了妻子的神表達感激。我又一次體會到神給予我們的珍貴使命。

妻子作了簡短的默禱，然後說：「接著走吧。」我看著妻子的臉，再一次向神獻上感恩禱告。

阿夫阿哈馬德去自己的農場一趟，把一隻羊羔放到車上。我們的目的是要尋找幾千年前曠野的痕跡，而這位朋友可能覺得招待貴客才是首要的。然後，他說去曠野最好攜帶槍枝，就帶了身為警察的弟弟一起上路。他和我們，還有他的親戚們在阿吉傑塔右轉後，開始在沒有道路的沙漠上奔跑。

我們穿越紅色的沙漠奔跑，在離約旦國境不遠的一處大岩石下陰涼處支搭帳篷。那裡曠野上的沙子是紅色的，說不清以掃的土地（以東地區）是以哪裡為界，但根據它距離約旦的亞喀巴不遠，沙子是紅色的，可以判斷這裡應

該是以東地區的一部分。

朋友正在煮羊肉時，妻子在車裡休息。朋友把番茄、洋蔥和大蒜等食材和小羊肉放在一起，煮了很長時間，然後把熬出來的濃湯盛到大碗裡，拿過來讓我們嚐一嚐。我向他們表示感謝，讓妻子喝下。妻子吹著熱氣把湯都喝完了，臉馬上恢復了血色。

妻子說，噁心和頭暈的感覺消失了，覺得自己現在可以登山，可以在沙漠上走路了。看到妻子充滿活力的樣子，我心中的擔憂瞬間消失了。朋友又在熬出來的羊肉湯裡放入米，開始煮起來，這下湯汁收乾了煮成米飯。在一點都感覺不到沙漠熱氣的石山下面，我們鋪上毯子開始吃飯。在曠野中吃到的羊羔肉可真是一絕。我們心滿意足地吃完午餐，斜躺著喝了杯噶瓦（阿拉伯咖啡），真是浪漫！阿夫阿哈馬德的弟弟把我們的孩子叫了過去，從兜裡拿出事先準備好的項鍊作禮物，項鍊上面有古老的月牙裝飾（參：士師記八章 21、26 節）。

我開始起身準備，讓懶洋洋的身體恢復精神，也同時催促朋友們。大家都準備好後，我們穿過山谷在遺留著岩刻畫和盜墓賊們挖開的墳墓中尋找陪葬品，找到了陶器碎片和銀飾耳環、石頭和骨頭打磨的項鍊。這時我們發現，經常可以看到一種模樣奇特的石磨。

（在杳無人煙的曠野為什麼會有這麼多石磨？在被推測為巴蘭曠野的泰布克這一帶所發現的小小石臼和石磨，用途到底是什麼？）

在米甸曠野發現的石磨

每次曠野旅行時，在這附近發現的石磨都是那麼小。我細細想，想起「百姓周圍行走，把嗎哪收起來，或用磨推，或用臼搗，煮在鍋中，又作成餅，滋味好像新油。」（民數記十一8節）這節經文。以色列百姓在曠野生活時每餐都吃嗎哪，那麼就需要攜帶方便、材質堅硬，而且容易取得的石磨。那麼也許這些石磨就是以色列百姓用過的石磨。

瓦迪巴嘎爾和瓦迪布拉麗克
2005. 8. 9 TUE

心愛的妻子身體恢復得比我想像中還快，但鼻樑上烏青一塊。鼻腔內可能還有些腫，聲音就像變聲期的孩子一樣：「老公，為我祈禱喔。嗚嗚……愛你……。」

妻子恢復良多，竟然還調皮起來。

「我現在跟你講實話，其實昨天，我感覺好像再也睜不開眼睛了，不知有幾次昏迷呢。」

我們約好第二天清早出發，但阿夫阿哈馬德比約定時間晚了兩個小時才到，還帶來了他的兩位貝多因朋友。

今天我們決定去瓦迪巴嘎爾和瓦迪阿什拉夫。過去

曾嘗試幾次考察此區域，但因為貝多因人拒絕為我們導覽，一直心存遺憾。我參考薩烏德國王大學（King Saud University）的教授，多年研究沙烏地阿拉伯岩刻畫的穆罕默德・阿卜杜勒・那依姆（Muhammed Abdul Nayeem）的著作《阿拉伯的岩石畫》（*The Rock Art of Arabia*），了解瓦迪巴嘎爾和牛岩刻畫的重要性。據說這地區的牛岩刻畫，是以色列百姓在埃及四百三十年的奴隸生活中，所供奉的哈索爾母牛神和阿匹斯公牛神。我一想到今天終於可以親眼看到這些岩刻畫，不禁心情澎湃。

我們在阿夫阿哈馬德的帶領下，從泰布克城區往西南方向的杜巴方向走去，經過員警檢查站後又跑了3.43公里。左轉後再直行五百公尺後停下車。

在右邊的石山上能夠清晰地看到哈索爾岩刻畫。往山下看過去，出現了從西北走向東南方向、寬度約三、四公里的瓦迪巴嘎爾。沿著瓦迪巴嘎爾向東南奔馳約二十公里後，出現了往右側分叉的另外一條瓦迪，就是阿什拉夫山谷。

阿夫阿哈馬德和他的朋友們從小就來過這些地方，對道路熟悉。我們在那把分散各處的岩刻畫，拍進數位相機和錄影機裡。

我越看這些岩刻畫，越想了解是誰、為什麼、什麼時候、為了什麼目的畫下這些畫。也很好奇，無數的貝多因人翻找岩刻畫下面以尋找寶物的緣由是什麼，到處都有被挖開的洞穴和墳墓。貝多因人多次詢問我，是否要購買盜

墓得到的物品。我期盼著這些珍貴的歷史經過考古學家公諸於世，藉著以色列百姓的行蹤，把聖經話語的真實性傳向全世界，因此從他們手裡購買了一些收藏品。

他們常常提出毫不合理的高價，所以我更加努力地收集、採集。沙烏地阿拉伯的熱氣像爐火一樣烤熱了我們的臉，但我們不知已經走了幾個小時，全家人不知疲倦、心懷使命感地認真工作。

下午我們和阿夫阿哈馬德的小舅子，還有其他盜墓專家貝多因人們一起去瓦迪布拉麗克（W. Braric）。經過上午看過的瓦迪巴嘎爾，奔向東北方向後上山。道路非常艱險，貝多因人說：「那些人會把我們帶向任何人都不知道的曠野深處。」

其他貝多因人給人的印象雖然不是很好，但為了我們的目的，只能努力表現出沉著自然的樣子。我們經過寬廣的河道，經過但放棄了看到的岩刻畫和大型石臼。乾燥的曠野，別說是人影，連一棵樹都看不到，只有荒涼的石頭路。過一會兒又上山坡路，經過幾道山谷後，出現了另外一片曠野。阿夫阿哈馬德的小舅子和他的朋友們停在最高的岩石下面。

那裡畫著幾乎和真人一樣尺寸的岩刻畫，那是古代人的形象。右手拿著斧頭扛在肩上，左手遮著陰部，裹著頭巾、紮著腰帶，是位非常健壯的女子。那塊岩石對面約十公尺處的岩石上清晰畫著獅子，周圍有公牛等多種多樣的動物圖，還有各種不相同的古代文字。

　　夕陽渲染著天空，在根本不見人影的曠野深處，貝多因人開始準備游牧民族特有的飲食。他們撿來樹枝點火，在炭火上面蓋上細細的沙子後，把和好的生麵攤放在沙子上，這樣和好的麵團就變成了麵包。把熟麵包翻動幾次後，兩手敲打著彈一彈，沙子就都不見了。然後在煮開的水裡放入那個麵包和乾奶酪，就變成了黏稠的牛奶粥。

　　剛開始我們有些猶豫地彼此相望，後來忍不住飢餓，在沒有筷子、湯匙的情況下用手接起來吃。但牛奶粥與外表不同，味道很好，直吃到見底為止，我們的手都沒有停過。

　　回來時，雖然在漆黑的曠野開車很危險，但這一天的夜景讓我們永難忘懷。這真是珍貴而讓人感恩的夜晚。

瓦迪・迪莎的美景和所羅門別墅
2005. 8. 10 WED

　　大清早就有電話打來，是阿夫阿哈馬德。

　　「您說今天要回吉達是吧？您回去之前帶您看一下瓦迪・迪莎（W. Disha），據說那是古代所羅門的別墅位置。」

　　我的耳朵豎了起來。

　　他親自開我的車。從泰布克到瓦迪・迪莎的道路非常險峻，如果不是四輪驅動車，根本無法行駛。除了這條路，也有鋪上柏油、經過修建的道路，但只在山路上才能看到

推測為所羅門別墅位置的地方

絕世美景。

　　我們的目的不在欣賞美麗景色，而是尋找以色列百姓曠野生活的痕跡。阿夫阿哈馬德的目的卻是千方百計與我拉近關係，然後挖出曠野中的寶物。他總說如果發現寶物就與我對分。第一次見面時，就想得到金屬探測器。

　　他現在依然相信我有藏寶圖。我們一家只要有時間就驅車奔馳一千多公里的遠路，在酷熱的曠野東闖西闖，發瘋似地攀登岩石，令他非常好奇。我們這些舉動在他的眼裡可能變成了尋寶的貪財鬼。不管怎麼樣，透過這位朋友幫忙，可以考察很多地方。認識了他的小舅子和貝多因朋友後，可以更加詳細地探查泰布克一帶。

　　接受他無法拒絕的熱情，我們在山崗上奔馳。這時，世上其他任何地方都未曾出現的絕世美景，就展現在我們

眼前，如果世界教科文組織看到了這些，早該把它納入世界遺產了吧！風景充滿180度的視野，幾次轉過頭也看不夠，我們把這些保留到照片裡。

繞了一圈又一圈危險的道路到山下，綠洲和岩盤之間有水在流淌，各處都有細流匯成的小河流。那兒有政府掛上考古區域的牌子，用鐵網圍起來的地方。據我的朋友講，那就是原來建有所羅門王別墅的地方，很遺憾地找不到任何根據。

雄偉的岩石山間蘆葦茂盛。這時有羊群經過，快步地跟隨著牧童。岩石山到處有人工挖出一定高度的深洞，不知它們的用途是什麼？我們向那裡耕地的年長農夫詢問，他們回答說，從祖先那一代就開始守護著這片土地，但即使在這裡生活，同樣不知它的用途。

我的朋友說這個村子的入口處是以實瑪利的長子尼拜約的遺址。但除了掛上了考古區域牌子以外不見其他說明。

我向阿夫阿哈馬德道謝並擁抱他。他說要乘坐經過這裡的轎車回泰布克，道別時說：「因塔，馬塔伊吉？」（意指：什麼時候再來？）

瓦迪‧埃努那的埃及馬車岩石畫
2005. 11. 5 SAT

我從阿夫阿哈馬德那裡又聽到了一則令人心動的資訊：「離勞茲山不太遠的地方，有叫瓦迪‧埃努那（W.

Inunah）的地方，我的朋友在那裡盜出木乃伊。放在小貨車上，因為個子太高，腿都伸到外面了，勉強用椰棗樹遮蓋著搬出來，約略估計木乃伊的長度好像超過 2.3 公尺。我的小舅子已經知道木乃伊的身分，感覺像是猶太人的東西，請您儘快來一趟。」

所以我立即定好旅行日期。我那時正和接受治療、名叫哈姆丹的人密切來往。他是位資深潛水家，據說曾被政府邀請，從 1999 年到 2001 年在約旦國境，紅海北部的海濱到南部，指揮過海邊全部和近海考古區域的考察。我問他是真的嗎？他說可以把照片資料拿給我看。

有一天，他來我家拜訪，把存在筆記型電腦上的照片和資料給我看，並自豪地向我解說。我很想下載這些資料，但他說這是不被允許的。不過我得到很有價值的資訊。

「可是，您知道瓦迪埃努是什麼地方嗎？」

「瓦迪埃努那在離海邊不遠的地方。因為是綠洲，從前就有豐足的水……。」

他說著說著便支吾起來，沉默半晌後，接著謹慎地說：「據說那是以色列百姓出埃及後暫時停留過的地方，那裡現在還有古代居住遺跡，受政府監視著。」

我們就在那天組成了考察組，這已經是第十次探險。我們決定和目標相同的幾個家庭一起行動，開了八百公里，一口氣到達杜巴，在那住一宿。

2005·11·6 SUN

清早，阿夫阿哈馬德到達杜巴，但他面露難色地說：「我以為就你們一家來呢……臨近村莊的居民都認識我，和這麼多外國人在一起，很容易引人注目，我很為難。」

我從來都沒想過這些問題，只是對他至今帶著我們到各地方，行動那麼自然而心感驚訝而已。

「今天怎麼想都覺得，只是在那附近看一看回來就好。以後只有你們一家來的時候，再到更深入的地方看看。」阿夫阿哈馬德說。

「不，對不起。我從來沒想到這些。你不要為難，我們除了看看景色，沒有其他目的。」我真心向他道歉。

我們到了杜巴和埃努那中間地帶叫姆維伊拉（Muwaylih）的小漁村，奔向瓦迪蘇爾出海口邊很大的古城寨。過去曾經到過幾次，但除了政府定為考古區域圍上鐵網以外，沒有其他牌子。似乎是奧斯曼帝國時期的城寨，但沒有相關資料。阿夫阿哈馬德也只知道，那是比奧斯曼帝國時期還要古老很多的城寨。

很快地，我們到達了埃努那。村口寺院傳來了通知午禮的淒涼阿贊聲。阿夫阿哈馬德取得我們的諒解後，進入寺院。過一會兒，午禮結束，他把他的朋友——這個村的村長——介紹給我們。

約過二公里，越過低矮的山坡，看到下面寬闊的山谷。山谷下幾棵椰棗樹被燻黑倒地，也有一些水痕，看來不久

前這裡還淌著水。山谷各處用鐵網圍著。我們站著的位置也有古代築城倒塌的遺跡，部分被沙子和碎石覆蓋著。

除了汽車可以經過的道路，村莊全都被鐵網圍著。這片什麼都沒有的曠野，為什麼要用鐵網圍著？心中很多疑惑，卻沒人能給我解答。

現在，我們面向了阿吉傑塔。阿夫阿哈馬德員警出身的哥哥在那等著我們。他前一段時間從我這兒治好了頸椎病後，開始積極幫助我。他和他最小的一位歷史學家弟弟已經在約定地點等待著。我們彼此擁抱，摩擦著臉頰，交流久違的問候。

「就算再偏遠的曠野旅行也沒問題。」

阿夫阿哈馬德的哥哥一邊舉著長槍給我看時一邊說著，並向著遠處的岩石山做出兩次射擊的樣子。

我們不知方向，馬不停蹄地進入曠野。果然在離勞茲山不遠處大岩石山下停下車。依我的猜測，這裡應該相當於勞茲山的北部。

到處都可以看見盜墓賊挖過的墳墓，不知是誰好像故意開過槍，岩刻畫上的子彈印非常明顯。岩石碎片掉落下來，不知誰用粗鐵絲把碎石捆綁了。我們在那裡拍攝照片，直到傍晚。

🌳 2005·11·7 MON

「我們在這裡出生，是在這裡橫穿豎逛長大的。」

阿夫阿哈馬德和他的另外一位朋友，無法掩飾心中的自豪。我們一行和他們一起尋找泰布克地區的瓦迪・阿薩菲爾（W. Asafir）。

瓦迪・阿薩菲爾位於泰布克地區西南方向，是登記在沙烏地阿拉伯考古管理部門的。我們在朋友們的帶領下考察了好幾個地方，幾處發現的公牛圖和放在公牛角上的沙林（太陽圓盤）和埃及神一模一樣，有的在公牛頭上面還畫著彎月。

我們順著河道繞行後，登上了埃爾蘭山（Jabal Aeran）。這座不太高的小山孤零零地立在曠野當中，我們在半山腰停下車，繞到大型岩石的後面，這時，我們不約而同地張大了嘴。

我們在岩石山上發現了很多圖，還有多種古代文字的劃時代岩刻畫，大大的岩石幾乎有 6×5 公尺。上面有古代岩刻畫，還有很多混合古代希伯來語和塔慕迪克的文字。讓我特別吃驚的是，這裡有坐著馬車的官兵圖。這幅馬車圖，和我上次在埃及國立博物館看到的法老王時代官兵的馬車太像了。還有，畫中馬的形態，和阿布辛貝勒（Abu Simble）大寺院壁畫上的馬，以及漢諾威（Hannover）的克斯特納博物館（Kestner Museum）收藏的石灰岩馬造型都是一樣的。除了一些可惡的傢伙在馬的頭部弄出傷疤外，

埃及軍人和馬車岩石畫

幾乎保存得完好無缺。

馬車畫得很有動感，為了在平面表現側面形象，兩隻輪子就畫上了一隻，車軸共有八條，是古代埃及人軍事用的馬車形狀。馬車輪軸上面可以站著人，騎兵右手趕著馬，左手拿著鞭子。他的後面又一位官兵為了防禦後方，向著相反方向站立著，他為了任何時候都能夠及時進攻，保持拉著弓箭的姿勢。後面官兵的描繪手法細而長，前面的人左手拿著鞭子的樣子，表現出指揮官的風采，兩個人形成對比。我猜測那是官兵們跟隨前方之人的景象。我可以理解畫家把前腳畫得大，後腳畫得小的構思意圖，猜想那是為了根據畫的大小表現遠近的方法。

除此之外還有另外幾幅圖，其中橢圓形圖裡畫著古代的魚和官兵，還有駱駝圖吸引了我。駱駝著重裝飾了腰部，鞍子和臉也都畫上了各種裝飾。官兵的頭部像是留著長長的頭髮，也像戴著埃及官兵頭戴的裝飾，拉著弓箭凝視著什麼。

每次探訪巴蘭曠野的北部阿拉伯，都有一種似乎在讀奇幻小說的感覺，看著毫無保護設施的岩刻畫，被毀損的景象真是使人擔憂，真心期盼這珍貴的人類文化遺產能早日得到保護。盼望沙烏地阿拉伯政府能夠給予特別的重視。

後來經過資料確認，馬車是在西元前一千五百至一千年左右、由美索不達米亞人最開始使用的，之後蘇美人進行改良，傳到埃及後變得更輕、跑得更快。尤其在圖特摩

斯三世時期大量生產馬車用於軍用（*The Oxford History of Ancient Egypt*, Ian Shaw）。

晚上只有我們一家得到阿夫阿哈馬德的晚餐邀請，其實他是想把他的妻舅薩勒拿來的盜墓物品給我看。我們心中充滿了期待，可惜拿過來的不是實物，而是把拍下實物的光碟片拿給我，原來是六尊神像和四枚印章。神像的面貌奇特，後面刻有古代希伯來語和麥諾拉（七燈臺）。印章是只有在羅浮宮博物館和大英博物館才可以看到的那種。但他漫天開價，讓我根本不可能買。

五天四夜行程雖然使人疲倦，但這次旅行頗有收益。

回到家翻看《阿拉伯的岩石畫》，了解到我所看過的岩石畫，是考古管轄廳進行過調查研究，並登記有案的。瓦迪阿薩菲爾無數的岩刻畫中，尤其埃爾蘭山的岩刻畫，可以追溯到青銅器時代。那裡刻著清晰的古代文字，是考古研究的上好資料。

古代居住遺跡

終於到
該離開的時候

 科羅拉多
2006. 5. 27 SAT

　　我有短暫回趟韓國的機會。

　　為防止電話竊聽，我抵達韓國後才打電話給美國科羅拉多州斯普林斯貝斯研究所的鮑勃・克魯諾博士。他說非常希望早日見到我。我安排回到沙烏地阿拉伯以後再去美國的日程。

　　鮑勃・克魯諾博士曾帶領美國州政府 SWAT（美國 FBI 等特別機動隊），是膽大聞名的特殊警官出身。在 1988 年為了考察勞茲山，他曾與登陸過月球的太空人賴瑞・威廉斯（Larry Williams）一同偷渡到沙烏地阿拉伯。

他們潛入西奈山附近，在鐵網下挖出洞，爬進去後偷偷進行考察。雖然被員警發現，但幸運地逃了出來。

在丹佛國際機場，我與鮑勃・克魯諾博士愉快地見了面。出乎意料，他的個頭不是很高，且性格非常溫和。我在他朋友沃爾特・來利摩爾博士家住了幾天。沃爾特博士被譽為美國最優秀的醫師之一，在美國國家廣播電臺（ABC）主持醫學相關的節目，也在佛羅里達州立大學和杜克大學擔任教授職務，並執筆過幾本書。尤其《超級健康兒童》（*The Highly Healthy Child*）這本書還曾在韓國出版。他曾被 NBC、CNN、FOX 等媒體邀請，在固定廣播節目中進行諮詢服務。

沃爾特博士與二十幾歲的女兒凱蒂一起生活。她的身體不大好，可是與她談話時就感覺像面對天使。清純無瑕的她每天都寫信給耶穌。她把信的一小部分給我看，文章的每個句子都飽含感恩與幸福。她因周圍有很多人的愛護而感恩。雖然身體不便，但她對生活積極的態度非常值得學習。

鮑勃・克魯諾博士為我安排了幾天的晚宴。一邊欣賞著高爾夫球場裡的蓮花池，一邊品嚐烤肉真是無上的享受。他們的親切，讓我絲毫感覺不到這是與他初次接觸，與他的家人談話感覺很充實。我們分享相互持有的西奈山相關資料，和西奈山探險經歷，一次又一次讚美永活的神。神的旨意和計畫，用人類渺小的視野是無法理解的。在那裡，我認識了鮑勃・克魯諾博士的幾位朋友，我們決定彼此通

力合作。

在那個主日，我和鮑勃・克魯諾博士，還有沃爾特博士兩家，一起參加了科羅拉多州斯普林斯原木教會的主日禮拜。禮拜中，我們站起來一起讚美，一起聽牧師講道，領受神的恩典。

禮拜後，我們在教會附近的餐廳一起吃飯。在餐廳前院，大家手牽著手，為我能夠帶出所有資料，全家安全離開沙烏地阿拉伯而禱告。有幾位看來超過七十多歲的老人，像擁抱兒子一樣地擁抱著我說：「不要擔心，你在為主做事。我們都會為你不遺餘力地禱告。加油！」

他們的鼓勵給我帶來莫大的勇氣。鮑勃・克魯諾博士說：「當您完全脫離沙烏地阿拉伯以後，我一定去拜訪您。」

我們依依不捨地道別。

離開的時刻
2006 年 6 月初

從前一段時間開始，我總有不安的感覺，不知繼續停留在沙烏地阿拉伯會遇到什麼樣的危險。幾次探險阿拉伯北部地方時遇到的貝多因人和員警，還有檢查關卡，好像已經掌握住我的車輛情況和動向。

我再也不能和過去交往的考古學者們談話，可以看出來他們在故意躲著我。偶爾我會感到自己的電話被竊聽，尤其王子們和高層朋友經常打電話問：「這段時間你在忙

什麼？」這是最讓我不安的。

尤其到了六月時，大女兒就要從駐沙烏地阿拉伯的英國高中畢業，但沒有可以繼續讓她升學的外國學校。我感覺自己就像站在伊坦曠野邊的比‧哈洗錄前，對著巴力洗分、密奪和海的中間。但那時摩西不是說過：「你們今天所看見的埃及人，必永遠不再看見了」嗎？

有一天，因為公司的事情，我幫助過短暫訪問沙烏地阿拉伯的一家中小企業會長王華植。他對第一次見面的我說：「怎麼竟然在沙烏地阿拉伯住了二十年啊？」

「如果會長給我建個醫院，我就回去，肯定會回去！」

我不知不覺開了個玩笑。可是過了幾個月，竟接到會長的電話：「我接管了一家綜合醫院，想不想和我一起經營？希望你能過來，擔任醫師兼院長。」

這是神的旨意嗎？這個想法在我腦中一閃而過。但我還是認真地問：「是怎麼回事？」

「那是在京畿道平澤市的博愛醫院，共有 180 張病床，位於市區中心。現在你回韓國吧！」

「您怎麼會去接管醫院啊？」

他的回答簡單明瞭：「為了服務社會、回饋社會。醫院收入一分也不會放入我的口袋裡。我向神發誓。」

我的心中湧起一股熱流，認為這是神給我開啟的道路。祂似乎在告訴我，現在是離開沙烏地阿拉伯的時候了。神總是透過早作準備的人動工。

阿杜，阿拉伯北部

2006 年 7 月上旬

　　我們已經定下離開沙烏地阿拉伯的航班日程，2006 年 8 月 3 日就要離開了。距離 1987 年的某一天乘坐沙烏地阿拉伯航班來到這兒，已經過二十年。回首過去，一切都是出於神的恩典。來到這片土地時，我還是個年輕小夥子，現在已經是年過五旬的中年男子，成為擁有心愛妻子和三名兒女的一家之長。《論語》說，五十知天命，意為這是明白天意的年齡。這句話對我來說，就是從現在起，我的生活不屬於我個人，而是明白該為神做什麼的年齡了。

　　與我侍奉的王子訣別約一年。2004 年的某一天，我在杜拜旅遊時接到一通電話，那是王子的長子米沙・本・馬吉德（吉達市長）打來的電話。他當時非常著急，指示當時的副王——克朗親王阿布達拉・本・阿布杜勒・阿濟茲（2005 年 8 月 2 日坐上沙烏地阿拉伯國王寶座）的主治醫師阿布杜勒・紮法爾博士給我打電話。

　　阿布杜勒・紮法爾博士是沙烏地阿拉伯人當中最有名的醫生。他當時還任利雅德菲首國王醫院的管理職務。我們經常打電話相互問候，關係很好。我馬上回電給阿布杜勒博士。

　　「回到沙烏地阿拉伯後馬上到這兒來！我需要與你見面，討論要緊的事。」

　　旅行回來後，我去見阿布杜勒・紮法爾博士。他家位

於能夠往下看到紅海的科尼奇大樓裡。

「你把所有事情都處理好，進入王宮，我們一起侍奉副王吧。」

馬吉德王子還在世的時候，我醫治過副王幾次。我與副王的長子卡利德・本・阿布達拉王子因工作關係相互認識。副王將來要成為這個國家的國王是必然的事情，只要我接受這個建議，將來就有可能成為沙烏地阿拉伯國王的主治醫師。這是個大好機會，馬吉德王子離開後，我一直沒有任何收入來源。

（是啊，如果成為副王的主治醫師，正在念初中和高中的孩子們的學費和生活費等問題，就不必擔心了。馬吉德王子在世時，從我家的房租到孩子學費，一切經費都由國家核銷。我們一家到韓國休假時的往返機票，他都安排頭等艙或商務艙。）

這是很難拒絕的誘惑，但我更加堅信，單單為了眼前的利益而推辭神的計畫是不可以的。

（如果進入王室就不能有繼續探險的私人時間，生活上也會受到各種束縛，而且暴露的危險會更大。比起這世上有限的生活，還是為了我將來永遠居住的國度而生活吧。）

西奈半島附近的候鳥，每到一定的時期，就會經過地中海沿岸飛往斯堪地那維亞。為了飛到斯堪地那維亞，鳥兒們需要在地中海沿岸充分吸取營養。但地中海沿岸偶爾會看到幾隻候鳥，可能過於貪戀美食而趕不上隊伍，變成

留鳥。這些鳥大部分因為吃得太多、過於肥胖，不久就會被老鷹襲擊。如果我接受了阿布杜勒博士的建議，就會得到像這種不懂事的候鳥的下場。

我當場拒絕副王主治醫師的職位，阿布杜勒博士用無法理解的眼光看著我。從那以後，我們一家又探險了阿拉伯北部九次。在我拒絕副王主治醫師的職務時，最擔心孩子學費的問題，神一步到位，絕妙地幫我解決了煩惱。沙烏地阿拉伯的富翁朋友們，連續幾年爭先恐後輪番為我的孩子繳了每學期約 1.5 萬多美元的學費。

要離開奉獻了我所有青春時代的沙烏地阿拉伯，心裡有些依依不捨，但知道必須要離開。因為只有離開，才能把所有的一切傳向全世界。現在到了揭開被隱藏幾千年寶貴祕密的時候。重要的資料已經分批轉移到了韓國，搬家需要的貨櫃公司早已聯繫好了。

我計畫好離開沙烏地阿拉伯前最後一次探險阿拉伯地區的行程。比起過去的旅行，這次感覺比較踏實，因為我心裡這樣想：如果這次被捕，就光榮地被驅逐出境吧！

 拿著鐵棍的貝多因人
2006. 7. 12 WED

第十二次，也是最後一次探險。

「阿夫阿哈馬德，這次旅行我一定要到瓦迪埃努那去

看看。」

「如果就你們一家來，我會很高興與你們同行。」

與他約定好之後，我們一家決定再一次去勞茲山，看看米利巴磐石和曠野。就像看著自己的手掌一樣，看著清晰的 Google Earth 衛星照片，我們已經練習探險每一個山谷不知多少次了。作好預備練習，又把米利巴磐石周邊的衛星照片列印出來。

我們向神獻上禱告，懷著愉快的心情出發。

"Are you ready?"

"Yes!"

"Are you ready?"

"Yes, let's go!"

第一次探險時，我們一起喊口號，今天是第十二次探險，出發前我們再一次喊口號。這期間，女兒已經長到十八歲，二女兒十六歲，老么已經十四歲了。第一次探險時，他們的回答非常響亮，現在可能因為都長大了，回應並不太積極，孩子們勉強回答的聲音不知有多麼搞笑。

就像往常一樣，沙烏地阿拉伯的天空晴朗，盛夏的酷熱升高到了極點，大地的熱氣從一大早就炙烤著人。今天我們決定奔馳 940 公里到巴德。

經過延布到達了烏姆魯吉，我們找了間海邊小屋，吃著從家裡準備的午餐，沿著海邊看到的沙漠荒涼無比。將近傍晚經過杜巴港，那時開往敘利亞和約旦、埃及和土耳其的汽車很少了。

　　沙烏地阿拉伯政府在 2005 年 9 月 20 日，藉由資訊廳（The Saudi Arabia Information Resource）發表了全國道路擴建計畫。預計投入超過一兆美元的資金，擴建道路 171,000 公里，所以從延布向北的所有道路都在整修。

　　波斯灣戰爭時期，軍用裝備從西南部的港口，經過這些道路運往北方，所以道路毀損得非常嚴重。現在雖然有很多道路已修復，但有幾處依然在施工，妨礙了我們的旅行。

　　從杜巴至巴德的途中，進入一段未經修建的道路時，汽車的右輪出了問題。我把車慢慢移向路邊，卻陷入正在施工鋪墊的稀泥中，越想拔出來反而陷得越深。車是在下午六點左右陷進去的，現在都到 7 點 40 分了，仍不見一輛車經過。夜幕開始低垂，我們陷入了困境，離巴德還有卅五公里。我們試過挖出土來，也試過其他各種辦法，但車身絲毫不動。我們已經筋疲力盡，幾乎自暴自棄了，這時聽到從遠處傳來的汽車聲。

　　我們一家都跑到路上呼救，一輛白色小貨車停了下來。天黑得已經看不清車裡人的臉，當然他對我們也會有戒心。乍看之下，像是目光銳利的三十多歲的貝多因人。黑暗中也能看到他投向妻子和女兒的目光，雖然叫人不舒服，我還是向他求助。

　　他打亮車燈，照向我們這邊，然後取出工具箱，走近我們的車。他讓我把後輪那邊的土挖出來，自己手裡拿著長長的鐵棍站在後面。不知為何心裡有些不安，也許這傢

伙會在什麼時候給我來一棍。心裡一時緊張起來，不管怎樣，對第一次遇到的貝多因人小心一些是上策，防禦是重要的。

我挖一會兒土再回頭看一下，再挖一會兒土又回頭看一下，重複幾次。這傢伙的用意實在猜不透，他突然改變方向，我也轉身凝視他。他的神情的確很緊張，目光更加發亮。我提醒孩子們要小心這個傢伙。

我站起來，把從第一次探險時就開始帶著的玩具槍握在手上，簡短地進行禱告。

（主啊！求祢讓我安然度過這場劫難，祈求祢的幫助。）

我突然想起巴德副鄉長的名字。

「兄弟！你知道馬蘇迪先生嗎？就是那位巴德副鄉長。他現在也許正在等著我呢！」

他的眼神顯出慌張，然後說：「當然知道了，他是很好的人。」他裝出認識的樣子。這才把傳統衣服拉到腰間，從自己的小貨車貨廂裡拿出鍬和鎬，開始過來挖土。不過十幾分鐘，車輪就從泥土裡出來了。

仔細觀察，他在貨廂裡放了一個大大的工具箱，裡面裝滿了鍬、鎬等各種工具，這傢伙肯定是個盜墓賊。盜墓賊是不會牧羊的，因為他們總想著一獲千金。我給了他一些酬金，交換了電話號碼。

巴德是個小鄉村，我們計畫在這裡過一夜，第二天一早進入勞茲山後面。就算是現在，如果給巴德副鄉長打一

個電話，他也會馬上給我們安排一個住宿的地方。但是為
了明天看山，不讓任何人知道我們來到這裡，要保密，這
樣比較有利。

上次我們租用了一間樓房作為住宿的地方，所以這次
又去那裡。但這天沒有空房子。逛了一會兒，發現加油站
旁邊有一間空屋，那是往約旦或敘利亞等地運輸貨物的大
型拖車司機們，以小時計費休息的地方，甚至連鞋都不脫，
就在房屋裡閉上眼、休息一會兒，然後離開的地方。房屋
和洗手間離得很遠，很不方便。屋裡有難聞的味道，還有
很多蟲子，但我們決定在這裡度過一夜。正值青春期的女
兒們沒有一句怨言，讓我心裡很感激。我們打開睡袋進入
夢鄉。

金牛的叫聲

2006. 7. 13 THU

（主啊，感謝祢在過去的危難之中保護我們，並給我
們新的一天。今天我們要沿著瓦迪穆薩仔細觀察勞茲山的
後面，求祢幫助我們不要遇到任何困難。奉耶穌名求，阿
們。）

清早起床後，我立即向神獻上禱告。

沙漠和曠野是不知何時會發生什麼狀況的地方。我們
準備充足的水、巧克力和麵包，又用衛星照片確認道路好
幾次。

　　到了瓦迪穆薩的入口後，我們決定在寺院把手洗乾淨。因為我們要登上西奈山，同時要察看附近有沒有人。就在我們進入洗手間，打開水龍頭的瞬間，不知從哪裡傳來了牛叫聲。

　　「兒子，這是什麼聲音啊？」

　　「爸，那是牛叫聲吧。」

　　聲音停了一會兒，又再次傳了過來，的確是牛叫聲。仔細觀察了好一陣才明白是怎麼回事。現在室外溫度 40 度以上，洗手間內相對涼快一些，由於室外空氣與室內溫度產生差異，在窗縫之間空氣逆流發出聲音。

　　我想起不久前讀過的《從亞當到穆罕默德的故事》（*Stories of the Prophets from Adam to Muhammad*）。該書作者主張，亞倫收集了以色列百姓出埃及時帶過來的金銀首飾，說在曠野當中這些東西是沒用的，然後挖坑埋起來。看到這個場面的貴金屬專家薩米爾（Samiri），把這些首飾取出來融化後，製成了埃及神阿匹斯。它的內部被製成空心的，並讓空氣從口腔到肛門流通，使牛能發出叫聲來，然後他告訴百姓們這就是以色列的神。

　　瓦迪穆薩入口有為貝多因人建的學校，但看不到任何人。我們一邊留意周邊的動靜，一邊慢慢往裡前進。這時，在一百多公尺前方看見貝多因人騎著駱駝經過。這是道障礙，不知應該等到他們都過去，還是加快速度繼續往前。

　　（好吧，不管三七二十一，先過去再說吧。）

　　我們決定先看著衛星圖像，把車開到目的地，沿著貝

多因人的路，繞過山腳奔跑了十多公里，勞茲山還沒有出現。至今我們已經來過很多次，並且是看著衛星圖像來的，竟然沒能找到，不知怎麼心裡有些不安。我們決定在小山谷裡把車藏起來，徒步登上山坡，察看圓錐山的位置。

勞茲山下有一座山，其形狀彷彿是把蛋捲冰淇淋倒扣下來的形狀，我們給這座山起名叫圓錐山，每次來勞茲山都以圓錐山為標記。從山坡上看圓錐山的位置不對，才發現我們走錯了路。這次我們看著衛星圖像，事先還作了推演，竟然還是犯下這樣的錯誤。

繞出來的時候，車輪陷在了山谷裡的泥沙裡。經過沙地時稍遲疑了一下就陷進去了。我提高速度，但汽車只是左右搖晃。當我們終於掙脫沙地時，看到了皂莢木下有一家貝多因人坐在那裡。不知該停下來還是繼續走，我猶豫了一會兒，把車停下來。

貝多因婦女急忙遮住了臉，男人們擺出警戒的姿勢。我讓他們看到我也帶著家人，讓他們放下心來，然後展開雙手舉到頭頂。我祝他們蒙神福佑，與他們打招呼，但他們卻沒有應答，仍然保持著警戒。其實我並沒有什麼話想跟他們說，但這時需要謹慎一些。如果就這樣過去，很容易受到懷疑和跟蹤。所以我向他們介紹家人，並取出飲料遞給他們，但他們拒絕了。不得已的情況下，我向他們問路。

「我們迷路了。往哪個方向可以去巴德啊？」

「從這裡筆直出去後，往右直行就會看到柏油路。」

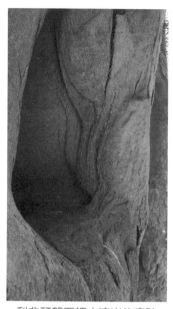

利非訂磐石裡水流出的痕跡

他們親切地告訴了我，我向他們表示感謝後道別。車開出六、七分鐘後，果然遇到了柏油路。我把車調轉方向，看到我們熟悉的道路。圓錐山佇立在遠處，雷達基地近在眼前，這下才找到了正確的道路。

我看到了利非訂磐石就在前方不遠處，利非訂磐石依然像幾年前一樣高高聳立著。我心情激動，小心翼翼沿著周圍凹凸不平的石路開過去，把車隱藏在山谷裡。首先要仔細觀察利非訂磐石，充分探查周邊的地形。因為時間緊迫，不知什麼時候，會有祕密警察出現，心裡有些不安。

「『我必在何烈的磐石那裡，站在你面前。你要擊打磐石，從磐石裡必有水流出來，使百姓可以喝。』摩西就在以色列的長老眼前這樣行了。」（出埃及記十七章6節）。神使這樣巨大的磐石流出水來，讓曠野當中的人都可以看到。我只要信靠這位神。

「大家要各盡其職：大女兒恩知藏在岩石附近為我們拍攝，二女兒銀雪帶著數位相機跟隨我，么兒帶著數位相機保護媽媽，妻子用錄影機拍下周圍。再強調一點，岩石山是危險的，一定要小心再小心。絕對不能發出大的聲

響。」

　　我們穿著阿拉伯式長袍，各自帶著一瓶水，開始爬向岩石山。天氣太熱了，感覺汗沒流出來就已經被烤乾了。越接近山頂暗色的岩石和晴朗的天空越形成鮮明的對比。

　　我進入了米利巴磐石縫，那裡可以容納一個成人經過。米利巴磐石背面朝著勞茲山，南面向著巴德地區。岩石底部也許是因為受到流水的衝擊，有幾條紋路。岩石下面有水流過的痕跡，直到現在依然清晰。這條水流淌過的痕跡一直到山下的地面。

　　沿著這條水痕下去，可以看到人工堆砌石頭搭建的台子。那可能是為了把水流引入曠野的水路。檯面上有用石頭砌成的石頭祭壇。山附近，有大約十五座、以石頭隨意堆砌的石墳，但祭壇與石墳不同，祭壇堆砌得更加精細。羅恩・瓦特主張，這座壇是與亞瑪力人爭戰後，以色列百姓築的「耶和華尼西」祭壇。

　　我猜想，這十五座石墳是不是埋葬著以色列與亞瑪力族戰爭中死亡的人員呢？不知這種猜想是不是有些偏頗。

　　石墳有些部分已經倒塌，不知是因為經不住悠長歲月的考驗，還是盜墓賊所為。

🌳 無數的神祕怪圈

　　沿著水路前往曠野方向，繞過右側山腳，發現居住的痕跡。據推測，那是以色列百姓在曠野生活中搭建帳篷的

怪圈——幾萬個……不，也許有更多的石頭圈，為什麼會出現在這荒
涼的曠野之中呢？是誰故意在這裡擺下了這樣的石頭陣呢？

地方,因為那裡有石頭圍成的外圈。

(幾萬個⋯⋯不,也許有更多的石頭圈,為什麼會出現在這荒涼的曠野之中呢?是誰故意在這裡擺下了這樣的石頭陣呢?)

因為不知雲柱和火柱什麼時候往哪裡移動,以色列百姓很可能在四十年的曠野生活中,一直住在帳篷生活。

如果是這樣,他們也不能釘上木橛子,最多只能在帳篷的底端壓上一些石頭,防止被風揚起來。當雲柱移動時,他們只要把帳篷收起來後就可以離開,石頭就這樣被留在了那裡。如果是這樣,以色列百姓經過的地方都會有這樣的石圈留下來。石圈的直徑有六、七公尺,也有超過這個尺寸的。

岩石下還有石頭築台,顯示人們居住過的痕跡。從曠野下方往勞茲山緩緩上去,另外一片曠野展現眼前。那裡有無數比足球小一些或大很多的石頭所擺成的石圈。看著這些,我不得不沉浸在思考之中。

無垠曠野中,活動的只有我們一家人,連一隻鳥都沒有經過。我們在深邃的山谷中,不停地忙著收集資料。

快下午二點了,我們得在一、兩個小時內離開這裡。現在是午休時間,在人們睡醒之前我們一定要離開。

重返相反方向,遼闊的曠野邊際,勞茲山和有利非訂磐石的山,被一個堤壩連起來,堤壩的長度約三百公尺,坡度很陡,看來很難開車上去。我們已經來過這裡三次。

堤壩上面,有幾幅岩刻畫,畫著解開鞋帶的鞋子,不

過已被沙烏地阿拉伯政府軍消除，沒有多少留下來，但我們還是發現了一些，拍攝下來。從堤壩下來，繞到利非訂磐石後面，我們又爬山，拍攝後山的景象。

下午三點，如果再拖延時間就有可能會碰到貝多因人。我們急忙又沿著瓦迪穆薩奔馳，偶爾能看見幾頭駱駝孤獨地站立著。也許我們走的是近路，到寺院只有十五公里。我們的目的完成了！心裡越想越充滿感恩。

> 我要向山舉目；我的幫助從何而來？
> 我的幫助從造天地的耶和華而來。
> 祂必不叫你的腳搖動；保護你的必不打盹！
> 保護以色列的，也不打盹也不睡覺。
>
> 保護你的是耶和華；耶和華在你右邊蔭庇你。
> 白日，太陽必不傷你；夜間，月亮必不害你。
> 耶和華要保護你，免受一切的災害；
> 祂要保護你的性命。
> 你出你入，耶和華要保護你，從今時直到永遠。
> （詩篇一二一篇）

我打了電話給阿夫阿哈馬德。

「今天，我們會晚一些到達杜巴。」

「好的，在進入迪薩的入口有一家加油站，明天早晨我們在那裡見面。」

「為什麼在迪薩？」

「嗯，有個朋友手裡有盜墓得來的東西，他想在那裡與您見面。您一定想見見他吧。」

我們心中唯一想去的就是瓦迪阿依努那，但阿夫阿哈馬德並不這樣想。雖然已經是夜晚，但決定向杜巴出發。我們在奔馳的車裡吃下從巴德買的三明治。

木乃伊洞穴

2006. 7. 14 FRI

在迪薩入口加油站，我和阿夫阿哈馬德還有他的朋友見面。他們早晨七點到達，應該在清晨五點鐘就已經出發了。我們按著貝多因人的方式一起吃早餐。

早餐後，進入了迪薩山谷。據說阿夫阿哈馬德的朋友是這一地區的祕密警察，但沒告訴我他的姓名。祕密警察把 AK 步槍拿給我看。

「這種槍是奧薩馬・賓拉登最喜歡的。」

然後他朝著岩石山開槍，槍聲迴盪。

「你要不要試試看？」

他把槍遞給我，我按著在部隊學過的舉槍姿勢開了一槍，然後又開了一槍。

我們在山谷中的椰棗樹下喝了杯濃濃的紅茶。我們剛剛見面，但很快彼此敞開胸懷。

祕密警察說：「我在杜巴有個朋友，想處理幾件骨董。

我打算先見見你，再介紹給我的朋友。」

就這樣，我們去祕密警察的杜巴朋友那德爾（Nadr）家。他叫我保證守密，然後出示幾件骨董給我看。

那德爾聽說我們正在旅行，就告訴我們說，附近有發出鬼叫聲的沙子山，如果感興趣可以介紹給我們看一下。

這引起大家的好奇心，跟隨他出發。經過足以淹沒腳踝的沙路，走了一會兒，出現一座巨大的沙山，形狀就像金字塔一樣。我們在自然的奧祕面前連連噴舌。

沙山的中間有個小山，登到那裡時傳來嗚嗚沉重的低音。聲音斷斷續續，是非常怪異的低音。仔細聽，那是風聲。好像是沙漠的風碰到三角形沙山傳來的聲音。風一停，聲音也消失了。

上面有人獻祭的痕跡，在那裡也撿到用石頭做成的小飾物。我們與那德爾道謝作別。

我和阿夫阿哈馬德往瓦迪阿依努那出發。我下定決心，這次一定要解開圍在村口考古地區鐵網的祕密。上次見到的哈姆丹說，那裡肯定是摩西短暫停留過的地方；阿夫阿哈馬德的朋友說，在那裡挖掘到了巨人木乃伊，疑問連著疑問。

阿夫阿哈馬德再次叫來那個地方的村長朋友，村長這樣說：「往這裡進去的入口原來有水井，現在已經乾枯了，那就是摩西的水井。遙遠的過去摩西和亞胡德（猶太人）一起短暫停留過的地方。除此之外我什麼也不知道了。」

我們進入鐵網裡面。那裡有倒下的枯乾椰棗樹，看來

這裡水分不足。不久之前，這裡似乎也是有水的，現在依然還有活著的幾棵樹。對面有零散的居住痕跡。

進入山谷後，阿夫阿哈馬德開始察看周圍，好像在尋找什麼。我問他找什麼，他說：「正在找上次發現的木乃伊洞穴。」

我暫時不管他，帶著哲雄登上山，踩著珊瑚礁階梯登到山頂，山頂有龐大的古代居住遺跡。

從山上下來時，阿夫阿哈馬德還在尋找木乃伊洞穴。

「也許因為洪水，地形發生變化，實在找不到。」

不知怎麼，我覺得他其實明明知道，就是不想告訴我們。

進入山谷更深處，四處都有椰棗農場，還有另外一個考古地區。這時正好遇到了兩位年輕人，這兩青年正是農場的主人。他們說如果想去，帶我們到通往鐵網下面的路。

這片考古地區也有很多的居住遺跡，面向著山頂，築有一座用土和石頭堆成的祭壇，毀損得厲害。我們在這片考古區域收集到了幾個陶片。年輕人說：「聽說這是亞胡德生活過的地方。」

我們與他們分別後更深入這地。越往裡前進，就可以看到更多的考古區域鐵網，連村長都不知道原來還有這樣的地方。

紅紅的夕陽與我們約定著明天見，直接落下山頭了。我們回到沙爾馬（Sharma）。吃了晚餐，計畫在沙爾馬沿著河道抄近路去泰布克。那條道路是未經修建的道路，正

在施工，處處都有危險等待著我們，尤其夜間開車會更加危險，但不能因此捨近求遠。阿夫阿哈馬德幾次囑咐我得注意安全。

離開沙爾馬後就見不到一點光亮了。黑暗似乎按壓著我，看著遠處阿夫阿哈馬德的燈光奔跑了三十多分鐘後，感覺似乎不是我在開車，而是被吸進黑暗裡。路上一會兒是柏油路，一會兒是土路，我踩了幾十次緊急煞車。繞過拐角時，突然有一座重裝備機械擋在面前，雖然踩了煞車，可是汽車幾乎轉了360度，妻子和我同時喊出：「主啊！」輪胎燒焦的氣味直往鼻孔裡鑽。就這樣我們經歷幾次的危險後，終於遠遠地看到了泰布克的燈光。到達時已是夜晚10點43分。

 ## 在瓦迪阿塔納找到的七燈臺
2006. 7. 15 SAT

第二天，阿夫阿哈馬德比約定時間晚些出現。他把過去沒見過的兩位貝多因人介紹給我。

他悄悄提醒我：「他們是盜墓專家，每個山谷幾乎都去過。你把壯陽藥給他們，他們會很高興的。」

我把幾顆壯陽藥分給他們，他們從阿夫阿哈馬德那裡聽說過這種藥的神奇效果，竟然把我擁抱起來。

（那麼，好好給我介紹猶太人生活的遺跡吧。如果是尋找猶太人的遺跡，深山也好，深海也沒關係。火熱太陽

猛烤的沙漠也好，就算有響尾蛇或蠍子我也會去的。）

我相信，這次離開沙烏地阿拉伯之前的最後一次旅行，神肯定會給我們特別的恩寵。

他們說要準備午餐帶過來，跟我們約定一個小時後見面。不多不少，一個小時後，他們拿來羊肉、各種廚具和水桶。

我們離開泰布克後一路奔馳，經過瓦迪巴嘎爾和瓦迪阿什拉夫的交叉點，往東行駛後進入了瓦迪阿塔納。其他曠野地區都是沙地，而這裡卻全部被小石子或石頭覆蓋。跟著他們行駛了好一段時間，連續幾次繞過山腳，我們在一座山下搭起帳篷。山谷裡竟然還能看到稀稀落落的綠色小草和樹木。

中午時間，他們在岩石下面找到合適的地方開始搭設廚具。他們突然喊我們過去，過去一看，附近的岩石上竟有清晰的岩刻畫，到處都有古代字跡和圖畫。我忘記了炎熱，心情激動起來。在這廣闊的野地上，是誰留下了如此多的岩刻畫和字跡呢？

這時正在準備午餐的貝多因人說：「啊，忘了拿鹽了。」

他們猶豫了一會兒後，阿夫阿哈馬德和其中一位朋友帶著手槍取鹽去。這段時間，我和準備午餐的貝多因朋友天南地北地聊起來。

「我們家世世代代都是貝多因人。我跟隨父親去過很多地方，也聽到很多故事。泰布克這一帶有很多猶太人的遺跡，尤其瓦迪阿塔納是猶太人生活過的地方。」

瓦迪阿塔納的七燈臺岩石畫

「那麼你對勞茲山應該也很了解？」

「1980 年以前我經常在那一帶活動，對那裡瞭若指掌。現在那裡是軍事區域，外人不許進入。」

「那，不允許進入的緣由是什麼？」

「也許跟猶太人有很大的關聯吧。」

他在炎炎烈日下點燃了篝火煮飯，又開始煮羊肉。貝多因朋友的臉被烤得通紅。

我們開始收集岩刻畫，就像特工隊員一樣自覺地迅速行動。這時妻子喊我：「老公，那兒，那兒！」

她似乎有了什麼新發現，我往她指的方向看過去，小小的一幅畫緊緊地抓住了我的視線。那是邁諾拉（七燈臺），就是〈出埃及記〉二十五章 31 ～ 37 節，詳細描述

過的七個燈盞。我懷著興奮的心情，拍下了照片。從燈臺的座上伸出一柱子，它的左邊和右邊各分出三個枝子，這的的確確就是七燈臺。那附近到處是更多的畫和字。

去取鹽的朋友們過了兩個小時還沒回來。如果等到吃完午餐恐怕會失去看岩刻畫的機會，我和家人再一次去尋找岩刻畫。幾個石臼和石磨散落在各處，墳墓被石頭覆蓋著。岩石上混合地刻著各樣圖畫，以及古代希伯來語和塔穆迪克文字。

到下午五點了，去取鹽的傢伙們到底去哪裡呀？在曠野當中手機根本沒用，準備午餐的朋友說：「他們連一瓶水都沒帶，是不是汽車故障了？我們帶著水一起去找找他們吧。」

「我們在這裡待著，你自己去。」

我想在天黑之前查看更多的東西。貝多因朋友不太情願地自己一個人去，但拗不過我們。他走了之後，我們再去尋找岩刻畫。

三十分鐘後他們回來了，原來是汽車出現了問題。快到晚上六點鐘我們才吃午餐，用手把羊肉和鹽摻和一起的那頓飯，還有七燈臺岩刻畫，讓我在夢裡也難忘記。

扁桃樹
2006. 7. 16 SUN

過去幾次經過瓦迪阿比亞特時，心想如果能夠沿著瓦

迪阿比亞特進入勞茲山該有多好啊！第一次探險時，差點丟掉性命的地方就是瓦迪阿比亞特。過去我已經幾次拜託過阿夫阿哈馬德，帶我們沿著瓦迪阿比亞特到勞茲山去，但他總是找各樣藉口推託。今天我們終於可以和他沿著瓦迪阿比亞特去勞茲山下，我的心非常激動。

當我們來到約定地點時，我心裡最不高興的是，他的考古學者弟弟還有他的哥哥，還有阿夫阿哈馬德的五個兒子都等在那裡，看樣子大家要一起去。這是好事還是壞事？只有到時候才知道。

我們跟隨他們進入瓦迪阿比亞特，途中經過一個大大的鐵塔。瓦迪阿比亞特全部都是白色的沙地，沿著這條乾燥的河道，繞過一個拐角，一座巨大的岩石山下有貝多因人的村落。村莊入口，有看起來幾百年樹齡的扁桃樹（almond tree）。看著扁桃樹，朋友們說：「勞茲的原意其實是扁桃樹。勞茲山從半山腰開始分布著扁桃樹。何烈山的頂上有兩座巨大的岩石，在兩座岩石中間生長著幾千年樹齡的扁桃樹。」

在沙烏地阿拉伯任何地方都看不到的扁桃樹，怎麼會在勞茲山生長千百年呢？

後來我查看聖經並沒有扁桃樹（almond tree）這一詞，取而代之的是杏樹。查看新國際版（NIV）和欽定版聖經（King James Version of the Bible），發現使用的不是杏樹，而是扁桃樹（almond tree）。（創世記三十章 37 節；出埃及記二十五章 33-34，三十七章 19-20 節；民數記十七章 8 節；

傳道書十二章 5 節；耶利米書一章 11 節等八處，都是譯作扁桃樹。）也許在翻譯過程中，因為韓國沒有扁桃樹才會錯用單詞吧。摩西發芽的手杖，會幕的器具——燈臺——其實都是用扁桃木

扁桃樹（almond tree）及其果實

製作的，這驚人的事實讓我目瞪口呆。

我們進入了瓦迪阿比亞特更深處，決定在巨大的岩石山前短暫休息一會兒。那附近的岩石上同樣刻有古代希伯來文和塔穆迪克文字，也有一些圖畫。岩石的一面，全部用古老的阿拉伯文記錄著什麼，那是磨損嚴重的砂岩。阿夫阿哈馬德告訴我去看看別的地方再回來。

短暫休息一會兒後，我們看了看其他岩石山下面的岩刻畫。這是廣闊的曠野，有一座沙山阻擋在面前，無處可去。

我希望沿著瓦迪阿比亞特進入西奈山的正面，他們看來卻像是故意在拖延，尤其考古學弟弟總是投給我充滿懷疑的目光。

「阿夫阿哈馬德，我們什麼時候走呀？」

「馬上就走。」

然而他卻在地上鋪了毯子提議吃飯，從車上搬出準備好的鍋和水桶，撿些石頭準備搭上鍋。阿夫阿哈馬德的兒子從小學生到中學生年齡都有，他們習慣地走入曠野，撿

來燒火用的樹枝和乾枯萎縮的草根。看著此番情景，想起了第一次探險時，貝多因人把我們引誘到山谷中時，有個傢伙撿樹枝的情形，我的身體不禁發起抖來。我和他們一起撿著樹枝，努力甩掉這些想像，偶然看了下周圍，不知怎麼竟感覺有些眼熟。但是……我差一點喊出聲音，臉上一陣痙攣。

（怎麼會這樣！真的，怎麼會這樣！噢，主啊，祢為什麼帶領我們到這裡？有那麼多山谷，那麼多河道，為什麼偏偏把帶到我們這裡呢？）

這個地方是第一次探險時，幾個年輕人騙我們說帶我們走近路，之後為了圖謀我年幼的女兒們和我的妻子，拿出刀來威脅我們的地方。雖然那時是夜晚，在逃離過程中我的車輪陷進去，讓我們吃盡苦頭的沙丘，右邊聳立的岩石山和山谷，這些我都記得清清楚楚。就是在這個地方，我們為了吃午餐撿著樹枝，這件事情讓我吃驚。

當然，阿夫阿哈馬德並不知道這件事。他也不知道我們去過西奈山。

（神啊！我想起那時的事情。如果沒有祢的幫助，我們怎麼能避開當時的危難。今天我們竟然在這裡安然地準備午餐。）

餵養我們、看護我們的神似乎在說：「明日就可能消失的野草我都會看顧，何況是你們呢？」

我不自覺地抓起一把沙子向空中擲出。在這曠野中，我曾揚起的沙土不可能再次尋到。是啊，我們就這樣在死

亡的瞬間逃離出來，又在芸芸眾生中安然度日。但神肯定記著這件事，也許他就是為提醒我們，不要忘了那一天，在我們最後一次探險的日子，再一次帶我們來到這裡。

（好！你們看著吧。你們所做的事情，報應在你們身上。帶著十二次探險的材料，我們就要離開了。）

「你們要追念上古的事。因為我是神，並無別神；我是神，再沒有能比我的。」（以賽亞書四十六章9節）

我為神的細微周詳而感恩，強忍猛烈的心跳拍下這裡的照片。

吃完午飯又過了很長一段時間，人影都變長了。他們明顯在拖延時間，我告訴妻子：「看來阿夫阿哈馬德的弟弟在妨礙我們。」

過一會兒他們出發了，沿著瓦迪阿比亞特快速奔跑。然後開始奔向上坡路，應該沿著原來的路直行，他們卻往右拐奔向上坡路。

「壞傢伙！」

我明白自己上當了。他們不是往勞茲山正面去，而是往軍事道路走。回頭看，這是第一次探險時，我們逃離死亡山谷時逃難的那條道路。

重新想想，我們已經把該看的都看過，也擁有大量的資料，也許我們想去勞茲山的想法是過分的貪心。如果進入那座山，不幸被祕密警察或特殊部隊工作人員發現被捕，過去所有的努力都可能成為泡影。

（神啊，我反而感謝祢。請祢原諒我過分的貪心。）

神安慰我們至今所做的,就已經足夠了,我們反過來也許該向那位貝多因朋友說聲謝謝。他們在軍事柏油道路上等著,當我靠近時,阿夫阿哈馬德的表情很尷尬,也許是因為沒能信守諾言吧。

我說:「謝謝你,朋友,今天的旅行很愉快。我們打算明天一早返回吉達。」

他用非常遺憾的表情對我說:「明天帶你到更好的地方。」

「不必了,已經夠了,謝謝。我們明天得回去。」

但他還是極力勸我們再待一天。

「有另外一個貝多因朋友告訴我有很多岩刻畫的地方。已經跟他約好明天帶你們去,再多待一天吧。」

我知道他是因為今天沒能信守約定而內疚才這樣,但我也有些好奇。約好如果是我們沒去過的地方,明天就再停留一天。

 ## 瓦迪・達瑪的哈索爾岩刻畫
2006. 7. 17 MON

我們一家人懷著理所當然的使命感著做這些事情。沒有一點陰涼的沙塵風暴中,我的家人們沒有一點怨言,我對此一直心存感激。

第二天,我們和阿夫阿哈馬德、他警察身分的哥哥、還有另外的貝多因朋友們一起出發。經過從泰布克到杜巴

的員警關卡處 15 公里的地方，右拐後進入了曠野，是離城區不遠的瓦迪・達瑪（W. Dammk）。行駛一段時間後，通過衛星影像查看位置，那是屬於瓦迪巴嘎爾的下游。

今天第一次見面的貝多因朋友在前面帶著路，我們跟在他的後頭。他突然停下來揮起手，那裡有古代居住遺跡和岩刻畫。果然畫有埃及哈索爾母牛圖，周圍混合地刻有古希伯來文和塔姆迪克文。一點一點往下移，發現幾處岩刻畫和石磨。河道向著勞茲山的方向延伸，我們沿著河道下去，把無數的石磨和圖畫收進相機裡，其中有很多公牛阿匹斯圖和母牛哈索爾圖，偶爾也有山羊圖。

雖然捨不得，但現在真的是要告別的時候。也許阿夫阿哈馬德還不知道今天是我們最後一次見面。連續幾年，我們的友情越來越深，但不能告訴他真相，因為我們需要安全地離開沙烏地阿拉伯。我非常感激他在這段時間給予的幫助，想給他一些錢表示感謝，他竟然生氣了。還好，我給他和他的親戚們免費治過病。我們彼此相擁貼著臉告別，他像過去每次分別時一樣，又這樣問：「您什麼時候再來？」

過去我總是回答他：「得等到下次放假。」但今天得給他特別一點的答覆：「因薩拉！」（意指：如果是神的旨意！）

向著麥格納

2006. 7. 18 TUE

今天睡了個懶覺。因為連日的疲勞需要緩解，而且也沒有什麼特殊的計畫。只是我們這次選擇的不是過去經常經過的從泰布克通往杜巴的道路，而選擇了往沙爾馬（Sharma）的道路。這條道路是幾天前同阿夫阿哈馬德來泰布克時知道的。今天白天我們選擇這條路是為了再次去麥格納地區，了解更多有關埃因穆薩的情況。

白日晴朗的天氣和毫無污染的山谷如同一幅畫般。麥格納的埃因穆薩依然有泉水湧出，正好有兩名海軍軍官站在那。我同他們打招呼後，再一次聽到有關這裡的由來。他們果然還是講給我與摩西有關的故事，並告訴我共有十二條水路。

回到巴德的道路上出現了上次沒有的牌子。葉忒羅房址前面立著藍底牌子，分別用英語和阿拉伯語寫著：Shuaib Villege（葉忒羅村莊）。

顯然這片土地正在發生變化。一直想隱瞞掩藏這些的政府，怎麼會公然豎起葉忒羅房址的牌子呢？

重返沙爾馬的道路上，我打電話給上次汽車陷在路上時，拿著鐵管幫助過我們的貝多因人。

「啊，你好。一起喝杯薩伊吧。一定要來啊。」

到達沙爾馬時，他不知道是什麼時候來的，已經在路口等著我們。我們只是相隔一周再次見面，他卻那麼熱情，

就像我們足足有七年
沒見過面一樣。我們
在路邊他哥哥的辦公
室一起喝薩伊。

葉忒羅村的路標

　　他把我們帶到海
邊，沿著一直伸到海
底的沙灘開車，然後
停了下來。遠處海水
沒能退淨，形成足球
場一樣寬闊的鹽田。

　　夕陽染成了紅紅的晚霞，然後落向海邊。大海約定著
明天，把太陽攬進了懷裡。隨著通紅的太陽逐漸消失，藍
藍的大海變成了黑色。太陽的陰影爬到大地，讓旅人倍感
孤獨。

　　（走吧，我們要停留的地方不是這裡。）

　　這將是最後一次在沙烏地阿拉伯旅行，現在就剩下回
家的道路了。我們在北部阿拉伯米甸十二次的探險，走了
33,641公里，幾乎等於繞地球一圈。「當日摩西起誓說：『你
腳所踏之地定要歸你和你的子孫永遠為業，因為你專心跟
從耶和華我的神。』」（約書亞記十四章9節）我懇切地
向神祈禱，願我們所踏過的每一片土地都有福音的號角吹
響，讓沉睡的靈魂甦醒過來。

　　我們決定離開沙烏地阿拉伯的日子越來越近，一一拜
訪過去二十多年間在此結交的朋友也不是件容易的事。這

裡有瑞士、德國、義大利、美國朋友們，透過他們充滿犧牲精神的友情，我們相互交流資訊，與他們分別將會很困難。

8月3日，我們將在土耳其伊斯坦堡短暫休息後，永久歸回韓國。

附錄：如何分辨真正的西奈山？

西奈山裡應該有的（同內文）

- 以利亞的洞：列王紀上 19:9
- 山周邊的地界：出埃及記 19:12
- 搭建聖幕的場所：出埃及記 26 章
- 12 個石頭紀念柱：出埃及記 24:4
- 神經過的岩石縫：出埃及記 33:22、詩篇 94:22、列王紀上 19:11
- 曠野山中流淌的水：申命記 9:21
- 亞倫的金牛祭壇：出埃及記 32 章
- 三百個人的墳墓：出埃及記 32:28

西奈半島的西奈山不是真正西奈山的九個理由：

1. 西奈半島在當時是埃及的土地。

西奈半島在 1967 年被以色列侵略之前，是從未被外部侵略或佔領過的埃及土地。為了脫離埃及而跨越紅海的以色列百姓，不可能重新回到埃及的領土生活十一個月時間。紅海以西奈半島為中心形成張開雙臂的形象，左臂的末端與蘇伊士相連，右臂的末端是亞喀巴（埃拉特）。如果按照當今傳承下來的說法，位於西奈半島的穆薩山是西奈山的話，就要牽強假設以色列百姓跨越紅海，來到米甸土地後，重新渡過紅海，或者通過亞喀巴繞回來的。

2. 以色列無法在埃及找到祖先的遺跡。

　　西奈半島的形狀是倒三角形，半島的北面是地中海，西部上方是蘇伊士灣和蘇伊士運河，並且與非洲相連。東部上方隔著亞喀巴灣與埃及、以色列、約旦、沙烏地阿拉伯相連。西奈半島為連接非洲與亞洲的橋樑。

　　西奈半島在六日戰爭之前，從來沒有被外部侵略或佔領過。後來，以色列在 1967 年進攻阻斷石油進口途徑的埃及，發生了六日戰爭。從那之後到 1982 年 4 月，長達十五年的時間裡，由以色列治理西奈半島。但後來，在美國卡特總統的調和下，埃及和以色列達成和平協定，這片土地重返埃及的治理範圍。

　　以色列在這十五年的時間裡進行了多種地質勘測和軍事訓練，但最重要的項目是尋找祖先的遺跡。考古學家和地質學家們雖然仔細周密地翻遍了此地，曠野四十年的遺跡卻一點都沒發現。他們甚至提出穆薩山不是西奈山（*The Jewish Encyclopedia Vol.14*）的定論。如果他們在西奈半島的穆薩山發現了摩西和以色列百姓曠野生活的遺跡，別說是卡特總統，就算他們的爺爺來了，以色列百姓也不會把西奈半島歸還給埃及的。

3. 西奈半島的西奈山從以色列百姓經過西奈半島的三千多年前就稱為「汛」。

　　西奈這個詞起源於美索不達米亞的阿卡迪亞語「汛」（Sin），據說是由於約五千年前（西元前三千年左右），

此地就供奉月神而傳承下來的。根據美國聖經考古學家
阿爾弗萊德‧霍沃德（Alfred J. Howorth）的著作《考
古學與舊約聖經》（*Archaeology and the Old Testment*），
美索不達米亞崇拜的主神是「阿努」（Anu），其次是
「月神」。在亞伯拉罕時代的烏爾地區稱之為「汛」，
在那之前稱為「喃納」（Nana），主管黑暗、月亮、陰
曆。此月神「汛」迅速傳遍整個阿拉伯和西奈半島。「瑪
魯杜克」（Marduk）被推崇為太陽和魔法之神後，成
為美索不達米亞的主神。也就是說，以色列百姓離開埃
及，經過西奈半島的三千多年前開始，西奈半島被稱為
「汛」。

4. 西奈半島的西奈山只是在西元 527 年，為了滿足
　 朝聖客的需求，應急謊稱的聖地而已。

　　羅馬對基督徒的迫害越來越重，奧古斯都戴克里先
時代，沒收了基督徒的財產，剝奪他們的職業。基督徒
在獅子洞裡慘遭殺害，埃及周圍信仰耶穌的人們，為了
躲避迫害開始分散，他們主要往人跡稀少的深山去。

　　從第二世紀初開始，基督徒和一些隱士還有修道士
過著祕密的信仰生活。當他們預想到貝多因人和異教徒
的襲擊時，向已經成為基督徒的羅馬皇帝君士坦丁的母
親海倫娜求救。海倫娜透過兒子派去援軍，保護了這些
修道士。君士坦丁停止了對基督徒的迫害，認可了基督
教信仰。

在地下祕密過著信仰生活的基督徒獲得了自由後，他們開始尋找聖地。但是他們無法找到神親自降臨、透過摩西賜給他們十誡的聖山西奈山。

聖經考古大家約瑟夫根據聖經（出埃及記二章15~16節，三章1節，四章19節，十八章1節；民數記十章29節，二十二章4、7節，二十五章6節），主張西奈山在阿拉伯米甸。不幸的是，羅馬教廷抵擋不過基督徒想要到西奈山朝聖的熱心，於西元527年君士坦丁一世皇帝時代，在穆薩山西北部的山坡上，建立了凱薩琳聖堂。然後把那裡定為聖地，毫無根據命名那裡為西奈山，並昭告天下。這是為了滿足朝聖客的心願故意捏造的，從那以後歷史一直被扭曲，因為主後五世紀之前，根本沒有任何證據證明那裡是西奈山，或被稱為西奈山的記錄。

5. 從出埃及到接受十誡的十一個月又五天的時間裡，他們還在埃及的土地，這是不可能的。

以色列百姓在逾越節的夜晚，出埃及跨過紅海，經過以琳和汛的曠野，進入西奈曠野接受了十誡，這段時間確切地說是十一個月五天。有埃及軍兵在後面追趕過來的情況下，還在埃及土地停留十一個月五天的時間，是不可能的。

6. 作為埃及王子，非常了解埃及土地的摩西，不可能把以色列百姓帶入有很多埃及軍人的地區。

  摩西以埃及王子的身分生活了四十年，所以對埃及非常了解。西奈半島的穆薩山現在也有銅、土耳其石等礦山。自古擁有礦山的地區都是有軍人守衛的，既然這樣，他們應該逃避埃及軍人的追擊，摩西怎麼可能故意帶領以色列百姓到穆薩山呢？

7. 在西奈半島的利非訂與何烈山相隔 48 公里，這與聖經不符。

  當他們來到利非訂後沒有水喝，以色列百姓想用石頭打死摩西時，神告訴摩西擊打何烈山的磐石（出埃及記十七章 6 節）。神這麼說，說明利非訂與何烈山很近。但是西奈半島的利非訂與何烈山相隔 48 公里，完全不符合聖經所述。

8. 西奈半島的穆薩山前面沒有可以容納 250 萬以色列百姓全部坐下的曠野。

  神降臨在聖山上時，以色列百姓看著山發抖（出埃及記十九章 16-20 節）。那麼，聖山前面就應該有可以容納 250 萬以色列百姓全部坐下的曠野。但西奈半島的聖山前全都是山谷，就算擦亮眼睛仔細尋找，連能容納一萬人的曠野都找不到。

9. 如果根據以往認為的出埃及途徑，沒必要跨越紅海。

　　從歌珊到穆薩山是可以通過陸路的，根本沒必要跨越紅海。難道聖經上跨越紅海的事情是假的嗎？

真正的西奈山在米甸曠野的八個理由：

1. 現在沙烏地阿拉伯西北部的土地，自古以來就被稱作米甸。

　　米甸土地在經過了幾千年後依然還叫米甸，古代地圖也是這樣標記的。「亞伯拉罕又娶了一妻，名叫基土拉。基土拉給他生了心蘭，約珊，米但，米甸，伊施巴，和書亞。約珊生了示巴和底但。底但的子孫是亞書利族，利都是族，和利烏米族。」（創世記二十五章 1-3 節）經文記錄，米甸是亞伯拉罕的續弦妻基土拉的子息中的一位。米甸的兄弟中，約珊生下了底但。沙烏地阿拉伯西北部的阿爾歐拉就是古代城市底但，位於歐拉的博物館和那個地區發行的雜誌上寫著，阿爾歐拉的古代名稱是底但。這裡依然還存留著幾千年前，納巴泰人的遺跡。那巴提安是亞伯拉罕娶的埃及女人夏甲生下的兒子以實瑪利的長子的名字，和合本聖經譯為「尼拜約」（創世記二十五 13 節）。

2. 神從舊約時代開始，就已經明明白白地把阿拉伯和米甸分別出來。

   不管是舊約聖經還是新約聖經，很久以前就已經清楚地把阿拉伯米甸和埃及分別表示。（阿拉伯：列王紀上十章 15 節，米甸：創世記二十五章 2 節；出埃及記二章 15 節）

3. 聖經明確記載埃及王子打死了埃及人逃往的地方不是西奈半島，而是米甸。

   摩西逃往的地方不是西奈半島，而是米甸，要知道這一點，聖經裡已有明確記載。經文裡有摩西逃出後在米甸生活了四十年的紀錄。但在聖經任何章節，我們都找不到他在西奈半島生活過的證據。（出埃及記二章 11 節，三章 1-12 節）

4. 神告訴摩西把以色列百姓帶到他所生活的米甸。

   「神說：『我必與你同在。你將百姓從埃及領出來之後，你們必在這山上事奉我，這就是我打發你去的證據。』」（出埃及記三章 12 節）。米甸確實就在阿拉伯，很顯然不可能在西奈半島。而且西奈半島也從來沒被包括在阿拉伯或米甸。仔細分析這句話，就會明白西奈山就在米甸。

5. 想像一下他們跨越紅海，進入蘇珥曠野後，尋找
   水源三天，後來喝到甜水的場面。

   聖經學家主張，蘇珥曠野位於西奈半島北部地方，
   非利士人土地上的道路（海邊道路）稍微下方區域。我
   們始終應該按照聖經去作解釋，但某些團體或學者錯誤
   的主張，往往會迷惑我們，或讓我們產生混淆。阿拉伯
   紅海邊有叫蘇珥的族長，他擁有這片土地，所以稱這片
   地區為蘇珥曠野。他是米甸人，而我們可以了解米甸位
   於阿拉伯半島。「那被殺的米甸女人，名叫哥斯比，是
   蘇珥的女兒。這蘇珥是米甸一個宗族的首領。」（民數
   記二十五章 15 節）

6. 根據聖經，摩西的丈人葉忒羅很清楚是阿拉伯
   人，生活在米甸，從沒在西奈半島生活過。

   葉忒羅的房址目前還在沙烏地阿拉伯西北部，稱為
   巴德的地方。而且在東田納西州立大學的圖書館裡發現
   了驚人的地圖，就在巴德旁邊標記著葉忒羅（Jethro）。
   而且在伊斯蘭經典裡，把摩西的丈人記錄為葉忒羅
   （Ma`ghair Shuaib）。我本人收藏的古代地圖副本，也
   在巴德地區標記著摩西丈人的名字。從巴德到勞茲山，
   沿著瓦迪穆薩相隔卅五公里，而瓦迪穆薩發源於勞茲山，
   經過巴德。

7. 出埃及的以色列百姓曾與亞瑪力族發生過戰爭，
   而亞瑪力族是曾經生活在米甸曠野附近的阿拉伯
   人。

　　出埃及的以色列百姓和摩西，來到神第一次呼召摩西的何烈山的地點就是利非訂。從那個地方開始，亞瑪力族就擄掠落後的婦女、兒童，或體弱者，因此開始了與亞瑪力人的爭戰。亞倫和戶珥扶著摩西疲憊的胳膊禱告，約書亞出去與亞瑪力人戰鬥取得了勝利。

　　而亞瑪力是什麼樣的民族呢？以掃的兒子以利法的妾亭納生了亞瑪力（創世記三十六章 12 節），亞瑪力的族長在以東（創世記三十六章 16 節）。根據聖經，很明顯他們就是以掃的後裔，生活在以東附近。以東族的首都是目前約旦的世界奇蹟之一，成為電影「法櫃奇兵」（印第安那瓊斯）的拍攝場所而廣為人知的佩特拉。被稱為小佩特拉、位於米甸的米甸沙勒，現在還保存著以東族的文化遺產。以此我們肯定，他們的前進方向不是埃及，而是阿拉伯方向。

　　每當以色列人撒種的時候，米甸人、亞瑪力人、東方人會經過約旦在以色列山谷安營（士師記六章 3-33 節）。基甸打發人走遍以法蓮山地，下來攻擊了米甸人（士師記七章 24 節），從這些可以了解亞瑪力人生活在米甸上方北部地方的以法蓮地界（士師記十二章 15 節）。因此，亞瑪力族是阿拉伯人，生活在米甸曠野附近的部族。他們怎麼可能進入強盛的埃及軍人安營的西奈半島，

與以色列百姓爭戰呢？

　　以實瑪利的後裔生活在從哈腓拉到通往亞述，直到埃及前的蘇珥（創世記二十五章 18 節），從伊甸園流出的比遜河，環繞哈腓拉全地（創世記二章 11 節），掃羅擊打亞瑪力人，從哈腓拉直到埃及前的蘇珥（撒母耳上十五章 7 節）。從這些記錄，我們可以了解亞瑪力人，廣泛分佈於阿拉伯北部。

8. 使徒保羅非常明確地記錄了西奈山的位置在阿拉伯。(加拉太書四章 25 節)

　　「摩西聽見這話就逃走了，寄居於米甸；在那裡生了兩個兒子。」（使徒行傳七章 29 節）從此，可以明確確認西奈山位於阿拉伯。

西奈山位於米甸的聖經證據：

1. 出埃及記二章 15 節：摩西躲避法老，逃往米甸地居住。
2. 出埃及記三章 1 節：摩西牧養他岳父米甸祭司葉忒羅的羊群，一日領羊群往野外去，到了神的山，就是何烈山。
3. 出埃及記三章 12 節：你將百姓從埃及領出來之後，你們必在這山上事奉我。
4. 出埃及記四章 18 節：求你容我回去見我在埃及的弟兄。
5. 出埃及記四章 19 節：耶和華在米甸對摩西說，你要回埃及去，因為尋索你命的人都死了。

6. 加拉太書四章 25 節：指著阿拉伯的西奈山，與現在的耶
　路撒冷同類。

　　跟從長久以來傳承下來的東西，原封不動地照搬的聖
經學家們，和盲目跟從羅馬教廷單方面說法的學者們的主
張，給平信徒帶來了困惑。不管什麼樣的學說，不能脫離
神的話語作為理論基礎。因為跟從的人多，就把人的主張
當作真理是非常危險的事情。我們應該排除不在神旨意下
的理論或學說，意即不是根據聖經的主張，不管看起來多
麼逼真，我們也不能迷信盲從。

參考文獻

1. Ahmed Bahgat, *Stories of The Propbets from Adam to Mubammad,* Transtaled by Sheikh Muhammad Mustafa Gemea'ah, Office of the Grand Iman, Sheikh Al-Azhar, Islamic Home Publishing and Distribution, 1997.

2. As-Sayyid Sabiq, *Fiqh us-Sunnab: Superogatory Prayer,* International Islamic Publish, 1991.

3. Bonechi, *Gods and Pharaohs of Ancient Egypt,* Grange Books, 1998.

4. Christine Ziegler, *The Louvre: Egyptian Antiquities,* Editions Scala France, 1990.

5. David Alexander, *Furusyya I, II,* General Editor, 1996.

6. Hamed M. Al Suleiman, *Pre Faced for Al Ula ruins and Madain Saleh.*

7. Henri Stierlin and Anne Stierlin, *The Pharaohs Masterbuilders,* Vilo International, 1995.

8. Henri Stierlin, *The Gold of the Pharaoh,* Terrail, 1997.

9. Howard Blum, *The Gold of Exodus, Hodder Stoughton,* 1998.

10. M. A. Nayeem, *The Rock Art of Arabia: SaudiArabia, Oman, Qatar, The Emirates & Yemen,* Hyderabad Publishers, 2000.

11. Majeed Khan, *Prehistoric Rock of Northern SaudiArabia,* Ministry of Education Department of Antiquities and Museums Kingdom of SaudiArabia, 1993.

12. Patric Pierard and Patrick Legros, *Off-Road in the Hejaz,* Motivate Publishing, 1997.

13. Patricia Barbor, *Desert Treks From Jeddah,* Stacey International, 1996.

14. Stacey International, *The Kingdom of Saudi Arabia,* London and New Jersey, 1997.

15. Zaki M. A. Farsi, *Map and Guide Kingdom of Saudi Arabia,* Tabuk.

16. 那鴻 M. 沙爾納，《出埃及記探險》，朴永浩，所羅門，2004.

17. 萊恩伍德，《以色列的歷史》金義元，基督教文書宣教會，1985.

18. 梅麗爾 F. 恩格，《恩格聖經手冊》，全柄鬥，韓國文書宣教會，1984.

19. CLP 聖經辭典編輯委員會，《CLP 聖經辭典》，基督教文社，1995.

20. 阿巴斯卡拉拜，《埃及》，Bonechi, 1997.

21. 阿爾弗萊德 J. 赫特，《考古學和舊約聖經》，甘大洪，米斯巴圖書出版，1998.

22. 沃倫 W. 威爾斯比，《核心聖經研究 1: 創世記～瑪拉基書》，宋永弼，指南針，1985.

23. 元勇國，《舊約篇最新聖書考古學》，護石出版社，1983.

24. 張錫正，《出埃及記的曠野生活》，大韓基督教書會，

2001.

25. 張錫正，《出埃及記的法》，大韓基督教書會，2002.

26. H. L. 沃爾明頓，《沃爾明頓的綜合聖經研究 1：用歷史方法看舊約》，朴光哲，生命話語出版社，1981.

27. 亨利 H. 哈雷，《最新聖書手冊》，朴養祚，基督教文社，1972.

國家圖書館出版品預行編目資料

跟隨摩西的腳蹤
　　金承學（David Kim）作，崔明淑 譯
　　．＿＿ 初版 ．＿＿ 臺北市：基督中國主日，2018.09
　　面；　　公分
　譯自：Thorn Bush
　ISBN: 978-957-550-493-9（平裝附數位影音光碟）

　1.聖經史地

241.09　　　　　　　　　　　　　　　　　　107016352

跟隨摩西的腳蹤

作　　者：金承學（David Kim）
譯　　者：崔明淑
發 行 人：賴榮信
編輯顧問：朴同成
文字編輯：梁銘慧、徐孟秋、陳亞辰
美術設計：潘　衡、阮慧倫
出 版 及　財團法人基督教　出版部
發 行 所　中國主日學協會
地　　址：台北市中山北路二段105號
電　　郵：mkt@cssa.org.tw
網　　址：http://www.cssa.org.tw
電　　話：(02)2571-1144　　傳真：(02)2537-4069
郵　　撥：0001066-4 中國主日學協會
登 記 證：行政院新聞局局版臺業字第0136號

二〇一八年九月初版

Thorn Bush
Copyright©2007 by David Kim
Traditional Chinese edition © 2018 by China Sunday School Association
P.O. Box 17-116 Taipei 10448,Taiwan, R.O.C.
All right reserved‧Printed in Taiwan